ちくま学芸文庫

ダダ・シュルレアリスムの時代

塚原 史

筑摩書房

ダダ・シュルレアリスムの時代【目次】

ダダ・シュルレアリスムの時代

文庫版への序文

新しい現代性のために

私たちが生きている「いま、ここ」を現代と呼ぶとき、それは一瞬のうちに過去に遠ざかる点のような時空ではなくて、むしろいくらかの持続をともなう線状の場面として意識されているだろう。この意識は、人びとに共有される知性や感性が、ある程度均質なレベルと広がりを維持して、昨日から今日、そして明日へと、大きな切れ目なしに受け継がれてゆくという前提のうえに成立する。とはいえ、明日がまだおとずれていない以上、今日より新しい日づけは存在しないのだから、この持続の先端が「いま、ここ」であることはまちがいない。それでは、私たちにとって、現代という場面は、いったい「いつ、どこ」からはじまっているのだろうか。

本書（単行本）は、こんな素朴な思いをきっかけとして二〇世紀の終わりに執筆された、などというとずいぶん昔の話のようだが、じつはまだ一〇年あまり前のことでしかない。そのころ、私が考えていたのは、二〇世紀という時代が維持しつづけてきた、ある意味で絶対的な「現代性」を相対化するために、文化と芸術の領域で現代的なものの起源となった出来事をもう一度ふりかえってみることだった。そして、この試みの主要な対象として、人類がはじめて経験した世界戦争のさなかの一九一六年に、当時の中立都市チューリッヒにあらわれ、その後まもなく世界中にひろがったDADAという、言語の意味作用を破壊し芸術の価値を否定するラディカルな知の運動を選んだために、本書の原題を『プレイバック・ダダ』としたのが一九八八年のことである。

当時、二〇世紀という百年期はまだいちばん新しい世紀であり、自動車や飛行機や映画のはじまりから革命や戦争や収容所の時代をへて消費社会や情報化社会の進展にいたるまで、二〇世紀的であることは、人間たちのあらゆる営みの最先端に位置しているかに思えた。それから先が見えてこないという意味で、この世紀は絶対的な現代性を誇示することができたのである。一九八〇年代の終わり頃から、「世紀末」という言葉が、あいまいで過剰な不安とともに世界中で迎えられるようになったのは、人びとがまだ、この種の絶対性をどこかで信じていたことのあらわれだったといえるだろう。また、それに先立つ「ポストモダン」の流行も、二〇世紀的なものとしての現代性（モダニティ、モデルニテ）にとってかわる次元のアイディアの不在を暗示していたといってよい。

二一世紀はじめの現時点からふりかえるなら、「世紀末」や「ポストモダン」という発想は、私たちの二〇世紀が一八、一九、二〇、……とつづく数列上の目立たない場所以上の、こういってよければ、回帰不能点としての意味作用を意識的あるいは無意識的に維持していたことの裏返しだったという状況が実感される。そこから先には、いったい何が待ち受けているのか、人びとはおそらくかすかな期待と、より多くの不安を抱いて橋を渡ろうとしていたのだった。

そんな時期に、起源の光景を想い起こし、たとえばダダのような反言語・反芸術の運動体の、これまであまり知られることのなかった場面への接近をつうじて、先の百年期の最初の知的冒険者たちの興奮を再生して、その後の精神文化のさまざまな展開に目をやるとき、私たちは、起源の驚きがしだいに回収され、未知のものが見慣れたものになっていく過程に気づかないわけにはいかない。科学やテクノロジーの分野では、新しい理論や技術は古いものよりほとんどつねに優位に立っているとしても、芸術や思想の場合には必ずしもそうではなく、最初の衝撃の記憶にたちもどることが、「世紀末」と「ポストモダン」を超えて新たな出発をとげるきっかけになるかもしれないことを、私は「プレイバック・ダダ」というささやかな作業をつうじて、あえて示唆しようと考えてみたのである。

ここで、「新たな出発」を、新しい現代性の可能性と言い換えることもできるだろう。本書初版刊行から現在までの十数年間は、二度目の世界戦争以後数十年間の時代の流れとはきわだって異質な出来事が集中して起こった時期だった。世界史的には、ベルリンの壁崩壊と東欧社会主義の消滅や湾岸戦争から、チェルノブイリ原発事故やスペースシャトルの墜落、あるいは9・11や最近のイラク戦争へといたる出来事があり、文化的、社会的には、情報科学技術のハイスピードの発達にともなって、ヴァーチャル・リアリティやクローン、インターネットやコンピュータ・グラフィックといった、技術と人間の関係を一変させるまったく新しい現実が、私たちの日常生活に入りこんでくるようになった。

こうした一連の出来事があらわにしたのは、主体と客体、現実と幻想、オリジナルとコピー、文明と未開などの二項対立とその止揚という、ヨーロッパ近代型の思考形態が失効する時代のおとずれだったといってよい。その結果、人間対自然、権力者対大衆、男性対女性、超大国対弱小国等々の対抗的関係のなかで、前者の系列による支配と管理が、後者の側の異議申し立てを回収しながら貫徹されるという、ある意味で予定されたとおりの世界の構造が劇的に揺らぎはじめる事態が出現して、確実性から不確実性へ、必然から偶然へと、人びとの思考や感性の方向は大きく変わっていったのではないだろうか。

この変化は、当然、あの回帰不能点の意識の変容に結びついている。図式的ないいかたになるが、二〇世紀が、一九世紀の西欧近代が提案したさまざまな価値観、とりわけ知性の進歩が必然的に人類を繁栄へとみちびくという歴史観への反抗者としての自己規定を引き受けることになったとしても、植民地解放闘争やフェミニズム運動から学生たちの反乱まで、こうした反抗は、理性の主体としての「人間」という近代社会の原点からの批判的距離によって、その強度と効果を測定するほかはなかったかのようだ。この意味では、二〇世紀的な現代性は、結局、地球上を発明と発見で覆いつくした近代合理主義という、魔法使いに対する魔法使いの弟子の反抗として、回帰不能点の手前にとどまっていたことになる。

ところが、過去十数年ほどのあいだに起こった異質な出来事は、この種の準拠枠をあっさりと置き去りにしてしまった。文明が、そこに内在する矛盾や困難を理性的に克服することで、必然的かつ確実に、そして無限に発展することができるという思いこみはいつの間にか影をひそめ、最先端の技術やアイディアが、文明を破壊するレヴェルのカタストロフィーを、いつ、どこでも、引き起こしかねないという、不確実で偶然的な状況が実感されるようになったのである。

この実感を芸術と思想の創造に結びつけるとき、そこには回帰不能点を超えた新しい現代性が生まれるだろう。そのことをいちはやく強調したのが、現代フランスの思想家ポール・ヴィリリオだった。建築と都市計画の専門家として、速度と効率を最優先する社会を鋭く批判しているヴィリリオは、現代世界が「全面的事故」の段階に到達したという認識にもとづいて、二〇〇三年のパリで、まったく新しいタイプの美術展《Ce qui arrive》を開催したのである。直訳すれば「いま起こっていること」となるフランス語のタイトルが、ここではむしろ「何が起こるかわからない事態」を意味するように、それは、これまで人類に進歩と繁栄をもたらすと信じられてきた文明が瞬時にカタストロフィーへと暗転する多くの場面の映像やインスタレーションで構成された、おそらく世界最初の「事故の美術展」なのだった。

飛行船の爆発や大型客船の沈没から原発事故や9・11まで、地震や台風のような自然災害から株式市場の大暴落まで、じつに多様な事故と事件の映像や画像を地球規模で集めたこの美術展が、「美術」の定義そのものに対するラディカルな挑戦であることはいうまでもない。そこではもう、「作家」という主体が「作品」という客体を創造するわけではなく、偶然と不確実性が、巨大なスケールで既成の秩序を破壊して安定した価値観を動揺させ、見慣れた世界を一瞬のうちに未知の驚きにあふれた場所に変えてしまうのだ。

では、いったいなぜ、事故の美術展が可能なのだろうか。この問いに、ヴィリリオはこう答えている――現代が速度と加速度の時代である以上、コントロール不能な速度が事故をもたらす事態を避けることはできず、飛行機をつくった文明は同時に飛行機事故を生み出さずにはいられない。だからこそ、ただ受動的に事故にさらされる（エクスポゼ）のではなくて、現代生活の本質的な要素として、事故を展示する（エクスポゼ）必要があるのだ、と。とりわけ、世界が「全面的事故」の段階を迎えた今日、事故こそはもっとも現代的な芸術と思想のテーマであることを、ヴィリリオの企画は実感させてくれる。

偶然と不確実性からもたらされる、こうした現代性が二〇世紀的なそれの絶対性を相対化するものであることは、たとえば、シュルレアリスムの先駆者として知られる一九世紀フランスの作家ロートレアモンを想起すれば、容易に理解されるだろう。「ミシンと雨傘の手術台の上での偶然の出会いのように美しい」という『マルドロールの歌』の詩人が一八六八年に書いた言葉は、百数十年の時空を超えて、「マンハッタン島上空でのツイン・タワーとボーイングの突然の出会い」という現実に呼応しているとさえ思えてしまうからだ。

そして、この「突然の出会い」を「美しい」と感じるひとがいるとすれば(電子音楽の創始者、シュトックハウゼンがそうだった)、そのひとの、回帰不能点の手前の価値観からすればインモラルで非人間的な感性は、すでに「全面的事故の時代」の新しい現代性に対応しているといってもよいかもしれない。本書文庫版の刊行にあたって、それがこうした現代性を模索するテクストでもあることを、ひとまず確認しておきたい。

ダダ・シュルレアリスムの時代

ところで、本書を《ダダ・シュルレアリスムの時代》と改題したことは、主体から客体へ、必然から偶然へのシフトからもたらされる新しい現代性と深くかかわっている。なぜだろうか。

この問いに答えようとするとき、避けてとおるわけにはいかないのが「アヴァンギャルド」という用語だ。くわしくは本文中であきらかになるが、すこしだけ要約しておこう。もともと軍事用語で、本隊に先がけて敵と闘う「前衛部隊」を意味していたこのフランス語は、その後「大胆不敵さによって、先駆者の役割を果たす（と自負する）運動や集団」（『グラン・ロベール・フランス語辞典』）の意に転用され、とくに二〇世紀初頭のヨーロッパ諸都市にあいついで出現した、当時最新の芸術運動を指して用いられるようになった。ミラノの未来派、チューリッヒのダダ、パリのシュルレアリスムなどである。

こうした運動の歴史的展開を概説すること自体が本書の目的ではないが、私たちのテーマである現代性の問題を理解するためには、そのアウトラインについて最小限の知識を共有しておく必要があるので、ここでハイパーテクストふうの記述を試みてみよう。

＊

未来派（futurismo）は、イタリアの詩人フィリッポ＝トンマーゾ・マリネッティ（Filippo-Tommaso Marinetti, 1876-1944）が、一九〇九年二月二〇日にフランスの新聞『フィガロ』に「未来派創立宣言」をフランス語で発表して、速度と機械のもたらす新しい美の表現をめざす最先端の芸術運動を提唱したことから始まった（運動体としては「未来派」、その芸術思想は「未来主義」とも邦訳される）。マリネッティは運動家、理論家としては優れていたが、詩人としてそれほど過激だったわけではなく、句読法や動詞の活用の廃止を宣言したものの、結局、銃声を模倣した擬音詩（「ツァン・トゥム・トゥム」）や活字の大きさを変えたイメージ詩（「未来派の自由語」）をつくった程度で、詩的言語自体の変革にはいたらなかった。

むしろ、未来派の真価は、一九一〇年のボッチオーニ、カッラ、ルッソロ、セヴェリーニによる「未来派絵画宣言」（「調和と良識」に対する反抗としての絵画を提案）、一九一三年のルッソロによる「騒音芸術宣言」（叫び、足踏み、水の落下、街頭の雑音などを音楽的要素として取り入れることを提案）、一九一四年のサンテリアによる「未来派建築宣言」（「斜線と楕円曲線が水平線と垂直線より感動的」であることを宣言）など、芸術の総合による「宇宙の再構築」を企てたことにある。第一次大戦後、マリネッティはムッソリーニのファシズムに共鳴し、運動は政治化の一途をたどった。

未来派は地球規模のひろがりをもった最初の総合的芸術運動であり、その大波はもちろん日本にも打ち寄せ大正期に神原泰らが未来派を名乗ったが、とりわけ革命前夜のロシアでは、一九一四年のマリネッティのモスクワ訪問がマヤコフスキーらのロシア・アヴァンギャルドに決定的な影響をあたえ、ロシア未来派が形成された。

ダダやシュルレアリスムもそうだが、国境や言語や民族を超えた運動の展開は二〇世紀アヴァンギャルド最大の特色のひとつであり、一極中心ではない、多中心のグローバリゼーションをすでに先取りしていたといってよい。

ダダ（dada）は、すでにふれたように、一九一六年二月にチューリッヒの文芸カフェ、キャバレー・ヴォルテールで、ドイツ人バル（詩人・反戦運動家）、ヒュルゼンベック（医学生・詩人）、ルーマニア人ツァラ（詩人）、ヤンコ（造形作家）、アルザス出身のアルプ（造形作家）ら多様な国籍と経歴をもつ人びとの出会いから生まれた。この時点では、明確なリーダーが存在したわけではなかったが、ダダという語の発明は、当時まだ二〇歳前の若者で、チューリッヒ大学の学生だったトリスタン・ツァラ（Tristan Tzara 本名Samuel Rosenstock, 1896-1963）によるものであり（『ラルース小辞典』から偶然見つけたとされるが、じつはルーマニア語で二重の肯定を意味する）、最初のダダ宣言（「アンチピリン氏の宣言」）もツァラが執筆しているので、彼をチューリッヒ・ダダの創始者と認定することができる。

とはいえ、未来派とは異なり、最初から提案すべき思想内容をもっていたわけではなく、戦争の現実に対する嫌悪と既成の価値観への不信という、強烈ではあるがおぼろげな内容の精神状態から出発したダダが「ダダは何も意味しない」というフレーズをつうじて、言

トリスタン・ツァラ（1937年）

マリネッティ（左）とボッチオーニ（右）（1912年）

語を意味作用から切り離す無意味のメッセージを世界中に発信するのは、ようやく一九一八年のツァラの「ダダ宣言1918」によってである（宣言は七月、『DADA3』誌掲載は一二月）。そこには「ダダは共同体への不信から生まれた」「私は頭脳と社会の引出を破壊する」「破壊と否定の大仕事をなしとげるのだ」といった、いかにもダダ的な表現が見られたが、それらもまた「何も意味しない」というフィルターをとおせばパロディにすぎず、未来派が未来主義であったようには、ダダは「ダダ主義」にならなかった（ダダイズムという表現は、運動体を指す場合は別として、この点であまり正確ではない）。

一九一八年の宣言は、当時パリとバルセロナとニューヨークを舞台に雑誌『391』を発行していたフランスの画家フランシス・ピカビアを感動させ、ピカビアを触媒としてマルセル・デュシャン、マン・レイらニューヨークのアーティストとツァラを結ぶリンクが成立する。デュシャンは一九一三年から自転車の車輪などを「レディ・メイド」と名づけて、ダダ的無意味さにつうじる表現を試みていたが、ツァラを知る前からダダを名乗っていたわけではなかった。アメリカのメディアによるダダの紹介は一九一八年七月九日の『ニューヨーク・トリビューン』紙（「ダダイズムとは何か」）が最初であり、この頃からニューヨーク・ダダという表現がこの都市のダダ派を指して用いられるようになる。

一九一八年一一月一一日、ドイツの全面降伏によって第一次大戦が終わると、中立都市は求心力を失い、チューリッヒ・ダダのメンバーたちは出発の準備に入る。おなじ頃パリでは、やはり「ダダ宣言1918」の影響をきっかけとして、ブルトン、スーポー、アラゴン、エリュアールらが新しい言語の可能性を模索するようになり、一九一九年春には雑誌『文学（リチラチュール）』が創刊される。その後、ツァラがピカビアとブルトンの誘いに応じて一九二〇年一月にパリに到着し、『文学』グループと合流して、パリ・ダダが始動する。

ベルリンでは、ヒュルゼンベックがハウスマン、ハナ・ヘッヒ、グロッスらと「クラブ・ダダ」を結成し、戦後のワイマール体制を批判する政治文化運動をくりひろげる。ケルンでは、エルンスト、アルプらがコラージュを用いて偶然をテーマにダダを持続させる。

マルセル・デュシャン（1916年）

ハノーヴァーでは、シュヴィッタースが雑誌『メルツ』を個人で発行し、ダダ的無意味さを独自に追求して、ガラクタで構成される建築「メルツバウ」を造りつづける。日本にも、ダダは数年の時差をおいて到着し、一九二三年には高橋新吉が『ダダイスト新吉の詩』を発表したことは、よく知られているとおりだ。

こうして、チューリッヒ・ダダ以後各地に散らばったダダは、その独自の展開をつうじて現代アートの原点となるが、運動体としては一九二〇年代半ばにはほとんど姿を消し、ヨーロッパは次の戦争へとむかう谷間の時代に入る。

シュルレアリスム（surréalisme）は、ダダや未来派とちがって、半世紀以上にわたって、絵画から映画までさまざまな領域で多彩な才能たちがオリジナル活動をくりひろげた。この二〇世紀最大の芸術運動をわずか数ページでまとめるわけにはいかないので、ここでは、運動の成立前後を中心にごく手みじかに要約するだけにとどめておく（詳しくは、本文庫の巖谷國士著『シュルレアリスムとは何か』を参照していただきたい）。

フランス語で「超現実主義」を意味する「シュルレアリスム」という語は詩人アポリネールが自作の戯曲『ティレジアスの乳房』（一九一七年六月二四日初演）序文中ではじめて用いたものだが、そこで詩人は当時の先端芸術だった映画を意識しながら、新しいリアリズムへの期待を表明していた。ところが、それから七年後の一九二四年に、やはりフランスの詩人アンドレ・ブルトン（André Breton, 1896-1966）が、アポリネールに敬意を表しながら『シュルレアリスム宣言』を発表したとき、この語は「理性に管理されない思考の書き取り」によって開かれる「高次の現実」（超現実）の探求を意味していた。その後「シュルレアリスム」は、もちろん一九一七年当時の意味ではなく、ブルトンをリーダーとする芸術と思想の変革運動を指して世界的に流通するようになる。

こう書くと、この運動は一九二四年にはじまったと思われがちだが、じつはパリ・ダダに先立つ一九一九年春に、当時二三歳のブルトンと友人のスーポーは「理性に管理されない思考の書き取り」を「自動記述」と名づけてすでに実践していた（そこにはブルトンの

アンドレ・ブルトン（1930年）

医学生としての体験が反映しているが、詳細は本文参照)。翌年、ツァラの到着とともに開始されるパリ・ダダは文字どおり無意味の祝祭をくりひろげるが、一九二一年頃からブルトンとツァラの対立が激化し、一九二三年には事実上解体にいたる。その直後から、ブルトンたちはダダ的無意味さを放棄して、自動記述や催眠実験をつうじて無意識の領域のイメージ化を企てるようになる。そして、この種の体験を共有する若者たちの集団が、一九二四年一〇月にブルトンの『宣言』のもとに結集し、同年一二月には運動の機関誌『シュルレアリスム革命』が創刊される。

無意識の探求から出発して、想像力の自由と、夢と狂気の解放を主張したブルトンたちの運動には、旧パリ・ダダのメンバーの他、ペレ、アルトー、デスノス、クルヴェルらの作家や、エルンスト、ミロ、タンギー、マッソンらの画家が加わり、また彼らによって、ルーセルのような特異な作家が再発見されるなど、ゆたかな活動が展開されたが、意識の変革をめざすシュルレアリスムはしだいに社会の変革をめざす革命運動(マルクス主義)へと接近する。運動の政治化をめぐってグループの内部対立が激化したため(ブルトンはトロツキー支持を鮮明にする)、一九二九年末にブルトンは「シュルレアリスム第二宣言」を発表し、新機関誌『革命に奉仕するシュルレアリスム』を発行して、運動の立て直しを図らずにはいられなかった(バタイユがはげしく非難されるのも、このときである)。

こうして一九三〇年代には、画家のダリやマグリットを加えて、シュルレアリスムは新たな段階をむかえるとともに運動の国際化がめざされ、ロンドン（ペンローズ）、プラハ（タイゲ、ネズヴァル）、東京（滝口修造）などに運動の輪がひろがってゆく。しかし、新たな戦争の接近は、シュルレアリスムの活動の自由をせばめることになり、ブルトンたちは政治的には左翼内少数派として、アラゴン、エリュアールらの共産主義への転身を批判し、またバタイユらと「反撃」グループを組織して独自の反ファシズム運動を企画するが、結局は孤立するほかはなく、第二次大戦がはじまると、ブルトンは一九四一年にアメリカ（合衆国）への亡命を選択するのである（戦中、戦後も運動は持続し、とくにカリブ海地域や中南米に共鳴者がひろがるのだが、とりあえずここまでにしておこう）。

他にも、一九一〇年代から二〇年代にかけてのヨーロッパのアヴァンギャルド・シーンには、幾何学的構成によって自己表現の枠を超えようとしたロシアの構成主義（タトリン、リシツキーら）、垂直線と水平線と三原色だけによって造形をつくりかえようとしたオランダの新造形主義（雑誌『デ・スティル』のグループ、モンドリアンやドースブルフら）、色彩とフォルムの組み合わせをつうじて音楽的イメージに到達しようとしたフランスのオルフィスム（ドローネーら）、それに建築家グロピウスが創立したドイツの実験的芸術学校バウハウス（カンディンスキー、クレー、アルベルス、モホイ＝ナジら）などがつぎつぎと登場したことを、記憶にとどめておきたい。

＊

さて、このへんで、本題に立ちもどることにしよう。以上ふりかえってみたように、二〇世紀初頭のアヴァンギャルド芸術運動の多くは、スタイルも発想も異なる若者たちによって主導されたのだが、彼らがなぜアヴァンギャルドか、といえば、そこにはおそらくふたつの理由があるだろう。

ひとつの理由は、彼らの運動が過去の芸術との断絶を強調して、当時最先端の文化やテクノロジーとの一体感を誇示していたことである。未来派のマリネッティが一九〇九年に「速度の美」を高らかに宣言して、「爆発音をとどろかせる（……）レーシングカーは〔ギリシア彫刻の〕サモトラケのニケの像より美しい」と断言したことはよく知られているとおりだ。

たしかに、この時期すでに時速二〇〇キロを超える未知のスピード感を提供していた自動車を、速度と機械のもたらす新しい美学のシンボルにすることで、未来派は前方の未来へ高速で疾駆する前衛部隊のイメージを強烈に印象づけることができた。けれども、マリネッティたちがあえて引き受けた、この種のアヴァンギャルドのイメージは、結局、ベル・エポックの緩慢な流れを断ち切ってほとばしり出たばかりの二〇世紀的なものを絶対化することになってしまう。「時間と空間は昨日死んだ。われわれはすでに絶対的なもののなかで生きている」というマリネッティの言葉が物語るとおり、過去との切断は、現在の絶対化＝永遠化を意味していたからだ。そして、この現在が速度と機械をつうじてフルスピードで前進をつづけ、ついに一九一四年にあの最初の世界戦争をひきおこすと、未来派は戦争を「世界の唯一の衛生法」として賛美するのである。

この種の美意識は、二一世紀はじめの、たとえば9・11へのそれと重なっているように見えるかもしれない。だが、未来派の「速度の美学」とヴィリリオの「事故の美学」とのあいだには決定的な差異が存在している。マリネッティたちが戦争へといたる科学技術の進歩をあくまで肯定し、速度の暴力性を歴史の原動力として礼賛したことは、むしろ二〇世紀的な現代性の枠組みに属する出来事だった。未来派とファシズムのあまりにも密接な結びつきは、そのことを暴露している。

ところが、ヴィリリオの発想は、「進歩とカタストロフィーは同じコインの表と裏」というハンナ・アレントの言葉をきっかけにしていることからも確認されるように、文明の進歩という歴史観そのものへの根源的な懐疑から生まれている。速度の増大によって発展してきた文明が速度の過剰によって自滅するという新たな段階がおとずれたという時代認識は、「速度の美学」と「事故の美学」を決定的に切り離すものであり、ヴィリリオはこの段階を「自殺的進歩」の段階と名づけるが、それが、あの新しい現代性を意味することはいうまでもないだろう。

過去との断絶とともに、二〇世紀初頭のアヴァンギャルドが前衛的でありえた、もうひとつの理由は、彼らが「意味との切断」を強調したことである。ここで「彼ら」とは、トリスタン・ツァラをはじめとするダダイストたちを指す。「ダダは何も意味しない!」と叫んで、言語を意味から切り離そうとした彼らの冒険は、未来派とは異なり、一切の価値観の相対化をめざすものだった。「秩序＝無秩序、私＝非私、肯定＝否定」という、ツァラが一九一八年に発明した等式は、あのヨーロッパ近代型の二項対立の失効をすでに宣言していた。意味から切り離された言葉は、主体の意思を伝える便利な道具であることをやめて、文字どおりのモノ＝オブジェとして、ただ偶然だけによって漂流しはじめるほかはなかったからだ。

そのことをパロディ的に戯画化したのが、新聞記事を切り刻んで、でたらめに組み合わせて詩をつくる「ダダの作詩法」(ツァラ)だったが、この企てについては本文で詳述してあるので、言語ではなく造形の例をあげよう。ジャン・アルプの「偶然の法則にしたがってつくられたコラージュ」(一九一六年)は、大きめのボール紙の上に、サイズの微妙に異なる黒と白の四角い紙片を置いてボール紙を傾け、紙片が滑り出したところでまた水平にもどして、その時点で静止した位置にすべての紙片を貼りつけた作品である。紙片の位置を決めたのは、もちろんアルプではなくて偶然なのだ。

アルプの行為は、自転車の車輪や空き瓶掛けなどの「既成品」を作品化した、デュシャンのレディ・メイドとは異質の発想にもとづいている。レディ・メイドの場合、たとえば一九一七年の「泉」では、陶製の便器それ自体は、もちろん「作家」という主体とは無関係なモノではあっても、それを選択したのはデュシャン自身であり、そこには彼自身の意思と「便器」という意味作用がはたらいているが、アルプは、紙片のサイズや形と色の選択には関与していても、その配置にはまったくかかわっていないし、そこにはどんな意味作用も表示されてはいない。ツァラもそうだが、チューリッヒ・ダダは「偶然」へのきわだったこだわりを大きな特徴としていた。

アルプ（1930年）

こうして、未来派の過去との断絶が現在を絶対化する方向にむかったのに対して、ダダによる意味との切断は、主体からの距離によって言葉やモノの意味が定められるという知の遠近法を根底から揺るがせてしまった。その結果、世界という見慣れた場所は確実な準拠枠を失って、不確実で偶然的な、見知らぬ場所へと変貌することになる。そして、この変化こそは、あの新しい現代性を予感させるものだったのである(見慣れたものから見知らぬものへ、という逆転は、荒川修作とマドリン・ギンズが一九九五年に岐阜県養老町に建造した「養老天命反転地」と二〇〇五年東京に完成した「三鷹天命反転住宅」のアイディアでもある。ダダの流れをひく荒川たちの試みもまた、未知の現代性への挑戦として注目される)。

したがって、速度と機械の文明の進歩を礼賛した未来派は、一見「現代的」な装いを凝らしてはいたが、テクノロジーの進歩への彼らの素朴すぎる信頼は、いわば「鉄腕アトム」的な楽観的世界観にもとづいていたといってよい。チェルノブイリ原発事故や9・11のあとの、いつ何が起こるかわからない「いま、ここ」の時空では、文明の進歩それ自体を相対化するダダの発想のほうがいっそう「現代的」であり、この意味でダダは「事故の美学」のプロトタイプだったとさえ考えられるだろう。

ダダの、進歩への深刻な懐疑を裏づけるもうひとつの事実がある。「黒人芸術」への関心だ。ピカソの「アヴィニョンの娘たち」(一九〇七年)が、当時パリの人類学博物館に収蔵されていたアフリカやオセアニアの先住民の彫像や仮面の影響を色濃く受けていることは、もちろん周知の事実だが、この作品が物語るように、西欧列強による植民地獲得競争というネガティヴな歴史の「副産物」として、植民地化された地域のさまざまな文化が当時のヨーロッパ社会に入りこむことになった。「文明」が「未開」を支配する帝国主義の力学が、「未開」が「文明」を超え文化の反転をもたらしたのだ。

ダダは、知的流行のレベルを超えて、この反転を彼らの実践のうちにとりこもうとした運動だった。ツァラやドイツ人のダダイスト、ヒュルゼンベックは、先住民たちの詩や歌謡を「黒人詩篇」と呼んで、チューリッヒ・ダダの催しで朗読したが、とくにツァラの場合、彼はこれらの詩篇の一部を、「意味作用から切り離された詩」として自分のダダの詩に採用さえしている（「トト・ヴァカ」など）。他にも、ツァラが、文化人類学の学術雑誌『アントロポス』（一九〇六年ウィーンで創刊、現在も刊行中）に発表された論文や報告から、これらの資料のいくつかを自作中に「無断引用」していることが、最近の研究であきらかになっている。彼はチューリッヒ到着に先立つルーマニア時代に、ブカレスト大学ですでに「黒人詩篇」を発見していたらしく、この出会いがなければダダの冒険は生まれなかったと思えるほどである（このことは、本文執筆の時点ではまだ確認できなかったので、ここであらためて指摘しておく。詳しくは塚原著『アヴァンギャルドの時代』〔未來社〕参照）。

さて、このへんで再び《ダダ・シュルレアリスムの時代》のほうにもどることにしよう。なぜ「ダダとシュルレアリスム」ではなくて、「ダダ・シュルレアリスム」なのだろうか。

この問題は意外に大きな射程をはらんでいる。まず、ふたつの運動体のあいだには決定的な差異が存在していたことを、指摘しておかなくてはならない。未来派の過去との断絶にも、ダダの意味との切断にも本質的な共感を示さなかったという点で、シュルレアリスムは「切断型」のアヴァンギャルドではなかった。それどころか、「ポーは冒険においてシュルレアリストである……ボードレールはモラルにおいてシュルレアリストである……」というブルトンの一九二四年の宣言中の言葉からもあきらかなように、シュルレアリスムはむしろある種の過去、つまり彼らの発想にインスピレーションをあたえた過去の作家や作品との連続性を強調することで、サドやランボーなどの存在を再発見し、再活用したのである。また、シュルレアリスムの中心的コンセプトだった自動記述にしても、「理性に管理されない思考の書き取り」とブルトンによって定義されたとはいえ、言語破壊とはまったく無縁の、あくまで言語の秩序の内部での実験的な試みだったから、そこには文法を無視した表現も、意味不明な叫びも、「黒人詩篇」も入りこむ余地はなかった。

こうした大きな相違を想い起こしながら、ツァラが最初のダダ宣言（「アンチピリン氏の宣言」）を発表したのが一九一六年で、ブルトンの最初の『シュルレアリスム宣言』がそれから八年後の一九二四年に刊行されたという事実をそこに重ねあわせるなら、ダダの切断と破壊のあとからシュルレアリスムによる持続的な創造がはじまったという図式が素直に受け入れられてしまうかもしれない。それなら、「ダダとシュルレアリスム」になるはずである。

たしかに、場面によっては（それぞれを別個の運動とみなす場合には）それでよいこともあるが、ここでは、あえてダダ・シュルレアリスムの連続性と共通性にこだわりたい。なぜなら、そのことが、ツァラやブルトンたちの企てを、二一世紀はじめの新しい現代性に結びつける方向を示唆するからだ。

連続性は、歴史をたどれば容易に確認される。一九一六年二月にキャバレー・ヴォルテールではじまったチューリッヒ・ダダは、一九一八年一一月に第一次大戦が終わると求心力を失い、一九一九年一〇月に事実上最後の雑誌となる『ツェルトヴェッグ』（チューリッヒの街路名）が刊行されて終わりを告げる。その前後に、戦火を避けて集まってきたメンバーたちはベルリン（ヒュルゼンベック、リヒターら）やパリ（ツァラ）へと、活動の舞台を移すことになるが、このとき、パリではすでにブルトン、アラゴン、エリュアールら、のちのシュルレアリストたちが雑誌『文学（リテラチュール）』（一九年三月創刊）をつうじて、新しい言語の可能性を模索しはじめていた。そして、この年の秋には、ブルトンとスーポーが自動記述の実験の最初の結果を「磁場」と題して、同年に掲載したのだった（ブルトンは一九四二年にエール大学でおこなった講演で、この出来事をシュルレアリスムの原点に位置づけている）。こうした状況を背景として、翌二〇年一月にツァラがようやく彼らと合流し、パリ・ダダが始動するのである。

ヴィリリオ「事故の美術展」ポスター（2003年）

したがって、このことからはふたつの事実があきらかになる。ひとつは、チューリッヒからパリへのダダの移動が、断絶感のない、連続的な流れとして実現したことだ。その後、『文学』からパリ・ダダに参加した面々がシュルレアリスム運動の創立にかかわるのだから、ダダ・シュルレアリスムはひと続きの動きを構成していたことがわかる。もうひとつは、のちにシュルレアリスムの最初の武器となる自動記述が、チューリッヒ・ダダの進行と同時的に試みられていたことだ。

運動の展開としては、パリ・ダダから組織的な集団としてのシュルレアリスムが出現するとはいえ、フロイトやジャネの精神医学上の研究から着想された自動記述が、ダダの言語破壊と並行して実践されていたことは、ダダとシュルレアリスムの起源の共時性を物語っている。この点に関して興味深いのは、パリ大学の医学生だったブルトンが第一次大戦で東部戦線に動員され、はじめてフロイト理論に接して決定的な影響を受けたのが一九一六年八月、つまりツァラがチューリッヒで最初のダダ宣言を発表した直後だったという事実だ。ダダの仕掛け人の無意味への欲求とシュルレアリスムの創始者の無意識への関心は、ほとんどおなじ時期に立ち現われていたといってよい。

それればかりではない。新しい現代性をめぐって、ダダとシュルレアリスムはある種の共通感覚を先取りしていた。ダダが不確実性と偶然性への傾斜をつうじて、二〇世紀的なものを相対化したとすれば、シュルレアリスムは、はじめは自動記述の実験によって、意識と思考を主体の管理から解放することをめざし、のちに一九三〇年代には客観的偶然の提案によって、合理的説明のつかない偶然の一致や出会いが、じつは理性の支配を超えた客観性に導かれていると主張して、主体と理性による現実世界のコントロールの限界をラディカルにきわだたせるのである。

このような共通感覚とともに、最初の世界戦争から次の世界戦争へとつづくヨーロッパという時空を生きた人びとの、けっして党派的ではない自由な集合を「ダダ・シュルレアリスム」と呼ぶことにしよう。そして、彼ら（ツァラ、ブルトン、バタイユ、ルーセル、……）が実践した多様な企ての織りなす時空を《ダダ・シュルレアリスムの時代》として、もう一度プレイバックしてみよう。そこには、いったい何が見えてくるだろうか？

本書は、この問いかけからはじめられる。

プレイバック・ダダ――序にかえて

ひとつの時代が終わろうとしていた、二〇世紀という時代が。そして、フランス大革命以後二百年の時間をかけて、ヨーロッパの市民社会が構築し、維持しつづけてきた文明、われわれのすべてがモデルとしてきた文明もまた、ひとつの終わりをむかえることになるだろう。人びとは、出口のほうへ歩きはじめた。だが、彼らが新しい入口を見つけられるのかどうかは、まだ誰にもわからない。出口が彼らの行方に存在していることさえ、たしかではないのだ。

この時点で、二〇世紀について語ること、それはもはや現在について語ることではありえなかったのだろうか。未来派、ダダ、ロシア革命、スパルタクス団、シュルレアリスム、スペイン戦争、レジスタンス、アルジェの戦い、ポップアート、ベトナム戦争、ビートルズ、五月革命……「事件」はすでに起こってしまった。「事件」はもう起こらないだろう、という予感の支配する場所では、現在は過去の巨大な再生装置となって、セピア色の写真のノスタルジックな快感をまきちらすほかはない。そうだとすれば、これから私がしようとしているように、たとえばダダの運動とその主導者であった詩人トリスタン・ツァラおよび何人かの彼の同時代人について語ることは、結局、あのセピア色の写真の数枚を偽造することでしかないのだろうか。

過去の出来事を再生しようとするとき、ひとはいつも、この種のとまどいを感じることになる。とりわけ、その出来事がそれ自体過去との断絶をめざす人びとによってなされたものであるとき、とまどいはいっそう大きくなるだろう。なぜなら、彼らへむけられるわれわれの関心は、新しい方向を見出せずにいるわれわれ自身の無力さをあらわにしているのかもしれないからだ。

ひとつの時代が終わろうとしていた。一八九六年の冬、パリでジャリの『ユビュ王』初演の大騒ぎにまきこまれたアイルランドの詩人イエーツは「マラルメのあとで、ヴェルレーヌのあとで、モローのあとで、シャバンヌのあとで、それ以上の何が可能だろうか」とノートに書きつけたという。だが、それから数年後に始まったわれわれの世紀は、「それ以上の何か」であったかどうかはべつにしても、まったく新しい現実を出現させることになるのだから、新しい「入口」は、古い時代の人びとには見えないところに、突然開かれるのかもしれない。二〇世紀の開始について、セリーヌは、『夜の果ての旅』発表後間もない講演のなかで、つぎのように回想している。

「一九〇〇年の万国博のとき、われわれはまだほんの子どもだったのですが、あれはとてつもなく大きな獣性だったというなまなましい記憶が残っています。どこもかしこも雑踏、人びとの踏みならす足もとから厚い雲のような埃がまいあがり、埃の雲にさわることができるほどでした。史上はじめてのことでしたが、展示場は拷問にかけられた金属、途方もなく巨大な威嚇、なりゆきのわからない大災厄に満ちていました。現代生活なるものが始まっていたのです。」(「ゾラに捧ぐ」一九三四年)

こうして始まった新しい世紀とともに、新しい感性が生まれ、この新しい感性は、一九一〇年頃から三〇年頃までのあいだに主としてヨーロッパ大陸と北アメリカで連続的に現われては消えていった「芸術」運動のうちに、集中的に表現されることになるだろう。この移行の時期の特性については、フランカステルのつぎの言葉が、もっとも的確であるように思われる。

「(二〇世紀の初めに)ルネサンスとの間の橋が断たれたことは事実だ。なぜなら、芸術家の関心を引く諸価値——リズム、速度、変形の操作、可塑性、急激な変化、転移——は、われわれの時代の物質的および知的活動の一般的諸形態とは一致しているが、ルネサンスから生じた諸社会のすべての願望——安定性、客観性、不変性——とは、はげしく対立しているからである。」（『絵画と社会』）

これらの言葉が示しているように、二〇世紀という時代が、さまざまな場面における断絶として始まったとすれば、この世紀が終わろうとしていた時点で、最初の断絶の表現そのものであった「芸術」運動のいくつかの側面をプレイバックしてみることは、結局、二〇世紀の「新しさ」を再確認することになるだろう。われわれのこの試みは、だが、「それ以上の何が可能だろうか」と再びくりかえすのと同じことになってしまうのかもしれないとはいえ、この反復への拒否の意思表示と、思いがけないところに「出口」を見つける可能性への期待をはらんでいるのだ、といっておこう。

＊

それでは、二〇世紀がもたらした新しい現実とは、いったい何だったのか。この問題についての鋭い分析をわれわれに提供してくれる三冊の書物がある。『複製技術時代における芸術作品』（ベンヤミン）、『幻影の時代』（ブーアスティン）、『象徴交換と死』（ボードリヤール）のことだ。これらの著作についてはすでによく知られているので、そんな必要はないのかもしれないが、二〇世紀という時代の特殊性をはっきりさせるために、ここでごく

かんたんに触れておくことにしよう。(1)

一九三六年に発表されたベンヤミンのエッセーは、「いま」「ここ」にしかないという芸術作品のオリジナリティ(「ほんもの」の概念)が、複製技術の発達によって根本的な検討をせまられる事態が生じたことを、たぶんほかの誰よりも早く指摘している。――「複製技術は、一九〇〇年をさかいにしてひとつの水準に到達し、従来の芸術作品全体を対象として、その有効性にきわめて深刻な変化をあたえはじめたばかりでなく、それ自身、もろもろの芸術方法のなかに独自な地歩を占めるにいたった」とベンヤミンはいう。たとえばグラフィック、映画、写真、レコードなどの複製技術は、芸術作品が「一回かぎり」のものであった時代を葬り去ってしまった。かつて芸術作品は、それがただひとつしか存在しないからこそ価値をもっていた。それは私的所有の対象であり、「儀式的価値」を生産する場でもあって、そうしたことによって「権威」と「伝統」を維持していた。ところが、複製技術の進歩は作品の「権威」と「伝統」を根底から揺るがしてしまう――

「複製技術は、複製の対象を伝統の領域からひきはなしてしまう。複製技術は、これまでの一回かぎりの作品のかわりに、同一の作品を大量に出現させるし、こうしてつくられた複製品をそれぞれ特殊な状況のもとにある受け手のほうに近づけることによって、一種のアクチュアリティを生みだしている。このふたつのプロセスは、これまでに伝承されてきた芸術の性格そのものをはげしくゆさぶらずにはおかない。――これはあきらかに伝統の震撼であり、現代の危機と人間性の革新と表裏一体をなすものである。」

したがって、複製の出現とともに、芸術作品が古代から一九世紀にいたるまで保ってきたアウラは、知覚のメディアの変化をつうじて消滅する。「一回性と歴史的時間」が結びついた絵画の時代は終わり、「一時性と反復性」が結びついた新聞やニュース映画の時代が、それとともに「大衆」が社会生活の主役を演じる時代が始まる。――「こうして芸術作品の制作にさいしてほんものとにせものの基準がなくなってしまう瞬間から、芸術の機能は、すべて大きな変化を受けざるをえない。すなわち、芸術は、そのよって立つ根拠を儀式におくかわりに、別のプラクシスすなわち政治におくことになるのである」。

この「政治」という言葉はもちろん、ファシズムとそれに対抗する勢力のあいだでまさしく複製技術（ベンヤミンはとくに映画のことを問題にしている）による闘いが前者の優位のうちにおこなわれていたという歴史的背景を指示しており、それは革命の可能性というもうひとつの大きな問題へとわれわれをつれてゆくのだが、そうした点をひとまず抜きにしても、ベンヤミンの指摘が、このエッセーが書かれて半世紀以上が過ぎた現在のわれわれの状況についてもなお有効性を失っていないことは否定できないだろう。じっさい、ボードリヤールもどこかに書いているように、テクノロジーとはまったく同一のモノを大量に生産する技術なのであって、この複製技術が芸術の概念をまったく変えてしまったことは、二〇世紀を方向づける大きな事件のひとつだった（デュシャンのレディ・メイドは、この意味でやはり途方もなくモニュメンタルでかつ現代的な「作品」だ）。

二〇世紀を、ベンヤミンが複製技術によって特徴づけたとすれば、ブーアスティンは「間接性」と「擬似イヴェント」という点から解読しようとして、ベンヤミンの三〇年ほど後でこう述べる——

「彼〔一九六一年型シボレーの広告に登場する、デラックスな新車の運転席にすわった男性〕のコンバーティブルは、どうやらグランド・キャニオンとおぼしい、この上ない自然の絶景を背景にして駐車している。しかし、この男性は、車の窓から顔を出して、自然の景色を眺めるかわりに、自分の手のなかの機械に夢中なのである。彼は〝ビューマスター〟をのぞきこもうとしているのだ。これは美しい自然の風景を写した小さなカラー・スライドを眺めるための携帯用機械である。彼の座席の横には、スライドを入れた箱がいくつかおかれている。車の外には、彼の妻と三人の子どもが立っている。母親は一〇歳ぐらいの長女のほうを眺めている。ところで、その子は、車のなかの父親の写真を撮ろうとして、小さなボックス・カメラに夢中なのである。」

この、ブーアスティンによれば「美しいほどまでに象徴的な例」は、たしかにわれわれの時代の特性をよく示している。美しい自然を前にしたシボレーの一家にとっては、グランド・キャニオンの現実より幻影（イメージ）のほうがより現実的（ボードリヤールならハイパー現実的というだろうが）なのであり、そのすばらしい景色は、自分たちの新車を写した写真のなかでのみ、その背景として意味をもつのだ。

こうして、あらゆる直接的経験は間接的な経験にとってかわられ、あらゆる出来事が、人工的に仕組まれた擬似イヴェントになる、自然はもはや自立的な価値を失い、非・人工的なものとしてしか表現されなくなる、フィルター付きのタバコが普通になったので、かつてのタバコは「フィルターなし」タバコになり、虚構《フィクション》があたりまえになったので、事実は「非・虚構《ノン・フィクション》」になる、とブーアスティンはいう――つまり「われわれは人工的な経験をつくりだし、求め、最後には楽しんでいる。われわれの生活を、経験ではなくて、経験のイメージで満たしている」のだ。彼によれば、このような間接性と擬似イヴェントの時代は、やはり二〇世紀とともに始まっている。

さて、三人目、彼らのなかではいちばんわれわれに近い時代に属するボードリヤールは、ベンヤミンが「複製」と呼び、ブーアスティンが「幻影」と名づけたものを、「シミュラークル」という言葉で語ろうとする。模造品とかまがいものといった含意をもつこの語は、ボードリヤールの『消費社会の神話と構造』では、たとえば空を飛ぶ飛行機を見た「未開」人が、それを地上に呼びよせるためにありあわせの材料でつくりあげた飛行機のようなものを起源としていたが、「オリジナル」に対する「コピー」の従属性を超える概念だといってよいだろう。『象徴交換と死』において、彼はルネサンスから今日までの西欧文化の全史を、シミュラークルの展開過程としてあとづける。

　ルネサンスとともに（つまり「差異表示記号のレベルでの公然たる競争の開始とともに」）模造と偽物（コントルファソン）が出現する。それ以前の社会では、記号は拘束されており、誰でも勝手にそれらを手にすることはできなかったが、封建的秩序が解体され、記号の解放が始まると、あらゆる社会階層が無差別に記号を利用できるようになる。その結果、増殖された記号は、「オリジナル」な記号の模造品となる。人びとは、世界を偽物で再構築しようという演劇的情熱にとりつかれる。これがルネサンスから産業革命までの「第一の領域」のシミュラークルだ。このシミュラークルの場合には、真と偽、存在と外観、現実と幻影などの差異はまだ保たれている。むしろ、それらのきわだった対比が強調されるのだ。ところが、産業革命とともに、膨大な規模での記号の大量生産が開始されると、それらの差異は意味を失う。この段階の記号はもはや「オリジナル」を準拠としてもつ必要がない。機械と工場労働による記号の等価性が、記号の演劇性にとってかわる。「第二の領域」のシミュラークルが出現したのだ。模造ではなくて複製が問題となるこの時代は、産業革命からおそらく二〇世紀なかばまで続く。「模造と分身、鏡と劇場、仮面と外観の遊びの時代に比べれば、技術と大量生産による複製の時代は、まったく底の浅い時代である」とボードリヤールはいう（ベンヤミンのエッセーはこの段階についての分析となっているわけで、そこにたぶん現代性という点での彼の限界がある）。だが、この時代は過渡的な時代であり、「死んだ労働が生きた労働に勝利をおさめるやいなや」新しい段階が始まる。それは今世紀の後半から現在までを包みこむ段階だ。ボードリヤールに語らせよう——

「大量生産はモデルの時代にとってかわられる。モデルの段階では、起源と合目的性そのものをひっくりかえすことが問題となる。というのは、あらゆる形態は、それらがもはやただ機械的に複製されるのではなく、複製可能であるという認識に基づいて考案されるようになった瞬間から、まったく変化してしまうからだ。モデルと呼ばれる増殖の中核を起点として、方向転換がおこなわれ、このときわれわれは第三の領域のシミュラークルの時代に入る。第一の領域の模造も、第二の領域の純粋な大量生産も、もはや存在せず、あらゆる形態を差異の変調にしたがって産みだすモデルが登場する。この段階では、モデルにつながることだけが意味をもち、すべてのものはその固有の目的にしたがってではなく、〝準拠枠としての記号表現〟としてのモデルから生じることになる。」

したがって、この領域のシミュラークルは、真と偽の記号、等価性の記号などの理性的な記号ではなく、差異のコードに基づくシミュレーションの記号となる。こうして「準拠を必要とする理性が姿を消し、生産がめまいにおそわれる」地点を、われわれは通過してしまった、とボードリヤールはいうのである。

＊

三つの著作が分析しているような、二〇世紀における現実世界の変化は、もちろん、ある日突然出現したわけではなく、数十年の時間をかけて進行し、いまも進行しつつある過程なのだが、こうした変化のきっかけが、世紀のはじめに集中的に現われたことは事実である。そして、こうした急激な変化に対応して生まれた、過去の伝統との断絶をめざす新しい芸術運動が、「アヴァンギャルド」と呼ばれることになるのはいうまでもないが、この言葉には、すこしばかり用心する必要がある。「アヴァンギャルド」という軍事・政治用語が芸術運動にかんして使われるようになるのは、一九一〇年頃のことで、それ以後「現代芸術」について語ろうとする人びとによって多用され、今日にいたっている。その理由については、いちおう「なぜなら、それは、当時すべての芸術上の展開過程が示していた急激な変化を説明するのにもっとも適当な概念のひとつであると思われた」（マルク・ルボ『フランシス・ピカビアと形象的価値の危機』）からだ、ということができるだろう。

したがって、「アヴァンギャルド」という概念は、ある特定の流派や運動を指示しているのではない。それは、二〇世紀初頭の芸術の新しい試みの「多様性」を包括的に表現しているのであって、「アヴァンギャルド」という様式が存在したわけではないのだから、未来派、ダダ、構成主義等々の動きを、すべてこの語によって語ろうとすることは、かなりあいまいな行為だといわなければならない。

とはいえ、二〇世紀の新しい現実にたいするこれらのさまざまな反応が、それ以前の伝統的現実認識との断絶を根拠としつつ、マルクス主義、フロイト主義、ファシズム等々のイデオロギー装置からはまだ遠い場所に位置している、という共通項をもっていたことは否定できない以上、これらの共通項において通底している「多様性」を、とりあえず「アヴァンギャルド」という名で呼んでおくことにしよう。

いずれにせよ、新しい現実にたいするこれらのアヴァンギャルドの反応が、もっとも集中的に表われている最初のテクストが、マリネッティの「未来派宣言」であることはあきらかだ。

一九〇九年二月二〇日付の『フィガロ』紙上に発表されたこのマニフェストには、フランカステルが指摘した「今世紀はじめの芸術家たちの関心を引く諸価値」のほとんどすべてが出現している、といってよいが、もっとも特徴的なのは、やはりその第四項だろう。

「4——世界の輝きは、新しい美によってより豊かなものとなった。それは速度の美だ。蛇のような太いチューブで飾られたボディをもち、爆発音をとどろかせて疾走するレーシング・カー……機関銃の一斉射撃のなかを咆哮をあげて走りぬける自動車は、サモトラケのニケより美しい。」

「未来派宣言」中でおそらくもっとも有名なこの項がわれわれに指示する、速度と機械のもたらす新しい美の世界が、マリネッティたちと同時代の新しい現実の直接的な反映であることは、いうまでもない。だが、ここで問題とされている速度とは、いったい何だろうか。それは、二地点間の移動時間を劇的に短縮するという意味での、有用性としての速度、より速くどこかにたどりつくために獲得すべき相対的速度ではない。それは、どこにもたどりつかないレーシング・カーの、移動という目的のためには無意味な、絶対的速度なのだ。それゆえ、未来派のこの速度は、「宣言」の第八項における時代認識と結びつけて理解される必要がある。

「8——われわれは諸世紀の最先端にいる……不可能の神秘の扉を突き破ることがわれわれに課せられているこの時点で、われわれのうしろをふりかえっても何になるだろう。昨日、時間と空間は死んだ。われわれはすでに絶対的なもののなかで生きている。われわれはすでに、いたるところに永遠の速度を創造したのだから。」

こうして、神の死、というあいまいな言葉に依拠しなくとも、マリネッティの「永遠の速度」は、ルネサンス以後昨日まで人びとを支配してきた時間と空間の意識を超えた場所へ、われわれをつれてゆこうとする。自分たちの前には、まだ誰もいない、そして、うしろの群れは、はるか彼方にどんどん遠ざかってゆく、という速度感のもたらす、絶対的自由の幻想がそこにある。ひとつの時代はあきらかに過去のものとなったが、新しい時代の価値の秩序はまだ確定していない、境界線をすこしだけ越えた時点での、この自由の意識が、結局、幻想でしかなかったことは、そのすぐあとにやってきた戦争と革命と反革命によってたやすく暴露されてしまい、マリネッティたちの運動は、彼らがあれほど賛美した速度と機械の美のスペクタクルであった戦争とともに、ファシズムという新しい秩序と一体化していくのだが、彼らのこの速度感が、二〇世紀はじめのアヴァンギャルドたちの感性の、もっとも先端的な表現のひとつであったことはたしかだ。

それだけではない。未来派が新しい美の象徴的存在として選んだレーシング・カーと、ルーヴル美術館のギャラリーへの入口の階段の踊り場に置かれているサモトラケのニケの像との対比は、二〇世紀の新しい現実によってもたらされるであろう新しい感性を暗示している。それは、ニケの像に象徴される、世界にひとつしかないという事実によって価値

マリネッティ『ツァン・トゥム・トゥム』表紙（1914年）

を誇示する「芸術作品」より、機械とテクノロジーによって大量生産される自動車のほうが、より美しいという感性である。こうして、ベンヤミンが指摘するであろう「一回性と歴史的時間」に結びついた「オリジナル」の時代の終わりと、複数性と反復性に結びついた「コピー」の時代の始まりは、すでにマリネッティのテクストによって予感されている、ということができる。

「われわれのうちで最年長の者は三〇歳だ。だから、われわれの任務を達成するために、少なくとも十年の時間をわれわれはもっている。われわれが四〇歳になったとき、われわれより若くて、勇敢な者たちは、まるで役に立たない原稿のように、われわれをくずかごに投げ捨てるがよい！」

「未来派宣言」の終わりのほうで、マリネッティはこう断言していた。そして、彼の予言どおり、一九一六年にヨーロッパ大戦のさなかのチューリッヒに突然姿を現わしたツァラのダダは、マリネッティたちの絶対的速度に嘲笑をあびせて、彼らのレーシング・カーを失速させてしまう。最初のマニフェストである「アンチピリン氏の宣言」（一九一六年七月一四日）は、とりわけ未来派にたいする攻撃で始まっている。

キャバレー・ヴォルテール跡（2000年）
その後カフェバーとして復活

「ダダはわれわれの強烈さだ。(……) それは断固として未来に反対する。自動車とは、大西洋横断客船や騒音や思想のように、その抽象作用の速度の遅さにおいてわれわれをひどく甘やかしてきた感情にすぎないことを、われわれは断言する。」

ダダは、こうして、はじめのうちは、他のグループとの差異を強調することによって自己の「正当性」を主張するという、いわばありふれたスタイルをとっているが、その性質が一変するのは、「ダダ宣言1918」においてである。一九一八年七月二三日にチューリッヒで発表され、同じ年の一二月の『DADA3』誌に掲載されて、ツァラの名を「世界的」なものとすることになったこの「宣言」は、マリネッティのものとは (そして、ブルトンの『シュルレアリスム宣言』とも)、まったく異質なテクストとなっている。なぜなら、ツァラのマニフェストは、マリネッティやブルトンのそれがそうであるように、彼の主導する新しい運動の特性をあきらかにすることよりは、むしろ、まず「宣言」という行為そのものを問題にするのである。

「宣言を発するためには望まねばならぬ。A・B・Cよ、1・2・3にぶつかって爆発せよ。(……)

ぼくは宣言を書くが、何も望んではいない。それでも、ぼくは何かをいう。ぼくは原則として、宣言には反対だ。原則というやつにも反対なように。
**ひと呼吸するあいだに、対立するふたつの行動ができることを示すために、ぼくはこの宣言を書く。ぼくは行動には反対だ。絶えざる矛盾と、それから肯定には賛成だ。いや、ぼくは賛成でも反対でもない。そして、ぼくは説明しない。なぜなら、ぼくは良識が嫌いだから。」

ここで、ツァラのテクストは、マニフェストというテクストについてのテクスト、つまりメタ・テクストとなっていることがわかるが、そればかりではなく、われわれは、そこ

アラゴン（1920年代）

に、絶えざる前言取り消しの連鎖を見つけることができる。宣言／反宣言、原則／反原則、行動／反行動、賛成／反対、というこの連鎖は、Aか非Aか、という論理の秩序の外にわれわれをつれだしてしまう。

もっと先のほうで、彼はこう書く——

「秩序＝無秩序、ぼく＝非ぼく、肯定＝否定」

ダダは、一切の価値を否定したニヒリスティックな運動だったと思われているが、少なくともツァラにとって、否定／肯定という対立は意味をもたない。そうした二項対立そのものを無効化しようとしたのが、彼のダダだったのである。そして、その結果、ツァラがたどりつくのは、

☞ DADA NE SIGNIFIE RIEN

ダダハナニモイミシナイ

という言葉である。意味の伝達手段であるはずの言語が「何モ意味シナイ」というメッセージを運ぶほかはなくなったとき、言葉の世界は一変するだろう。言語の意味作用への、

この根源的な挑戦は、マリネッティにもブルトンにもおそらく共有されなかったツァラの特異性であって、彼とともに、世界は新しい言語をもつことになるだろう。

アラゴンは、ツァラの「ダダ宣言1918」をはじめて読んだときの衝撃を、ツァラの死の翌年に回想して、こう書いている。

「戦争はもう終わっていて、私は凍てついたアルザス地方に、私の部隊とともに駐留していた。（……）兵舎の向かい側には一軒の家があって、若い娘がピアノを弾いていた。ダダハナニモイミシナイという宣言に、私はそんな場所ではじめて出会ったのだった。（……）夜になると、私には、世界の暗さの向こうで娘が弾いている『鱒』の曲が、もう耳に入らなくなってしまった。新しい言語がわたしをとりこにしたのだ。」（「トリスタン・ツァラの地上の冒険」一九六四年）

それでは、ツァラのダダが開こうとした、この新しい言語の世界とは、いったいどんな場所だったのだろうか。そして、ダダの冒険のあとにやってきたシュルレアリスムは、この世界に何をもたらしたのだろうか。これらの問いから、われわれは出発することにしよう。

I

トリスタン・ツァラをめぐって

チューリッヒからパリへ――ツァラのパリ到着をめぐって

一九一六年二月八日、チューリッヒの湖水へ注ぐ川沿いのカフェ「テラス」で、アルプやヒュルゼンベックとともに偶然ダダという語を発見した時、ツァラはこの言葉が自分の一生を決定してしまうとは思わなかったことだろう。だがその後半世紀にわたる彼の生涯は、つねにダダの影の下にあった。そしてツァラが死んで、人びとはほとんどダダという語によってのみ、彼の名前を記憶にとどめている。それが詩人にとって幸福だったのか不幸だったのかは別にしても、ブルトンがシュルレアリストたちの群れを率いてシュルレアリスムそのものと一体化したのとはちがった意味で、ツァラは最後までダダであり続けたのだった。

ダダ――それは時代と精神の危機によって生みだされるひとつの「精神状態」なのだから、絶えず危機をはらんでいるこの世界の構造が変わらないかぎり、潜在的にはつねに存在しているといってよい。一九六三年、死の一カ月ほど前にマドレーヌ・シャプサルとのインタヴューで「人びとはダダ以後進歩したと思いますか？」とたずねられた時、ツァラはこう答えている。

「進歩したか、ですって？　〝進歩〟という言葉にはちょっと問題があるでしょうね……とにかく、たとえば文化の領域で、現在のわれわれは、恐しい危機の時代を生きていると思うのです。」(1)

六七歳のツァラのこの発言は、そのまま二〇歳のツァラのチューリッヒでの発言ともなりうるものだが、それは第一次大戦にはじまる危機の時代の延長上にわれわれの時代もまた位置づけられるからだ。とはいえ、一九一〇年代から二〇年代にかけて、ヨーロッパとアメリカを中心にしてダダ、未来派、表現主義、構成主義などのさまざまな運動がほとんど同時的に進行したという状況は、現在のわれわれをとりまく状況よりずっと活気にあふれていた。これらの運動は、われわれが想像するよりもはるかに根源的なカタストロフィーの予感として、またみずからを育んだヨーロッパ文明そのものに対するいらだちや拒否として、同一の感情に根ざしているといえるだろう。これらの「イズム」の相互関係やそれぞれのたどった過程を時代という背景の上に描きだし、全体としての動きと流れをつかむことは、きわめて現代的な意味をもつはずなのだ。

しかし、ここで試みようとするのは、そうした大きな仕事のごく一部となるにすぎないささやかな作業である。さしあたり、ツァラがチューリッヒ・ダダに見切りをつけて、ピカビア、ブルトンらの誘いに応じてパリに活動の舞台を移すことになる時期に焦点をあててみることにしよう。

1 チューリッヒ

一九一八年七月二三日、チューリッヒのマイゼ・ホールで開かれた「トリスタン・ツァラの夕べ」は、バルとヒュルゼンベックがこの地を去った後、ダダ運動の中心がツァラに移ったことを明らかにする場となった。二年前にバルによって開かれたキャバレー・ヴォルテールはすでに閉鎖されていたし、チューリッヒ・ダダのメンバーのうち、ドイツからやって来た者の多くは帰国してしまい、一八年の春にダダはベルリンに姿を現わしていた。チューリッヒに残ったのは、ツァラとヤンコ兄弟のルーマニア組、アルプ、ゼルナーたちだったが、七月二三日の集まり以後はツァラの「独裁」がおこなわれることになる。

夜八時半にはじまったこの「夕べ」のハイライトは、チューリッヒ・ダダの宣言のなかでもっとも重要で、もっともよく知られている「ダダ宣言1918」のツァラによる朗読だった。彼の『チューリッヒ年代記』には、この夜のことがこう記されている。

チューリッヒ・ダダ三人組――アルプ、ツァラ、リヒター

「宣言、反テーゼ、反哲学的テーゼ、ダダ、ダダ、ダダ、ダダ、ダダの自然発生性、ダダの嫌悪、笑い、詩、静けさ、悲しみ、下痢だってひとつの感情だ。（……）運送屋の作業服が舞台に投げこまれる。大学教育的知性の浅薄化に対して野性の側からの非難の叫びがわき起こる、等々（……）。[2]」

たしかに、それはいつ果てるとも知れぬ騒がしい夜だった。外側から見れば運動は頂点に達していた。だが内側から見ればすでに退潮がはじまっていた。

「ダダ宣言1918」で切り札を使い果たしてしまったツァラは、チューリッヒでの運動を続けるために新しい仲間を必要としていた。アルプとツァラの偽装決闘事件（一九一九年六月）などという苦しまぎれのアイディアからもうかがわれるように、チューリッヒ・ダダは一八年夏以降急速に行きづまってしまうのである。

この時期のダダに新しいエネルギーをもたらしたのは、フランシス・ピカビアだった。「トリスタン・ツァラの夕べ」の一カ月後（八月二一日）、ツァラはピカビアに（おそらく最初の手紙を書いてダダへの協力を要請する（「あなたが『ダダ』誌の傾向に共感され、われわれの共同作業に加わって下さることを希望します」[3]）。当時ピカビアは長期間のアメリカ滞在を終え、ローザンヌで『母親なしに生まれた娘』[4]を出版し、チューリッヒのグループの注目を集めていたこともあり、ツァラの運動に強い関心を示した。もっともピカビア自身も

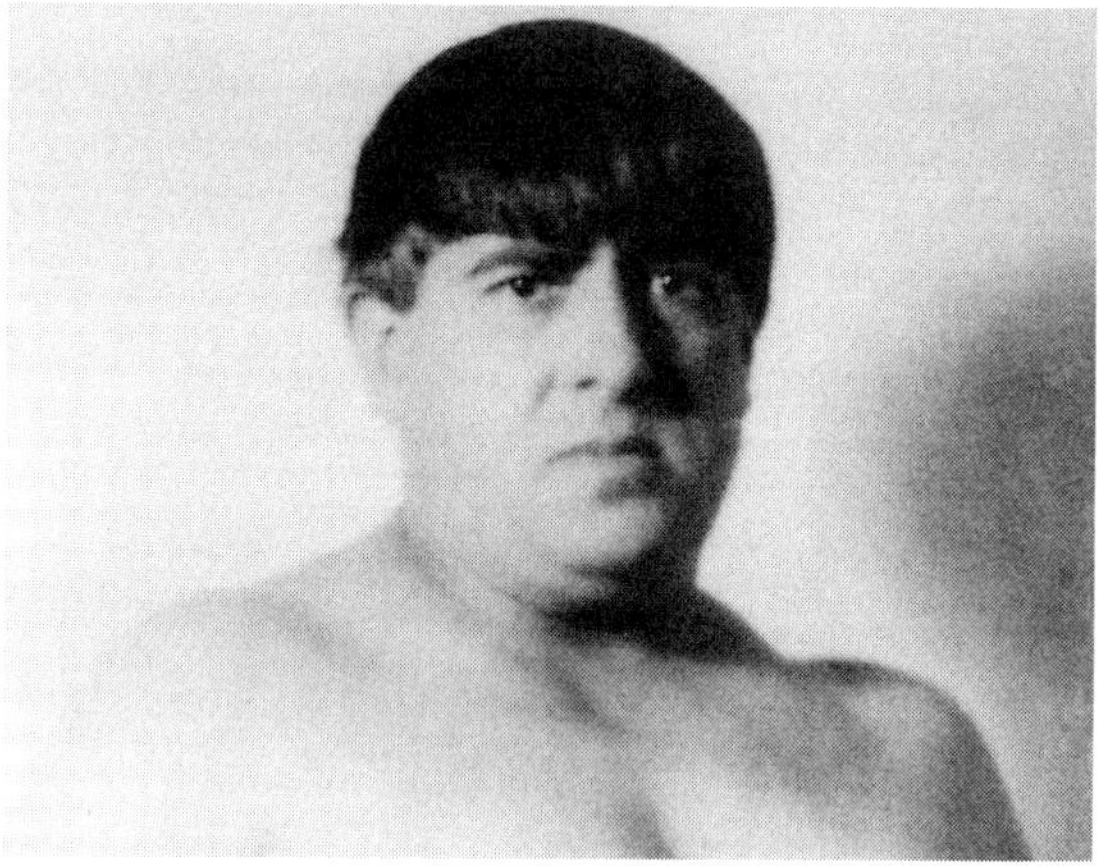

ピカビア

『391』誌を主宰してひとつの流れを代表していた以上、彼の協力はチューリッヒ・ダダに新しい生命を吹きこむというわけにはいかなかった。

とはいえ、一九年の初めにピカビアは夫人のガブリエル゠ブッフェを伴ってチューリッヒを訪れ、ツァラのグループと出会うことになる。これはチューリッヒ・ダダ末期の数少ない「事件」のひとつであったばかりでなく、ツァラのパリ登場を準備する重要な一歩ともなった。ピカビア夫人はこの出会いについてこう書いている。

「わたしとピカビアの旅行のうちで、チューリッヒ行きは最良のもののひとつとなるでしょう。ピカビアはダダ・グループの熱烈な歓迎を受けました。わたししたちはアルプ、リヒター、ツァラ、ヤンコ兄弟、ゼルナー博士たちと知り合いになりました。皆若くて、魅力的で、想像力と才能と思いつきに満ちたひとたちで、しゃれや気のきいた言葉がひっきりなしに飛び出してきました。でも『391』のグループにくらべれば、ずっとおとなしくて罪のない冗談でした。彼らはモラリストで、背徳者ではなかったのです。[5]」

ダダと『391』のちがいについての彼女の指摘は意味深長なものだが、この点については別の機会に取り上げることにしよう。とにかく、チューリッヒでのツァラとピカビアの会見はひとつの具体的な成果を生んだ。二人の共同編集による『391』誌第八号が、一九年二月に発行されたのである（チューリッヒで千部印刷されたが、ツァラはそのうちの九六〇部をパリに送っているので、チューリッヒでの運動にほとんど影響をあたえなかったことになる）。この号に、ツァラは"Chronique"（「年代記」）、"Exégèse sucre en poudre"（「粉砂糖の解釈」）の二篇の詩を寄稿し、ピカビアはいつものように表紙とさし絵、それに"C'est assez banal"（「かなり月並み」）という短文をのせ、他に二人がチューリッヒのホテルで一緒に書いた文章、ガブリエル゠ブッフェの「小宣言」、アルプの作品などが掲載された。[6]

一九年の春以後のチューリッヒ・ダダ最大の行事は、四月九日にカウフロイテン・ホー

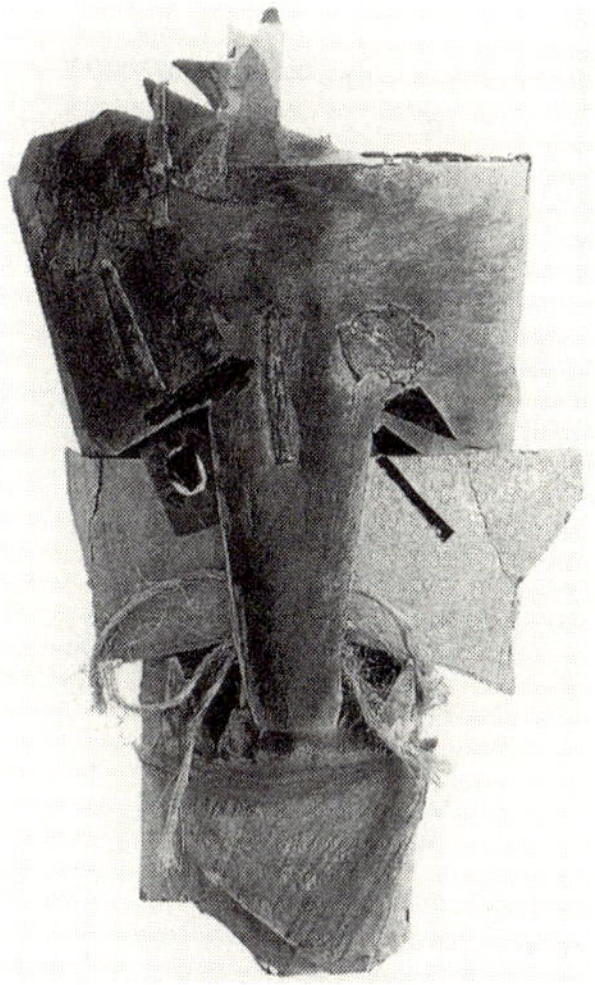
マルセル・ヤンコ「仮面」(1919年)

ハンス・アルプ「偶然の法則によるコラージュ」(1916年)

ルで開催された九回目の「ダダの夕べ」である。[7] この集会は一五〇〇名余りの観衆(ツァラの記録によれば)を集めて、規模としては最大級のものだったが、内容的には一九一八年の「トリスタン・ツァラの夕べ」を越えることはできなかった。

「一五〇〇名の観衆がホールを満たした(……)幕が開いて、うす暗い舞台の上で二十名の出演者がトリスタン・ツァラの同時進行詩 "La fièvre du mâle(「雄の発熱」)" をいっせいに朗読しはじめると、会場は騒然たる雰囲気に包まれ、身の危険を感じるほどだった。(……)ダダはホール内に絶対的無意識の回路をはりめぐらすことに成功した。特権階級による教育の差別を忘れさせ、新しい衝撃を感じさせる回路だ。ダダの決定的勝利。[8]」

『チューリッヒ年代記』に、ツァラは誇らしげにこう書きつけている。なるほど、集会への動員力という点ではこの「夕べ」は「ダダの決定的勝利」だったかもしれない。しかし、「前衛」を自負するグループがこれだけ多くの「市民」を集めたという事実、そしてそこで演じられたのが相も変わらぬナンセンス詩の「合唱」でしかなかったという事実は、ツァラの意図に反してダダが「健全な見世物」になってしまったことを物語っている。先のピカビア夫人の言葉ではないが、チューリッヒ・ダダは結局モラリ

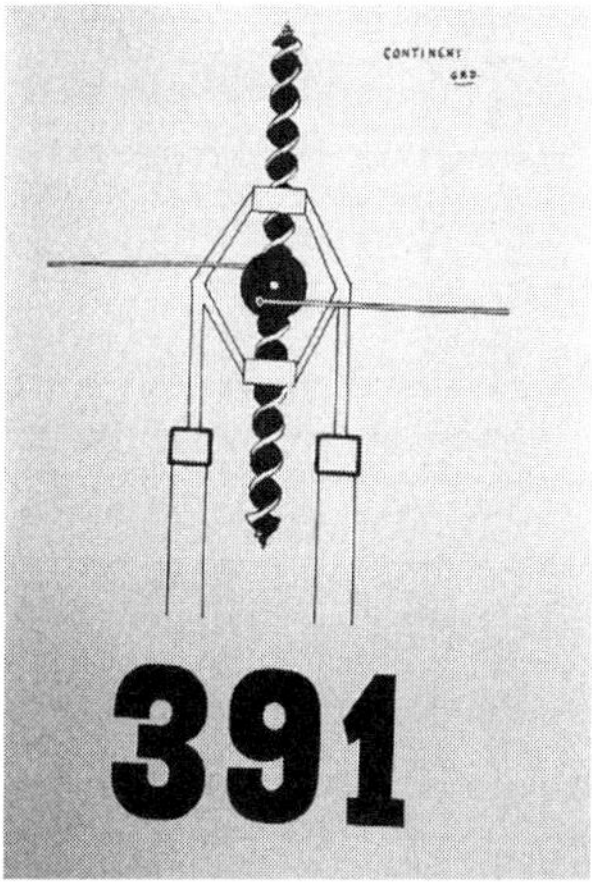

「391」 9号表紙（1919年）

「DADA 3」表紙（1918年）

ストたちの無邪気な遊戯という枠を越えることに失敗した、といっておこう。ツァラの得意とする「言葉のテロリズム」は、ここでは言葉の世界の内部だけに限定されていたのだが、この矛盾(二重性)はのちのツァラの作品と生活にも微妙な影を落とすことになる。

こうして、一九年にはチューリッヒの運動はすでにはじめの独創性と新鮮さを失っていたが、ツァラの「名声」はヨーロッパ中に広がっていた。一八年一二月に発行された『ダダ』誌第三号には、あの「ダダ宣言1918」が掲載され、この『DADA3』とともに、ツァラの名は全ヨーロッパ世界(北アメリカもふくめて)の前衛芸術家たち、とくにフランスではのちにシュルレアリストと名乗ることになる若者たちの記憶に深く刻まれるのである。『文学』誌を拠点として、「文学」を越える新しい力を探しあぐねていた彼らの間で、ツァラの名は一種の救世主的意味をもったほどで、ブルトンは「宣言」を読んだ直後にこんな手紙をツァラに書き送っている。

「あなたの宣言には本当に感動しました。あなたが示したほどの勇気は、ほかの誰にも期待することはできません。今では私の全視線はあなたにむけられています。[9]」

また、セルジュ・フォーシュロもいうように「これらのパリの若者たちの間では、ツァラの権威は大変なもので、ツァラ自身そのことを知っていた。スイスの文学的雰囲気がますます活気を失っていたこともあって、彼はこれらの若者に希望を託した(10)」というのが、この時期のツァラの偽らざる心境だったといってよい。四月九日の大騒ぎの後、彼の心はすでにチューリッヒを離れていたのかもしれなかった。新しい「出しもの」は種切れとなり、新しいメンバーも見つからなかった。この年の夏に、ツァラはピカビア夫人にまで協力を要請し、こう書いているくらいである。

「あなたにダダのためになにか書いてくれとお願いするのはあんまりだとは思いますが、もし万一なにかお書きになったものがあれば送って下さいませんか？　ダダにはおかしなことが多すぎて、私には協力者がいないのです(11)。」

そんなわけで、一九年の夏以降、ツァラをチューリッヒに引き止めておくものはなくなっていた。そして、もしチューリッヒを離れるとすれば、彼の行先はピカビアとブルトンのいるパリ以外には考えられなかった。

2　誘い

一九年のはじめ、つまり「ダダ宣言１９１８」をブルトンたちが読んだ時点で、すでにツァラはパリ行きの誘いを受けていた。とりわけ熱心だったのはブルトンで、彼がツァラのうちに、ジャック・ヴァシェの死によって失われたものを、再び見出そうとしていたことはまちがいない。一月二二日付のツァラへの手紙に、彼はこう書いていた。

「私がいちばん愛していた存在が姿を消してしまいました。友人のジャック・ヴァシェが死んだのです。(……)彼ならあなたの精神を自分の兄弟のように理解できたでしょうし、私たちは一緒になにか大きな仕事ができたことでしょう。(……)ところで、近いうちにパリでお目にかかるわけにはいきませんか?(12)」

こうした誘いに対するツァラの反応については、彼のブルトン宛の手紙がほとんど公表されていないので断定はできないが、今日読むことのできる数少ない手紙の範囲では、彼がブルトンに対してかなり距離をおいて接していることがわかる。たとえば、ブルトンのこの手紙への返事をツァラは一ヵ月以上のちになって書いているが(三月五日付)、そのなかで自分がいかに忙しい人間であるかについて語り、実際には当時二人とも二三歳だったのに(ツァラは一八九六年四月一六日生れ、ブルトンは同じ年の二月一九日生れで、ブルトンのほうが二ヵ月上だ)二七歳と自称し、先輩詩人ぶっているのである。パリ行きの計画について、この手紙ではこう答えている。

「いつパリに行けるかはまだわかりませんが、必ずあなたにお会いできると思います。わたしがパリに行けるかどうかは、物質的な条件しだいなのです。[13]」

一方ピカビアは、チューリッヒでツァラに会う前に、ローザンヌから手紙を書き（一月七日付）、ツァラにパリに来るよう熱心にすすめている。彼はパリの自分の部屋を提供することさえ約束しているのである。

「数日後に私はパリに戻りますが、あなたもいらっしゃいませんか？　私のアパルトマンはかなり広いので、よろしければお泊りいただきたいと思っています。そう願えればうれしいのですが（……）。[14]」

この招待に対して、ツァラははっきりした回答を避け、こう書いている。

「あなたの友人たちに詩や文章を送ってくれるよう頼んでくれませんか？　いずれパリで皆さんと握手できるようになるでしょう。出まかせをいっているのではありませんよ。あなたはある朝電報を受けとり、私がパリに着いたことを知るでしょう[15]！」

その後半年あまりの間に、ツァラは（少なくとも）ピカビアから六通、ブルトンから二通こうした誘いの手紙を受けとっている――

（ピカビア）
「もし可能なら、できるだけ早くいらっしゃい。」（三月一二日付[16]）
「パリにいらっしゃいませんか？」（四月一八日付[17]）
「数日のうちにパリでお会いできることを望んでいます。（……）友よ、できるだけ早くいらっしゃい。」（五月八日付[18]）
「あなたがまだパリにいらっしゃらないとはまったく残念です。」（五月二一日付[19]）
「パリにいらっしゃるおつもりですか？」（七月八日付[20]）
「なぜパリにいらっしゃらないのですか？　なにか私にできることはありませんか？」（八月三日付[21]）
（ブルトン）
「近々パリにいらっしゃるとの知らせを受けとり、よろこんでいます。」（二月一八日付[22]）
「秋にはパリに行くとあなたが約束したことを忘れはしませんよ。」（七月二九日付[23]）

これらの手紙からもうかがわれるように、かんじんのツァラの反応はあまり積極的なものではなかったようだ。公表された彼自身の手紙が少ないために詳しい事情はわからないが、時折思わせぶりな返事を書きながらも、パリ行きを一日のばしにしていたらしい。たとえば三月一九日付のピカビアへの手紙では「ご安心下さい。事情が許すようになりしだい、なんとかしてパリに行くつもりです[24]」と書いてはいるが、同じ手紙で四月九日の「ダダの夕べ」の計画について熱っぽく語っていることからも想像できるように、少なくともこの第九回目の「ダダの夕べ」と五月の『ダダ』誌第4―5号（ダダ・アンソロジー）発行までは、残務整理的ではあったが、ツァラはチューリッヒでの活動に身を入れていて、パリ行きを具体的に考えていたとは思えないのである。

しかし、チューリッヒでの最後の号となった『ダダ』誌4―5号の発行を終えてしまうと、チューリッヒ・ダダは実質的にはその活動に終止符を打つことになった。だから、ツァラが本気でパリ行きを考えはじめたのは、前節でも述べたように一九年夏以後ということになる。

もっとも、ブルトンらのグループとツァラとの協力は、ツァラのパリ到着こそなかなか実現しなかったとはいえ、『文学』誌へのツァラの寄稿というかたちで進められていた。一九年三月に創刊された『文学』誌の第二号（四月）に、ツァラは早くも“Maison flake（「メゾン・フラーケ」）”を発表しているし、第四号（六月）には『ダダ』誌の広告

(LITTERATURE Oui, mais DADA 1-2-3-4-5 〔『文学』そうだ、でも『ダダ』も〕)が掲載されている。[25] その後も『文学』誌の第五号(七月)、第八号(一〇月)、第九号(一一月)に作品を寄稿し、また第一〇号には「ジャック・リヴィエールへの公開質問状」、「『391』書評」を掲載したこともあり、パリでのツァラの前評判はしだいに高まってゆく。

九月二一日、ツァラはチューリッヒからパリのブルトンへ長文の手紙を書いている。この手紙の内容は「ジャック・リヴィエールへの公開質問状」(九月一日発行の『NRF』誌に掲載されたリヴィエールのダダについてのノートに対する回答だが、同誌には発表されなかった)とほとんど重複しているが、そこで彼は今までになく明確に自分の立場を述べている

——

「現在人びとがなにかを書いているのは、〃あらゆる点から見て〃逃避にすぎません。私は書くことを仕事にしているわけではないのです。《退屈しないこと》という唯一の意味ある事業を実現するための体力と精神力があったなら、私は繊細な神経をもった大冒険家になっていたことでしょう。[26]」

一〇月に入ると、チューリッヒ・ダダの運動は最後の段階に入る。ツァラ、アルプ、ゼルナー、フラーケらはドイツ語のダダ誌〃Der Zeltweg〃(「ツェルトヴェッグ」)チューリッヒ

の街路名）を発行する。この雑誌は、ジャコメッティ、ヒュルゼンベックら多くの寄稿者を集めたが結局一号で終わり、それとともにチューリッヒでの運動も幕をおろすことになったのだった。

一九年夏以後、チューリッヒ・ダダが崩壊にむかった理由としては、活動のマンネリ化のほかに、「政治的」理由をあげることもできる。この頃、文学運動の枠を越えて政治運動と一体化しようとしていたベルリン・ダダのイニシアチブで、四月にはベルリンとチューリッヒのメンバーが集まり「急進芸術家集団」を結成し、チューリッヒからはアルプとジャコメッティが参加するという事件も起こっているのである。[27] ところが、当時のツァラはベルリンよりパリに惹かれていたし、ピカビアの影響もあって、「政治」にあまり興味をもっていなかった。したがって、ベルリン・ダダの方向でのチューリッヒの運動の政治化（ベルリンでは「ダダ革命中央委員会」が結成されていた）[28] は、彼の望むところではなかった（もっとも、三〇年代になるとツァラは自分から「政治」の世界に入ってゆくのだが）。この間の事情については、フォーシュロの次の言葉が示唆に富んでいる。

「社会と芸術との関係にはまったく関心をもたなかったピカビアの影響もあり、またちょうど文通をはじめていたフランスの若い詩人たちにならって、ツァラは文学・芸術と政治とのかかわりあいに、それもかなり長い間背をむけることになる。彼は文学遊戯にのめりこんでゆく。[29]」

こうして一九年の秋には、ツァラはようやくパリへ乗りこむ決意を固めたのである。

3 パリへ

ツァラがパリ行きをためらっていたもうひとつの理由は、彼自身がブルトンらへの手紙で書いているように、経済的問題だった。パリでの生活の保障があれば、彼はもっと早く、少なくとも『ダダ』4―5号の発行を終えた五月にはパリに行けたはずである（事実、先に引用した五月八日付のピカビアの手紙からは、ピカビアがツァラから数日中にパリに着く予定だという葉書を受けとっていることがわかる――「数日のうちにパリでお会いできることを望んでいます。ただし、あなたの葉書が単なる思いつきでなければの話ですが[30]」）。

そのへんの事情を察してか、あるいはツァラのほうから尋ねたのかもしれないが、ブルトンは一一月八日付の手紙でパリでの生活費について具体的な数字をあげて説明し、『文学』誌の行きづまりを打開するにはツァラの力が必要であり、同誌と『ダダ』誌の合併さえも考えていること、ヴァレリーが彼について語ったことなどをこまごまと書き送っている[31]。同じ頃、ピカビアもツァラに手紙を送り（一一月一〇日付）、パリの文学界の沈滞した空気について語るとともに、経済的問題についても「もしあなたが当地にいらっしゃるつもりなら、あなたのためにひと部屋用意しておきます。物質的問題では、なにも心配することはありません[32]」と書いて不安をとり除こうと努めている。

こんなわけで、一一月にはツァラがパリに行けない理由はしだいになくなってゆき、一二月に入ると、彼は本気でパリ行きの準備にとりかかる。一二月一日、ツァラはピカビアに手紙を書き、『ダダ』六号の編集が終わればパリに行けるだろうとはじめて具体的なことを知らせている（この雑誌はチューリッヒではなくパリで翌二〇年二月に発行される[33]）。ちょうどこの頃、ピカビアはツァラに会いにチューリッヒに行こうとしていたらしいのだが、この手紙への返事（一二月三日付）でチューリッヒ旅行をとりやめたことを告げ、できるだけ早くパリで会いたいと書いている[34]。

もっとも、ツァラはパリ行きの意向をブルトンにはまだ知らせていなかったと見えて、一二月四日付のブルトンの葉書には「あなたがパリにいらっしゃることになっているのかどうかわからないので、いっそうあなたの手紙が待たれます[35]」と記されている。

とにかく、ツァラのパリ到着はようやく現実の日程にのぼることになった。一二月一七日、ピカビアはツァラへの手紙で、彼が“Section d'or（「黄金分割」）”（ピカビア、アルキペンコらキュビスムから出た芸術家のグループ）の会員に選ばれたこと、彼の到着を待って一月に会合を開く予定があること、などを知らせている[36]。一方ツァラも、この時期のピカビアへの手紙(日付不明)ではじめて具体的な日付を指定して、パスポートの件で障害がなければ一月六日にパリに着けるだろうと書いている。「一月六日にパリに到着するつもりです。(……)何日かあなたのお宅に滞在してもかまわないかどうか、知らせて下さいませんか[37]」。

そして一二月三〇日、チューリッヒのツァラ宛のおそらく最後の手紙に、ピカビアはこう書く——「安心してパリにお出になれます。ベッドも食事も準備してありますから(……)[38]」。

今やツァラのパリ到着は時間の問題となった。

ところが、奇妙なことに、ツァラのパリ到着が近いことをブルトンが(多分ツァラからではなくピカビアから)知らされるのは、年を越してからだったようで、一二月二六日付の手紙では、ブルトンはツァラにこう書き送っているのである。

「あなたを、あなただけを首を長くして待っています。昨夜ピカビアはあなたが多分来れないだろうといっていました[39]。」

ツァラとブルトンの手紙のやりとりは一年近く前からはじまっていたわけだが、先に見たようにツァラはブルトン(およびそのグループ)に対して、どことなくうちとけない、一線を画した態度をとりつづけている。このことは後のパリ・ダダ時代の二人の対立の伏線と見ることができるかもしれない。

とはいえ、年を越した一月四日付のブルトンのピカビア宛の手紙を読むと、彼はようやくツァラの到着の近いことを知ったことがわかる（「トリスタン・ツァラが間もなくやって来ることを知りました。彼の到着を待っています。私にこれほどの気持で到着を待たせたひとは彼がはじめてです[40]」）。

だが、ここでちょっとした行きちがいが生じる。ツァラがパリ到着を予告していた一月六日に、ブルトンと『文学』誌の仲間たちは彼を迎えにリヨン駅まで行ったのだが、いくら待ってもツァラは来なかった（スーポーの回想では東駅となっている。チューリッヒから来る列車はふつう東駅に着くのが、イタリア経由だとリヨン駅になる[41]）。翌日も翌々日もブルトンたちは駅でツァラを待ったが無駄だった。しびれを切らしたブルトンは九日の夕方六時一五分まだチューリッヒを発っていなかったツァラへ電報を打ち（「ヨウカノバンハザンネンオイデナラデンポウサレタシ[42]」）、ピカビアに手紙を書く（「もしツァラが来るのなら、到着の日を知らせて下さい。もう待ちくたびれました[43]」）。

おそらくツァラは一月六日にパリに着けると思っていたのだが、その直前に予期せぬ出来事が起こって出発を延期せざるをえなかったのだろう。一〇日付のブルトンへのピカビアの手紙には、ツァラがパスポートの問題で来れなくなったらしいと書かれている[44]。パスポートの問題とは具体的に何を指すのかはっきりしないが、第一次大戦直後で、フランス当局がドイツ方面からの旅行者に神経をとがらせていたし、事実ツァラがピカビアに送った雑誌類が税関で一時差し押さえられたこともあって、この種のなんらかのトラブルがツァラのパリ到着を遅らせたことは十分想像できる。

そして、いかにもツァラらしいともいえるのだが、ブルトンとピカビアをさんざん振り回し、あれほど彼の到着を待っていた二人もそろそろあきらめかけた頃になって、彼はなんの予告もなしに、突然一月一七日にパリに到着し、一六区エミール・オージェ通り一四番地のピカビアの愛人ジェルメーヌ・エヴァリングのアパルトマンを訪れるのである。[45] この日の到着についてブルトンはもちろん、ピカビアさえもなにも知らされていなかったことは、当日ピカビアがブルトンに書いた手紙のなかでツァラにまったく触れていないことからも明らかだ（この日ピカビアは、買ったばかりの新車の初乗りに出かけていて留守だった）。[46]

エヴァリングはツァラのこの突然の訪問について次のように回想している。

「ピカビアが出ていったすぐ後で、玄関のベルが鳴りました。（……）しばらくすると女中が名刺をもってきました。（……）――取りこみ中なのでお目にかかれませんといっておくれ、と私はいいました。［彼女は二週間前にピカビアの子を出産したばかりだった］また女中が戻ってきて、困ったような顔をしていいました。――お客様はがっかりしていらっしゃいます、奥様。フランス語が下手なお方で……。

――それじゃあ、入っていただきなさい。と私はじれったくなっていいました。手はぽってりしていましたが、繊細そうでした。

その男は背が低く、少し猫背で、短い腕をぶらぶらさせていました。

彼はひどいスラヴなまりのフランス語でいいました。

――お騒がせして本当に申し訳ありません。でもほかに荷物を置くところがなかったものですから。それにピカビアから直接ここに来るようにいわれていましたし。

――まあ、あの人がいつそんなことをあなたにいいまして？

――チューリッヒで、一年前に……

私は彼がうちに腰をすえるつもりなのだということがわかりました。[47]」

はたして彼女の描写どおりのことが起こったのかどうか確認はできないが、彼女がツァラの到着の近いことをピカビアから知らされていたのなら、この日の様子はもう少しちがっていたはずである。チューリッヒでツァラに会ったこともあるピカビアの正式の夫人ガブリエル＝ブッフェも近くに住んでおり（七区シャルル・フロッケ通り三二番地）、愛人のエヴァリングが一月四日にピカビアの子を産んだばかりで二人の女性の間でピカビアが微妙な立場にあったために、またツァラの到着の日時がはっきりしなかったこともあって、事前の準備が整っていなかったということなのだろう。

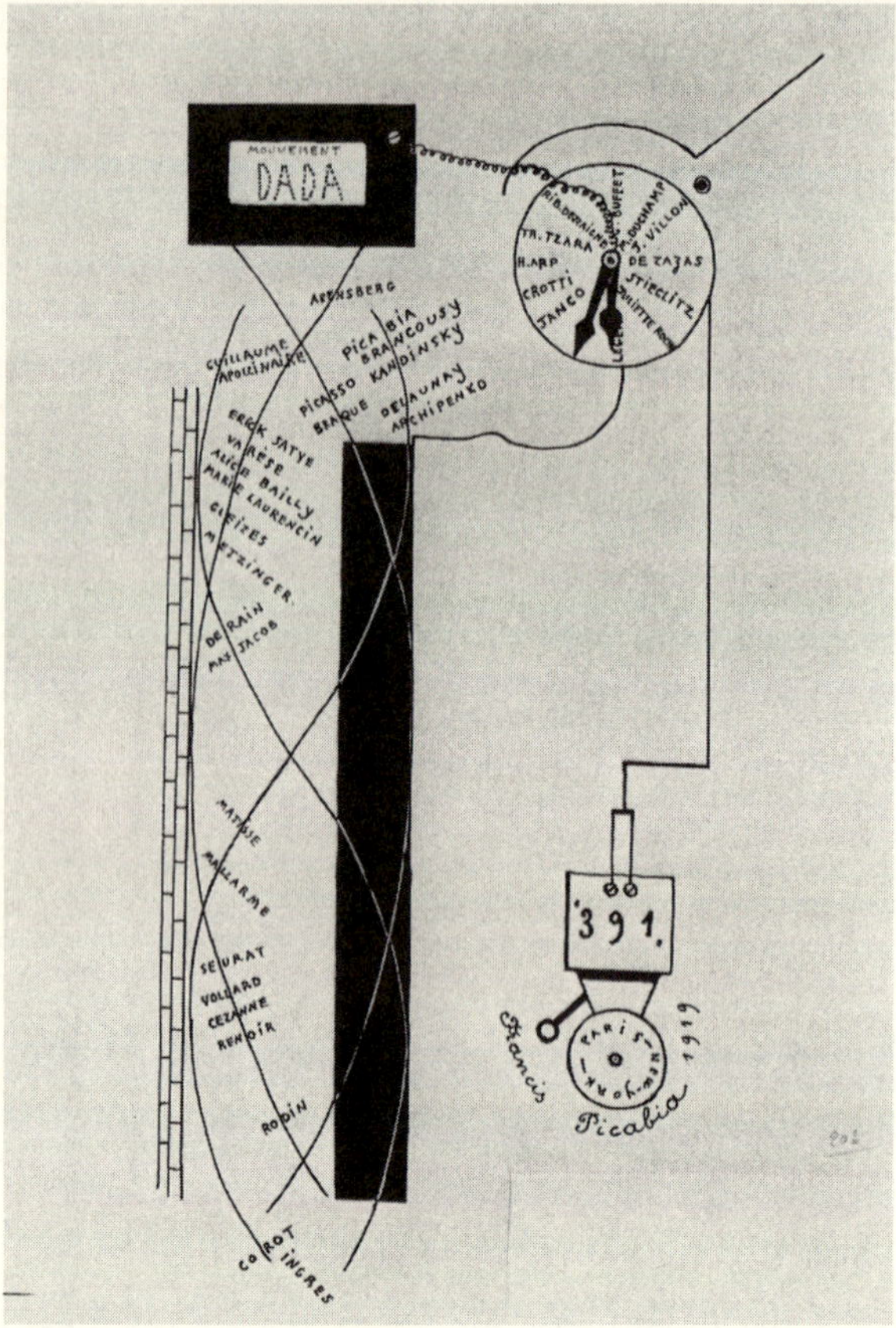

ピカビア「ダダ運動」(『DADA4-5』1919年)

ツァラ到着の数時間後に、ブルトン、スーポー、アラゴン、エリュアールの四人が早速エミール・オージェ通りのアパルトマンに駆けつけた。チューリッヒ・ダダの伝説的リーダーと『文学』グループとの出会いが実現したのである。だが、あれほど到着を待たれていたツァラの現実の姿は、彼らを失望させた。ルーマニアなまりのぎこちないフランス語をしゃべる、おかしな小男――これがダダの英雄について彼らの抱いた第一印象だった。この時の会見については、ミシェル・サヌイエ（国家博士論文『パリのダダ』の著者）がツァラ・コレクション中に発見した次の匿名の証言がある。

「私の目の前にいるのはたしかにツァラだった。しかし、ツァラがこんな外見の男だとは想像もできなかった。鼻メガネをかけた若い日本人といったところだ。私は少しためらった。彼の方もそうだったらしい。（……）いや彼は実に美しいと、すぐに思いなおしてみた。でも会話がはじまって二分もすると、彼はゲラゲラ笑いだした。髪のわけ目から三筋ほどの髪の毛が額にふりかかり、彼の顔を台なしにしてしまった。なんてみにくいんだろう！　笑ったあとでちょっとぼんやりした表情を見せたが、その時の死人のように青白い顔には、東洋的な繊細さがあった。一切の激情の炎は、非常に美しい真黒な瞳のなかに吸いこまれていた。[48]」

とにかく、こうして「ダダは馬小屋に入った」（エヴァリング）。彼女の回想によるところの頃のツァラの生活は次のようなものだったらしい。

「トリスタン・ツァラはうちが気に入ったようでした。彼はとても遅く、昼すぎになって起きてきて、午後四時頃最初の食事をとりましたが、そのかわりにほとんど一晩中仕事をしていました。彼はロレンゾ［ピカビアとエヴァリングの息子］を抱きあげてあやすのが好きで、気軽に子守りを引き受けてくれました。そんな時はいつも小声でこういったものでした――ダダ、おちびさん、ダダ！」(49)

ツァラのパリ到着の直前に、パリでは五種類のビラがあわせて四千枚以上印刷され、『文学』グループによって各所でまかれていた。(50) そして、パリに着いて一週間もたたない一月二三日にサロン・デ・ザンデパンダンで開かれた「『文学』誌の最初の金曜日の集い」（もっとも二回目の集いは開かれなかった）が、ツァラのパリでの初舞台となった。一二月に印刷されたプログラムにはツァラの名がのっているのに、一月のプログラムでは消えているのは、ブルトンたちがツァラの参加をあきらめていたからである。(51) この集会に急に引っぱり出されて大した用意のなかったツァラは、右翼の政治家レオン・ドーデの国会での演説を朗読しただけだったが、この日の様子についてミシェル・サヌイエはこう書いている。

「観客たちが退屈しはじめた頃、アラゴンが登場して、ツァラの騒がしい詩（〝Lépreux du paysage（「風景の癩者」）〟）を大声で朗読し、その後でこう告げた――〝大ニュースです。チューリッヒからやって来た本もののダダが皆さんの前で作品を発表します。〟会場はたちまち静まりかえった。やがてツァラがゆっくりと姿を現わし、レオン・ドーデの国会での演説を読み上げた[52]。」

パリ・ダダの幕がこうして切って落とされると、チューリッヒから来たこの「おかしな小男」は独自の才能と指導性を発揮して運動を牛耳り、第一次大戦を終えて相対的安定期に入ったフランスの首都に新しい熱狂とスキャンダルをまきおこすことになるのである。

言語破壊装置としてのダダ

1

一九二七年にシモン・クラ書店から出版された『新フランス詩アンソロジー』には、ヴァレリーの「海辺の墓地」やアポリネールの「地帯」とともにトリスタン・ツァラの「メゾン・フラーケ」が収められていた。それから半世紀以上が過ぎた今でもツァラの名が忘れられていないところをみると、アンソロジー編者の選択は誤ってはいなかったようだ。ルーマニアの片田舎で生まれ、のちにブルトンが「偉大な詩人」(1)と呼ぶことになるこのモノクルをかけた小男が「文学史」に姿を現わすのは、いうまでもなく、一九一六年にチューリッヒで発生し、全世界に（日本にさえも）ひろがったダダ運動の創始者としてである。「誰もが叫べ、破壊と否定の大仕事をなしとげるのだと」(2)――「ダダ宣言１９１８」中のあまりにも有名なこの言葉のせいで、ダダは「破壊的でまったく否定的な運動」(3)だと思われてきたし、ダダの反逆をほとんど同じ時期に起こったロシア革命と結びつけて解釈しようという試みもなされている。[4] 全ヨーロッパが戦火に巻きこまれ、未来の存在さえもが信じられなかった時代に生きた若者たちの不安といらだちに、ツァラがダダというひとつのかたちをあたえたことはまちがいないとしても、彼はいったい何に反逆したのだろうか。

リオネル・リシャールは、そのすぐれたダダ・表現主義研究のなかで「ダダが戦争とそれを組織したブルジョワジーに対する自然発生的な反逆だったという伝説を打破しなければならない[5]」と述べているが、これは注目に値する指摘である。ダダ＝反逆＝アナーキーというあまりにもあいまいな図式は単なる同語反復にすぎず、ダダの真の姿をおおいかくしてしまう。そうしたレッテル貼り的なダダ理解を超えた視点から、ツァラとその仲間たちの仕事を掘り起こす必要があるようだ。

ダダの最大の攻撃目標は言語そのものだった。ツァラの率いるチューリッヒとパリのダダは、言語への反逆よりは反逆の言語を志向して、挫折したドイツ革命に深くかかわっていたベルリン・ダダとはちがって、あくまで言語の意味作用を破壊することをめざした。[6]「ダダは何も意味しない[7]」——これがツァラたちのスローガンとなった。意味の担い手としての、社会関係の土台としての言語から統辞法と形式論理という制約をとりのぞいてしまえば、言語はコミュニケーションの手段であることをやめるはずだ、そうなればまったく新しい世界への入口が開かれるにちがいない……一九一六年二月八日、チューリッヒのカフェ・テラスでラルース小辞典にペーパーナイフをはさんでダダという語を発見した時、ツァラはそれほど意識的ではなかったにせよ、そんなことを考えていたはずだ。したがって、少なくとも一九一六年から一九二三年まで続けられたダダの実験の間は、ツァラは「詩人」でも「革命家」でもなく、言語破壊ののちに出現するであろうまったく新しい言語空間の探求者と見なされねばならない。ダダという言語破壊装置を発明した彼は、こうして無謀とも思える大胆な試みにとりかかる。

「この驚くべき男は地平線のすみずみから言葉を呼び集める。慣用も思想もそれらの言葉を結びつけはしなかった」(8)と『アンソロジー』がツァラを紹介しているとおり、彼が言語破壊装置・ダダに手垢にまみれた言葉を放りこむと、それらは一切の統辞法を無視して切り離されたり結びつけられたりして、不思議なイメージの世界をつくりだす。これらの言葉は紙の上に書きとられる必要さえなかった。チューリッヒでもパリでも、ダダの集会では言葉は粘土のようにこねくりまわされたあげく、観衆にむかって投げつけられた。ダダは後世に作品を残そうなどとは思ってもいなかったのである。たとえばマルセル・デュシャンが便器に「泉」という題をつけて展覧会に出品したからといって、便器が彼の「作品」だなどと誤解してはならない。便器を展覧会に出品したという行為そのものが「作品」だったのだから。

ミシェル・サヌイエがソルボンヌに提出した国家博士論文『パリのダダ』が一九六五年に出版された頃からダダは文学研究の対象として公認されたらしく、最近ではダダ運動とダダイストたちについての研究が増えている。だがダダの宣言や詩を同時代の他の作品（ヴァレリーでもプルーストでもいいが）のような「文学的な」テクストとして読解することがはたして可能だろうか。それらは、作者によって念入りに彫琢された文章や何らかの意味を伝達するためのメッセージであることを拒否する、反テクスト・反メッセージだったのであって、文学史のひとこまを飾る単なるエピソード以上の、現代のわれわれにもかかわる長い射程をもつひとつの行為として読まれなければならないのである。

前置きはこれぐらいにして、ツァラの考案した言語破壊装置・ダダの機能と構造を明らかにすることにしよう。

2

新聞を用意しろ
ハサミを用意しろ
つくろうとする詩の長さの記事を選べ
記事を切りぬけ

記事に使われた語を注意深く切りとって袋に入れろ
袋をそっと揺り動かせ
切りぬきをひとつずつとりだせ
袋から出てきた順に一語ずつ丹念に写しとれ
きみにふさわしい詩ができあがる
今やきみはまったく独創的で魅力的な感性をもった作家というわけだ
まだ俗人には理解されていないが(9)

「ダダの詩をつくるために」と名づけられたこの作詩法(シルクハットから鳩を取り出す手品師にならって「帽子のなかの言葉」と呼ばれる)は、言語破壊装置としてのダダのイメージをはっきりさせてくれる。この方法については多くのことがいわれているが、ここでは次の二点を指摘しておこう。第一は、ツァラが「詩」のための素材として新聞記事を選んでいることだ。「文学」とは無縁の、無個性で月並みな新聞記事からあえて「詩」をつくろうとすることで、彼は文学そのものを嘲笑している。第二に、袋からでたらめに言葉をとりだすという作業は、一切の統辞法を否定し、言語から意味を追放する試みとなっている。したがって、そこに何らかの意味を見出そうとするのは、抽象絵画を見て何が描かれているのか頭をひねるのと同じことである。

アンリ・ベアール（『ツァラ全集』の編纂者）もいうように、この作詩法の目的は偶然を利用すると同時に「偶然そのものを罠にかけること」[10]だったのだが、その結果こんな「詩」ができあがってしまった。

犬たちが観念たちのようにダイヤモンドのなかの空間を横断し髄膜の突起が目を覚ます時間プログラムを示す時……[11]

意味の文法にしたがうかぎり存在できないこうした文章を公然と発表し、活字にさえすることが、言語破壊装置・ダダの機能のひとつだった。言語は粉砕され、無秩序に貼りあわされることになった。

ツァラのこの試みはチューリッヒ・ダダの一員だったフーゴ・バルの「ガジ　ベリ　ビンバ」のような、まったく無意味な音の連続からなるポエム・フォネティック（音響詩）とは異なっている。バルの「詩」の一部を引用しておこう。

ガジ　ベリ　ビンバ
グランドリ　ラウリ　ロニ　カドリ
ガジャマ　ビムベリ　グラサラ……[12]

ここに「意味」を読みとろうとするひとはいないだろう。しかしツァラの場合には、そこにあるのはまぎれもない言葉なのだから、読者はそれらを解読しようと試み、いらだち、怒りだすだろう。ツァラにとって、言語はふつうそう思われているようなコミュニケーションの手段でもなければ、美的表現の手段でもなかった。だから、言語に対する反逆という点から見れば、バルよりツァラのほうがはるかに徹底していたことになる。「読者の顔をひとまえで赤らめさせる力を詩はもたねばならないと、わたしはいつも考えていました」[13]とツァラはジャック・ドゥーセへの手紙で告白しているが、ツァラの挑発にひっかかったジャック・リヴィエール（当時『NRF』誌編集長）はこう書いた。

「大部分のダダの詩は単に解読不可能なばかりでなく、まったく読むに耐えないものだ。作者自身がたいして重要とも思っていないこれらの作品に注目する必要はない。[14]」

いささか感情的ないい方ではあるが、リヴィエールのダダ批判はダダの評価をめぐる新しい問題を提起している。彼によれば、ダダの詩は意味の担い手としての言語をそこに発見しようとするかぎり不可解な言葉の塊にしか見えないのだが、それだけではなく、これらの言葉がつくりだすイメージの価値についても彼は否定的なのである。

第一の点についていえば、ダダはもともと統辞法や形式論理から言語を解放しようとする企てだったのだから、ダダの詩が「解読不可能」なのは当然のことだ。しかし、それが「読むに耐えない」ものかどうかというのはまた別の問題である。なるほど、「帽子のなかの言葉」の例としてツァラがあげた新聞記事の切りぬきの寄せ集めはたしかに「読むに耐えない」。しかしこの作詩法はひとつのマニフェストであって、意味を生産する行為としての言語活動をダダが軽蔑していることを示しさえすればよかったのである。だから、ツァラが本当に新聞とハサミで詩をつくって人びとに読ませようとしたなどと想像してはならない。アラゴンもいうように「これは詩を読むひとに対する挑戦ではなく、詩をつくるひとに対する挑戦(15)」だったのだ。

もちろん精神的態度としては「帽子のなかの言葉」に忠実だったとしても、ツァラが発表したダダの詩がまったくの偶然によって結びつけられた言葉の集合体だとはいえない。たとえば『詩篇二五』(一九一八年)には次のような言葉が見出されるはずだ。

橋がおまえのあわれな肉体を引き裂く大きな肉体が
銀河のハサミが想い出を緑色のかたちに切りぬく
ひとつの方向いつも同じ方向をめざして
大きくなるいつも大きくなる

（「ガラス横切る静かに」[16]）

きみは苦そうにパイプをくわえて夜になるとぼくの歯はもっと白く光る金庫のなかでは
星がさかんにうごめき石の上の黄色い火を消化するぼくの兄弟

（「ぼくにさわれぼくだけにさわれ」[17]）

真夜中に子どもを花瓶に入れる
そして傷口
美しい爪をのばしたおまえの指でできた羅針盤
雷鳴がペンを震わせると目に映る
カモシカの肢から悪い水が流れている

（「春」[18]）

アメリカのダダ研究者メアリー＝アン・コーズは『詩篇二五』について「これらの言語の実験は、最良の場合には奇妙な美しさに満ちた詩句をもたらすことができる」[19]といったが、たしかにここには日常的なコミュニケーションの世界とは異質の不気味な世界が顔をのぞかせている。そしてこの世界は、創造者の意思と無関係に存在しているわけではないとはいえ、彼の作意がすべてを支配しているのではない。彼は、もろもろの約束事を無視して、そこに言葉を置いただけであり、あとは言葉がキラキラ輝きはじめるか、そうでないか、のどちらかだったのである。

3

「帽子のなかの言葉」ほど目立ちはしなかったが、ツァラがおこなった言語破壊のもうひとつの実験はコラージュである。ふつうコラージュといえば、マックス・エルンストが絵画の領域に導入した、絵や写真や活字を切りぬいて同一平面上に貼りつける方法のことが想起されるが、絵画の素材のひとつとして新聞紙の切れはしなどをカンバスに貼りつけたパピエ・コレ（ピカソやブラックが一九一〇年頃すでに試みていた）とはちがって、コラージュは絵画の概念そのものを変える異質な要素として、それらの切りぬきを作品のなかにもちこんだのだった。

ここでとりあげるツァラのコラージュは、イメージのコラージュではなくて言語のコラージュであって、その発想は絵画の場合と同じだが、当然言語そのものの貼りつけが問題とされる。操作としては、月並みな常套句や広告コピーあるいは他の作家のよく知られた文章などを、自分の文章のなかに挿入することになる。こうした試みはもちろんツァラがはじめたものではなく、たとえばロートレアモンの『マルドロールの歌』（ミシュレの『海』のコラージュ）からエリュアールとブルトンの『聖処女受胎』（『カーマ・スートラ』のコラージュ）にいたるまでさまざまな作家によって実行されている。

ツァラの場合には二種類のコラージュが用いられている。ひとつは日常的ないいまわしのコラージュで、彼の演劇作品のいたるところに見出される。たとえば『ガス心臓』（一九二一年初演）がそうだ。

口—会話が退屈になってきたね、そうでしょう？
目—ええ、そうでしょう？
口—とっても退屈だ、そうでしょう？
目—ええ、そうでしょう？
口—当然、そうでしょう？
目—もちろん、そうでしょう？
口—退屈だ、そうでしょう？
目—ええ、そうでしょう？
口—もちろん、そうでしょう？
目—ええ、そうでしょう？

口—とっても退屈だ、そうでしょう？
目—ええ、そうでしょう？
口—当然、そうでしょう？
目—もちろん、そうでしょう？
口—退屈だ、そうでしょう？(20)
目—ええ、そうでしょう？

この調子で、第一幕の六十九の台詞のうち二十二は、「ネスパ？（そうでしょう？）」以外の内容をもたず、また、もう一人の登場人物の「鼻」は「そうとも《メ・ウィ》、そうとも、そうとも、そうとも、」と「メ・ウィ」を毎回正確に五回くりかえすだけだ。そして、第二幕でも「ええ、知っています」と「ありがとう、わるくないね」が限りなく反復される。

イオネスコを先取りしているともいえそうなこうした例は、われわれがほとんど無意識的に毎日使っているこれらの表現がいかに無内容なものかを示している。日常「会話」によってつくりだされる人間のコミュニケーションとは、結局、自分のものでないこれらの表現の組み合わせにすぎないことを、ツァラはここで戯画的に暴露しようとしたのである。

もうひとつのコラージュは特定の作者の文章をもちこんだもので、

「埃多くてくたびれもうけ」(『反頭脳』)――『マノン・レスコー』のコラージュ

『詩篇二五』――ノストラダムスの『大予言』のコラージュ

『雲のハンカチ』――『ハムレット』のコラージュ

などがある。(21)

コラージュの量からもまたコラージュの対象となった作品の知名度からも、もっとも重要な試みだと思われるのは『雲のハンカチ』の場合だろう。『雲のハンカチ』は一九二四年に発表され、二六年にパリのシガル劇場ではじめて上演された「一五幕の悲劇」で、「『ユビュ王』と『ティレジアスの乳房』以後もっとも注目すべき演劇的イメージ(22)」(アラゴン)という評価を受けている。この劇には幕間の中断がなく、幕間には「注釈者」たち(俳優の一人二役)が演技を終えたばかりの俳優と前の幕について語りあい、その間に他の俳優たちが(もちろん同じ舞台の上で)舞台装置や衣裳を変えたりする。「幕がおりる」ということがないのだから、観客はそうした一部始終を目にすることができる。現在ではめずらしいことではないが、当時としてはかなり独創的な試みだった。

ダダ演劇の「筋」を要約することはあまり意味がないのだが、かんたんにいえばこの作品は銀行家とその妻、そして彼女の崇拝する詩人の三人がくりひろげるメロドラマという設定になっている。メロドラマといっても、パロディとしてのそれであることはいうまでもない。コラージュが用いられるのは第一二幕（エルシノアの城）で、三人が他の登場人物たちの演じる『ハムレット』を見に行くところである。第一二幕はシェイクスピアのあまりにも有名な作品の次の三つの場面をつなぎあわせてつくられている。

①オフェリアがポローニアスに、ハムレットに手首を握られたことを告げる場面（『ハムレット』第二幕第一場のコラージュ）。
②ハムレットがポローニアスに「言葉、言葉、言葉」と答える場面（同第二幕第二場）。
③ハムレットとポローニアスが空に浮かぶ雲のかたちについて語りあう場面（同第三幕第二場）。

こうしてシェイクスピアの文章（もちろんフランス語の訳文だが）をほとんど原文どおり自分の作品に「貼りつける」ことによって、ツァラは何を狙ったのだろうか。劇の筋に即していえば、そこには次のような意図がうかがえる。ハムレットが王に劇中劇を見せて彼の犯した先王殺しの罪を思い知らせようとしたことのパロディとして、三人の登場人物の関係を暗示するためにツァラはこのコラージュを用いたと考えられるだろう。一二幕の終りで彼は注釈者にこう語らせている。

「彼〈詩人〉は偽りの釣針が真実という鯉を釣りあげることを望んだので、銀行家とその妻を罠にかけようとして劇場に誘ったのさ。『ハムレット』はおとし罠なんだ。」[23]

「おとし罠」という表現そのものはハムレットが王に劇中劇の題名を問われて答える言葉(「マウストラップ」第三幕第二場)なのだが、劇の筋を離れていえば、ここで罠にかかったのは観客のほうだったにちがいない。『ハムレット』のコラージュは、この場面を見ながら「これはシェイクスピアだ」とつぶやいて、苦笑したり眉をひそめたりしたであろう彼らに対する挑戦だったのである。

原作のコンテクストとは無関係につなぎあわされた文章は、原作が有名であるほど、滑稽さとデペイズマンの効果を増すことになる。「帽子のなかの言葉」が統辞法を無視することによって言語の構造そのものを破壊しようとしたのとはまた別の意味で、ツァラのコラージュは一種のイロニーとユーモアの働きによって「傑作」の概念に挑戦し、「文学」を私的所有から解放しようとしたといってよい(現在ではすべての「作品」は作者の署名入りの商品だ)。この点についてアンリ・ベアールは「コラージュは創意という西欧的フェティシズムを告発する。(……)文体に逆らい、文体の束縛から自由になることで、コラージュはデペイズマンとひとを不安にさせる不可思議な効果を生みだす」[24]と書いている。

コラージュ、それは「手術台の上でミシンと雨傘が出会ったように美しい」(ロートレアモン)ものとなる可能性を秘めた企てである。しかし、ツァラが試みた言語によるコラージュは美的世界の追求を超える射程をもっていた。自分のものではない言葉や文章を自分の作品のなかにもちこむことを言語のコラージュと呼ぶなら、すべての文学は多かれ少なかれコラージュにすぎないのではないか。人びとが自分の言葉だと信じて、語ったり書いたりしている言葉は、本当に「自分のもの」なのだろうか、われわれは無意識のうちに、すでに語られた文句やすでに書かれた文章を寄せ集め、それらを自分の言葉だと信じて使っているのではないだろうか、そうだとすれば、われわれは結局コラージュとしての言語の世界に生きているのではないのか――言語活動の本質にかかわるこうした問いかけを、ツァラのコラージュのなかに読みとらなければならない。それはまた、真の創造力を失いつつある言語にしがみついている「文学」に対する痛烈な批判でもあったのだ。

4

「帽子のなかの言葉」やコラージュの試みは、言語破壊装置・ダダが何をめざしたのかをわれわれに教えてくれるが、この装置の活動は、これらの活字による実験にかぎられていたわけではなかった。自ら破壊した言語が実際に叫ばれることをツァラは欲した。したがって、ダダの活動の中心は、雑誌や詩集の発行というよりはむしろ、集会（「ダダの夕べ」など）を開くことだったのである。ダダの集会はチューリッヒでもパリでも少なからぬ観客を集めて何度も開催されたが、それらの雰囲気を知るために、パリ・ダダ最大のイヴェントのひとつであった「フェスティヴァル・ダダ」（一九二〇年五月二六日）の模様を手短かにスケッチしておこう。(25)

クラシック音楽のコンサートによく使われる、シャンゼリゼ通りに近いガヴォー・ホールを会場に選んで開かれたこのフェスティバル（会場費を負担したのはピカビアだったが、この選択自体がすでに「趣味のいい」人びとへの挑戦だった）の前評判は上々で、物見高いパリジャンたちが押しかけ会場は満員の盛況だった。観客のなかにはジッド、ヴァレリー、リヴィエール、デュアメル、レジェらの姿が見られたという。

幕があがって、舞台の中央に白い紙でつくられた巨大な円柱状の「ダダのセックス」が登場すると、会場は大騒ぎになった。騒々しい雰囲気のなかでプログラムは進行し、ツァラの「アンチピリン氏の第二回天上冒険」（「第一回…」はチューリッヒで発表）、ブルトンとスーポーの「シル・ヴ・プレ（ちょっと失礼）」などの寸劇が演じられ、アラゴンやリブモン＝デセーニュの宣言が朗読され、ペレが客席のまんなかから大声で「フランス万歳！フライドポテト万歳！」と叫んだりした。

フェスティバル・ダダ　プログラム（1920年）

ガヴォー・ホール（2003年）

これらの出しものは、たとえば『アンチピリン氏…』の場合にはこんなふうに演じられた。——舞台にはエリュアール、ブルトン、リブモン＝デセーニュ、フランケル、アラゴンそれに女優のマルグリット・ビュッフェの六人が一列に並んでいる。彼らは白い巨大なロウソクのかっこうをして立ちつくしたまま、次のような台詞を叫ぶ。

（ブルトン）

——あんたはやせていて感じがいいね　だんな　あんたの光る締め金はあんたを長石の壁に閉じこめてしまった　かわいそうに

（リブモン＝デセーニュ）

——バダバ　バダバ　バダバ　ゴリラ

（フランケル）

——まんなかにはまんなかがある
どのまんなかにもべつのまんなかがある
どのまんなかにもまんなかがある
どのまんなかにもまんなかがある

（全員で）

——樹だ(26)！

ダダイストたちの挑発にまんまと乗せられた観客は、舞台からあふれでるナンセンスな言葉の洪水に腹を立てて、生卵やトマトや腐りかけたオレンジをダダイストめがけて投げつけたり、有名な女優のマルト・シュナル（ピカビアと一緒に見物に来ていた）にフランス国歌のラ・マルセイエーズを歌えとけしかけたりした。第一次大戦直後だったこともあって「愛国者」だった彼らは、外国人（ツァラはまだルーマニア国籍だった）に馬鹿にされたと思ったのである。こうして「フェスティヴァル」は大混乱のうちに幕切れとなった。

ダダの集会は、みなこうしたかたちでおこなわれた。人びとが何の疑いももたずに毎日使っている言語が、その日常的な意味から切り離されるやいなや彼らに敵対し、彼らの平穏無事な生活を動揺させずにはおかないことを、言語破壊装置・ダダは思い知らせようとしたのである。それは「善良な」市民の嫌悪と反感を招いたとはいえ、彼らにそのような感情を起こさせたことでダダの目的はなかば達せられたといってよい。とにかく、ツァラが活字という間接的手段によってだけでなく、集会という直接的手段によって彼らに働きかけたことは注目に値する。ルネ・ルローも指摘しているが「ツァラは社会に対して、もはや何もいうべきことはないといった。しかし重要なのは彼がそういったという事実なのである[27]」。

もっとも、ダダのこの種の企ては何度もくりかえされるうちにはじめの毒を失い、大戦後の混乱した社会状況のなかで「気晴し」に飢えていた人びとを喜ばせる見世物になってしまった。最初はダダの挑発を真に受けて腹を立てた観客たちもやがて対応の仕方を心得て、ダダの「出しもの」を楽しむようになったのである。チューリッヒでもパリでも、ダダはこうしてしだいに攻撃性を失い、自滅するほかはなかった。ツァラの言語破壊装置も、デュシャンのレディ・メイドと同じで、最初の新鮮な驚きは、反復されることによって消滅する。ブルトンに導かれたシュルレアリスムが半世紀近くの間運動体として存在しつづけたのとは対照的に、ダダの運動が第一次大戦後わずか数年で消滅してしまったのも、このためだといえるだろう。

5

これまで、ツァラが言語破壊装置・ダダを用いておこなったさまざまな活動について見てきたわけだが、一九三一年に書かれた「詩の状況についての試論」のなかで、彼はこれらの試みに触れて次のように述べている。一九三一年といえばパリ・ダダの熱狂はずっと前に鎮まり、ヨーロッパが新しい戦争への曲り角にさしかかろうとしていた年である。

「これらの意思表示〔ダダの実験〕のなかに見るべきものは、ポエム〔作品としての書かれた詩〕以外にもポエジーが存在できるのだという確信ではないだろうか。ダダの作詩法としてわたしが考案したやり方〔「帽子のなかの言葉」〕もまたこの確信にもとづいていたのである。（……）ダダは行動のうちに、もっとはっきりいえば、しばしば無償性と混同される詩的行為のうちに、出口を求めた。（……）言葉から意味を奪いとることが可能であり、そうなれば言葉は新たな魔術の力を借りて、イメージを喚起する力だけによって、詩のなかでうごめくことができるだろう——その頃のわたしは、そんなことを考えていた。[28]」

ツァラは実に明快な言葉で自己分析をしているので、それ以上つけ加えるべきことはあまりないのだが、なお二、三の点を指摘しておこう。ツァラがあれほど激しく言語そのものを攻撃したのは「もう言葉を信じるべきではないのか？　いったいいつから、言葉はそれを発する器官が思考し望むのと反対のことを意味するようになったのだろうか？[29]」という問いかけをせずにはいられないほど深い、言語への（そして言語を生んだ社会への）不信感をもっていたからである。「帽子のなかの言葉」やコラージュやダダの集会は、いずれもこの不信感を原点として、言語と「文学」について人びとが抱いている固定観念を打ち破ろうとしたのだった。彼はソシュールを思わせる過激なやりかたで、言語の記号内容と記号表現との結びつきを切断してみせた、といってもよい（そういえばソシュールの『一般

ツァラ（ドローネー画、1923年）

言語学講義』はダダ出現の年一九一六年に刊行されていた)。

このこと自体は言葉遊びやナンセンス詩がすでに気づいていたのだが、それらは言語そのものを解体しようとしたわけではなかった。ダダがルイス・キャロルやエドワード・リヤーの試みから区別されるのは、この言語破壊への意思によってなのである。

したがって、ツァラは意味生産装置としての「文学」に対抗するために、意味破壊装置としてのダダをつくりだしたということになる。少しばかり大げさないい方をすれば、それは西欧近代社会を支える思想のひとつである生産中心主義に対する反逆でもあった。産業的に大量生産される「文学作品」の群れに組みこまれるほかはないような作品を残すことを拒否したダダは、未開社会の儀礼のシミュレーションを思わせる一回かぎりの破壊の儀式の執行者であろうとしたのである。

こうして一九三〇年代に入ると、ツァラはダダの反逆のめざしたものを「導かれない思考」という言葉で定式化する。それは、西欧「文明」社会の基盤である科学的・生産的な「導かれた思考」——ふつう理性や論理と呼ばれている精神の働き——に対立する超論理的・非生産的思考であって、コミュニケーションの手段としての言語に媒介される必要のないイメージの連鎖のことである。(30) 未開社会に支配的なこの種の思想を抑圧することによって現代社会が成立している以上、それを具体的なかたちで思い描くことはむずかしいが、日常的な例としては夢やとりとめのない空想や非合理的な連想などがそうだ。今日「文学」と呼ばれているものの多くは「導かれた思考」の産物なのだが、そうした「文学」を超えた地平に「導かれない思考」の力を借りて言語の新しい可能性を引き出そうとしたのがダダの冒険だった、とツァラはいうのである。

パリ・ダダのあの騒々しい活動のすべてが意識的にそんなことをめざしていたわけではなかったとしても、ダダという「精神状態」の深層には「導かれない思考」に結びつく要素が存在していたことは、おそらく認めてもよいだろう。

「ダダは弱々しいヨーロッパ的な枠のなかにとどまっている。そいつはまったくクソッタレなことだ」[31]とツァラは一九一六年に叫んだが、理性的な「近代」を生みだした市民社会に彼が背をむけていたことは明らかだ。ダダの嫌悪の対象である意味の伝達手段としての言語は、この社会の土台である商品と同じように日々「交換」されており、「交換」されることによってはじめて価値を実現するのだが、ツァラはこうした言語を解体することによって言語の「交換」過程そのものを混乱させ、この「交換」に何の疑いも抱いていない「善良な市民」たちによって成り立っている社会を愚弄しようとしたのだった。

とはいえ、少なくともダダの時期には（ツァラはある意味では一生ダダイストであり続けたわけだが、ここでダダの時期というのはチューリッヒとパリで言語破壊の実験をおこなった一九一六年から二三年までのことをいっている）彼の反社会性が言葉の上だけのものだったことは、ダダの集会が新聞の三面記事をにぎわせるスキャンダルでしかなかったことを見ればよくわかるはずだ。チューリッヒのカフェで彼が亡命中のレーニンとチェスをしたことがあるという伝説は、ダダとロシア革命を少しも結びつけはしない（当時レーニンはキャバレー・ヴォルテールがあったシュピーゲルガッセに住んでいたのだったが！）。

「実際にはたまたまそうだっただけなのに、ダダの最初の反逆は何よりもまず反資本主義的なものだったと人びとに信じこませようとしている、体制に組みこまれた知識人たちは、そうすることでいったい何を手に入れるのだろうか。[32]」

パリ・ダダの一員だったリブモン゠デセーニュは一九四八年に鋭い調子でこう述べたが、ダダの言語破壊の実験は結果として反社会的な性格を帯びることになったとはいえ、既成の政治運動とは無縁の自然発生的な反逆だったのである。

一九七七年にツァラ全集の第二巻が出版された時、ロシア生まれのフランス詩人アラン・ボスケが『ル・モンド』紙に「彼はあらゆる表現に敵対していたし、人間という〝近似的な〟動物を少しも信頼していなかった。演技ではない本ものの拒否、芸術的ともいえるほど雄弁な拒否、それがツァラという人間のしるしだったのである……[33]」と書いたことを思い出しておこう。

言語破壊装置・ダダを駆使してチューリッヒやパリのブルジョワたちをいらだたせ、ダダの細菌を世界中にまきちらしたツァラは、とりかえしのつかない危機の時代がはじまったことに気がつかずにベル・エポックの余韻の復活を楽しんでいた人びとには想像もできないほど鋭い直感によって、西欧文明の深部に「人間」という仕掛けの巨大な荒廃を見ていた。この荒廃からわれわれはまだ脱出していないのだから、ツァラの「拒否」は今なお有効なはずである。(34)

スペクタクルとしてのダダ

1

ダダはサーカスに似ている。「かつて都会の一隅、または田舎町においてサーカスのテントが姿を現わした時、人はそこに、全く別の新しい世界の出現を見た」[1]（山口昌男）とすれば、パリやベルリンのような大都市ではなく、まずヨーロッパの「片隅」の町チューリッヒで、ツァラとその仲間たちが、制度化された文学や芸術の枠に組みこまれない「新しい場所」を創出しようとした行為のうちに、サーカス的なものを見ようとするのも、それほど無理なことではない。ハーバート・リード[2]やメアリー＝アン・コーズ[3]の指摘を待つまでもなく、ダダは「日常生活に比べて奇妙に濃密な」[4]（カイヨワ）サーカスの世界と重なりあう多くの面をもっていた。

もちろん、すべての芸術的活動は、われわれの日常的な営みのなかに、非日常的なものをもちこもうとする試みであるはずなのだが、未来派、ダダ、表現主義など、第一次大戦前後の西欧に出現したアヴァンギャルドたちは、彼らの非日常的世界を、できあがった「作品」のうちに閉じこめることをやめて、スペクタクル（＝「見世物」）というかたちで、人びとに直接ぶっつけることにしたのである。過去の芸術が、そうした異界をよびおこす力を失い、むしろ日常的秩序の共犯者になってしまったという認識から出発した彼らは、原始宗教やかつての祭りが担っていた「反社会的」機能——人びとを挑発し、刺激し、昂奮させることで、彼らが日頃負わされている社会的「役割」を脱ぎすて、まったくべつの「役」を演じつつ、トランス状態に到達することを可能にするような機能——をひきうけることをめざした。バタイユのいう、過剰なエネルギーの「激しく、豪奢な、消尽」[5]、「既得財産の演劇化された破壊」[6]に、われわれの社会で、なんらかのかたちをあたえることができるならば、ダダは、そのひとつのかたちであろうとしたといえるだろう。

　最初のダダ宣言「アンチピリン氏のマニフェスト」で、すでに「ぼくらはサーカスの団長だ」[7]と叫んだツァラは、彼の企てのスペクタクル性が、サーカスのそれに通じるものであることをじゅうぶん意識していた。サーカスが「人びとの心に眠っている何か奇異で、途方もなく、驚異的なものを見たいという秘かな願望を刺激する」[8]とすれば、ダダのマニフェスタシオン（集会）が、ごくふつうの「市民」たちをひきつけたのも、これと同質の刺激のためだったことは、ツァラの『チューリッヒ年代記』を読むとよくわかる。たとえ

ダダの集会（1918年７月23日）のポスター（ヤンコ）

ば、一九一六年七月一四日の「世界最初のダダの夕べ」だ——

「ぎっしりとつまった観衆をまえにして、ツァラが宣言する（……）ヒュルゼンベックが宣言する、バルが宣言する（……）、会場ではみんなが叫ぶ、とっくみあう、一列目はわれわれに同意を示し、二列目は判断を保留し、残りはみんなで叫ぶ（……）。
ヤンコの衣裳によるキュビスムのダンス、誰もが頭に大きなドラムをのっけている、騒音、黒人音楽／トラバトジャ　ボノオオオオオ　オオオオオオオ／五つの文学的実験、幕のまえで、燕尾服を着たツァラが新しい美学の説明をする、体操詩、母音の合唱、騒音詩、静止詩。
アアオ、イニオ、アイイ（……）。再び叫び声、ドラム、ピアノと大砲の空砲、ボール紙の衣裳をみんながひきちぎる　観衆は産褥熱のなかにとびこむ……[9]」

この夜の騒々しい集まりには、「音楽、ダンス、理論、宣言、詩、絵画、衣裳、仮面」という長ったらしい副題がつけられていたが、ツァラたちが、そうした「演し物」を用意することで、スペクタクルの場面を出現させようとしたのはあきらかだ。スペクタクルといっても、伝統的な演劇や詩の朗読会などとは異質な空間が、そこにある。もちろん、「宣言」の文章やおよその「筋」はあらかじめできあがっていたとはいえ、彼らは完成品としての「作品」を観衆に見せようとしたのではなく、ほとんど自然発生性に依拠して、「詩」や「ダンス」や「音楽」(それらは、既成のジャンルの意味をすでに失っていたが)をでっちあげたのだった。そして、このでっちあげにたいする観衆の反応そのものが、彼らの企画の不可欠の構成部分となっていたのだから、サーカスがそうであるように、ダダは、はじめから「見世物」として、人びとのまえに現われたことになる。

それだけではない。馬車にテントを積んで、都市から都市へと移動するサーカスがもっている「他者性[10]」、すなわち、それが訪れる場所にとってはつねに「よそもの」であり、だからこそ、得体の知れないものによって人びとを惹きつけるという属性を、亡命者や流れ者の芸術家たちが戦時中の中立都市チューリッヒで始め、やがてヨーロッパ各地に散らばってゆくダダという運動は、あきらかに共有していた。日常ではない非日常、中心でない周縁、定着ではない移動の空間であったダダは、長すぎた世紀末が終わり、われわれが「現代」と呼ぶ時代が始まろうとしていた時点で、サーカス的なもののもつスペクタクル性のうちに、制度化された「作品」を超える可能性を見つけようとしたということができる。

「芸術」——オウムの言葉だ——はダダにとってかわられた[11]

と、チューリッヒ・ダダ最後の「夕べ」で、ツァラは叫んでいた。

もっとも、ダダのさまざまなマニフェスタシオンは、「市民」たちが入場料を払って見物にやって来る、文字どおりの「スペクタクル」として企画されていた以上、それらのうちにサーカス的な要素が見出されるのは当然のことだ。ダダイストたちの「興行」は、チューリッヒでは、まだ、観衆の素朴な驚きやいらだち（あるものについての日常的な概念とはまったくべつのなにかを、そのものの名で見せられるときに、われわれが経験するあの感情）をあてにすることができたとはいえ、パリでは、観客たちは、ダダを「純粋な娯楽」として楽しむようにさえなり、ツァラたちの出発点であった反社会性と暴力性は、しだいに回収されてゆく。たとえば、パリ・ダダ最後の催しとなった一九二三年七月六日の「ひげの生えた心臓の夕べ」のプログラムを見てみよう——

プログラム

I

1　イゴール・ストラヴィンスキー——連弾のためのやさしい曲（ピアノ、マルセル・メイエとジョルジュ・オーリック）

2　ジョルジュ・リブモン＝デセーニュ——「ハナをかみたまえ」（演説）

3　ダリウス・ミヨー――「ソフト・キャラメル」（ジャズ・ダンス、ピアノ、マルセル・メイエ）

4　マルセル・エラン――ジャン・コクトー、フィリップ・スーポー、トリスタン・ツァラの詩の朗読

5　ジョルジュ・オーリック――フォックス・トロット（ピアノ、マルセル・メイエ）

II

1　エリック・サティ――梨の形をした小曲（ピアノ、マルセル・メイエとエリック・サティ）

2　ピエール・ベルタン――ギヨーム・アポリネール、ピエール・ルヴェルディ、ジャック・バロンの詩の朗読

3　H・リヒター――抽象的映画

チャールズ・シーラーとポール・ストランド――「ニューヨークの煙」（映画）（ピアノ、ペトロ・ヴァン・デスブルク、作曲、J・ドムソレールとV・リエッティ）

4　イリアズド――ポエム・ザウム

5　リジカ・コドレアーノ――舞踊（衣裳、ソニア・ドローネー＝テルク、音楽、G・オーリック、演奏、作曲者本人）

6　ダリウス・ミヨー――四重奏曲（演奏、カペル四重奏団――カペル嬢、リュッツ夫人、マリカ・ベルナール、アリス・ピアンティーニ）

7　マン・レイ――「理性の回帰」（映画）

III　「ガス心臓」（トリスタン・ツァラによる三幕の戯曲）

口……ジャクリーヌ・ショーモン（オデオン座）
眉……マルセル・エラン
耳……サン・ジャン（オデオン座）
首……ジャック・バロン
目……ルネ・クルヴェル
鼻……ピエール・ド・マッソ

（演出、シデルスキー、衣裳、ソニア・ドローネー＝テルクとヴィクトル・バルト、I・ズダーノヴィッチの協力により製作、大道具、N・グラノフスキー、イリアズドのポエム・ザウム、リジカ・コドレアーノのダンス付き、照明、L・オーベール社、ピアノ、ガヴォー）

ツァラとコクトー（1924年）

エリック・サティ（1924年）

入場料——ボックス席……三〇フラン、一階席……二五フラン、二階席（一列目）……一五フラン、二階席……一二フラン[12]

ここには、チューリッヒ・ダダがもっていた、得体の知れないものの不気味な魅力は、もはや存在しない。ストラヴィンスキー、コクトー、ソニア・ドローネーとくれば、この夜の催しがどんなものになるのかは、はじめからわかっていた。戦争はすでに終わり、次の危機の到来にはまだ間のある良き時代、一九二五年の「装飾芸術展《アール・デコ》」で頂点に達するあの時代の趣味に合うよう味つけされた「まったく罪のないゲーム」[13]（アルマン・ラヌー）しか、このプログラムからは見出すことはできないだろう。これは、もうダダとはいえない。これらの「演し物」は、「歴史のかわりをする神話」[14]としての祭りのもつ、根源的な意味でのスペクタクル性を失い、歴史の一風俗でしかなくなってしまったのだ（「ひげの生えた心臓の夕べ」が、ブルトンらのグループの介入によって、大混乱のうちに幕を下ろし、パリ・ダダ・グループが潰滅的な打撃を受けたことはよく知られているが、この「夕べ」でもっとも「ダダ的」であったのが、ツァラたちではなく、やがてシュルレアリストと名乗ることになるブルトンたちだったというのは皮肉ではあるが、ある意味では、ダダにふさわしい結末だったのかもしれない[15]）。

したがって、チューリッヒとパリのダダの全過程を、「否定」や「破壊」といったあまりにも概念的な言葉で片づけてしまうわけにはいかない。キャバレー・ヴォルテールが開かれてから四カ月ほど後の、一九一六年六月一二日の日記に、フーゴ・バルは、「われわれがダダと呼んでいるのは、虚無から生まれる道化芝居（Narrenspiel）、たとえば古代剣闘士の所作とか、みすぼらしい残滓物との戯れとか、見せかけの道徳心や充足感とかの処刑だ。（……）とてつもない不自然のまっただなかで、直接的原初的なものが、ふつうでは信じられないような姿をとってダダイストに現われてくる[16]」と書きつけているが、たしかに、はじめのうちは、こうした「道化芝居」を通じて、「直接的原初的なもの」をスペクタクル化すること、ほとんどそれだけを、ダダイストたちはめざしていた。だから、彼らの試みは、「目的も計画もない」[17]（ツァラ）その場かぎりの「見世物」でしかなかったわけだが、そうしたものであったからこそ、彼らがおこなおうとした「現状の一掃」は、「政治」や「文学」などの既成の言説には不可能なオリジナルな問いかけとなることができたのである。

ところが、戦争が終わり、ツァラが活動の拠点を戦勝国の首都パリに移すようになると、ダダのスペクタクルもその性格を変え、ダダはそれ自身がひとつの言説、ひとつの語り口となる。こうして、ダダの「スタイル」ができあがる。すると、それはもはや人びとにたいして、何かを問いかけることをやめてしまい、「直接的原初的なもの」はどこかへ行ってしまう。

したがって、パリ・ダダは、結局「ひげの生えた心臓の夕べ」のプログラムに示されるような、様式化されたスペクタクルにたどりつくほかはなかったのだが、この様式化は、ダダの死と、そしておそらく、ひとつの時期、社会がみずからの存続に不安を抱く時期のいちおうの終わりを告げていたのだった（この点で、パリのダダは、危機のまっただなかで生まれ、圧殺されたドイツ革命と運命をともにしたベルリンのダダとまったく異なっている。「市民たちの生活」そのものにたいする反抗を通じて、彼らの感性の産物である「芸術」の破壊をめざすのが、ダダという「精神状態」であったとすれば、ジャン＝ミシ

「ガス心臓」 舞台写真（1923年）

エル・パルミエがいうように「芸術と政治の実践のレベルで、ダダが頂点に達したのは、おそらくベルリンにおいてである(18)」のかもしれない)。

とはいえ、一九一六年から二三年までの流れのなかで、ツァラの率いたダダが経験したこの変化は、彼の言語活動のすべてに、そのまま反映しているわけではない。この時期のツァラの仕事は、ふたつの位相をもっていた。『七つのダダ宣言』に代表される、アジテーター・挑発者としての仕事と、『詩篇二五』や『ぼくらの鳥たちについて』のような詩を書く人としての仕事である。もちろん、これらのふたつの面がひとつになって、彼の詩的人格が形成されているのだが、そこには、微妙なずれが感じられる。ダダのマニフェスタシオンが様式化され「洗練」されてゆく過程で、しだいに希薄になっていった、「直接的原初的なもの」にむかおうとする意思は、ツァラの詩的言語においては、はじめの濃密さを最後まで失っていないように思われるのだ。それゆえ、ダダのスペクタクルの真の意味を問うためには、「ダダの夕べ」や「ダダの宣言」についてだけでなく、「ダダの詩」について語らなければならない。

2

ツァラの「ダダの詩」——つまり、チューリッヒとパリで、運動体としてのダダの活動が展開されていた時期の詩——の大部分は、『詩篇二五』[19]と『ぼくらの鳥たちについて』[20]に収められているが、とくに一九一二年から二二年までの彼の詩作を集めた後者は、ダダの全期間を包括しているばかりか、ダダ以前の、ルーマニア時代の詩をもふくんでいて、この一〇年間の、ツァラの詩的世界を知るうえでじつに貴重な、さまざまな刺激に満ちた詩集となっている。

『ぼくらの鳥たちについて』は一九二三年にすでに印刷されていたが、事情があってようやく一九二九年に、パリのクラ書店からアルプのさし絵つきで発売された。一九二九年といえば、『シュルレアリスム革命』誌の最終号に、ブルトンが「第二宣言」を発表し、そのなかでツァラを再評価したために、人びとがかつてのダダイストのことを久しぶりに想い出した年で、この年にツァラの詩集が、ブルトンの『シュルレアリスム宣言』(一九二四年)とおなじ出版社から発行されたことは、たぶんたんなる偶然の一致ではなかっただろう。だが、さしあたり、そうした歴史的事実に何かを語らせる必要はなさそうだ。初版が絶版になってから『ツァラ全集』刊行(一九七五年)までの半世紀近くの空白を超えて、この詩集は、ダダの空間へ、読者を直接ひっぱりこむ力をもっている。たとえば——

サルタンバンク(21)

脳髄がふくらむ　しぼむ
　重い風船がしぼんでぺしゃんこだ
　　(腹話術師の言葉)
ふくらむ　しぼむ　ふくらむ　しぼむ
しぼむ
　　溶けた臓器
雲も時にはそんな形になる
　未亡人たちはそいつを見ながら退屈顔だ

時には
めまいの音を聞け
数字のアクロバット
数学者の頭の中の
跳ぶＮＴＯＵＣＡ
マネキン人形の頭
ダダは誰だ　**ダダ**は誰だ
静止詩は新しい発明だ
ＭＢＯＣＯ喘息　ＨＷＳ２
１００５４　ムーンビンバ
機械がある
機械
母音たちは白血球
母音が伸びる
伸びる　ぼくらをかじる　柱時計
ぶつかりあう
するとその時ロープに沿って光が走る

曲芸師の頭から立ちのぼる煙
ぼくのおばさんは体育館のブランコの上でうずくまる
おばさんの乳首は鰊の頭
あのひとにはひれが生えていて
自分の胸からアコーデオンを取り出す取り出す取り出す
胸からアコーデオンを引っぱり出す出す出す出す
グルワ　ワワ　プロアアブ
小さな町では旅館の前の鋤の下で太陽が
卵を抱いている
ンフ　ンフ　ンフ　タタイ
サーカスの荷物を見ながら子どもたちが放屁する
シラミだらけの荷物
そして祖母たちはやわらかい腫瘍に覆われる
ポリープだ

ダダのスペクタクル性は、「ダダの夕べ」や「フェスティヴァル・ダダ」のような、「見世物」的な催しだけに見出されるわけではない。この「サルタンバンク」を読んでも、ツ

ソニア・ドローネー宛のツァラのデッサン（1924年）

ァラのダダ詩が、言語によるスペクタクルになっていることが、理解できるだろう。それらは、なんらかの感性や抒情のたんなる表現手段ではなかった。ふくらんだり、しぼんだり、伸びたり、ちぢんだりする語の群れがアクロバットを演じるサーカスの世界が、ここにはある。(訳文ではあまりはっきりしないが) さまざまな種類の活字を使ったり、語の配列を不規則にしたりするという、ツァラ得意のティポグラフィーにしても、何かを意味するものとしての語ではなく、かたちを担うものとしての語によって、「詩集」の各ページを「見世物」にしようとする試みだったことは、いうまでもない。ツァラの詩は、言語を日常的秩序から脱落させて、引き伸ばしたり、縮小したり、歪めたり、着色したりして、途方もないスペクタクルをつくりだす、神話的な機械仕掛けなのだ。「溶けた臓器」が、「マネキン人形の頭」が、「白血球の母音」が、「ひれの生えたおばさん」が、「卵を抱く太陽」が、この仕掛けから、続々と、とびだしてくる。そして、つぎの詩篇では、スペクタクルは、ついにコスミックな広がりをもつことになるだろう——

月と色をめぐる完全な周遊旅行(22)

鉄の眼球が黄金に変わるだろう
磁石がぼくらの鼓膜を飾り立てた

ほらごらん　おとぎばなしみたいに途方もない祈りのために
トロピカル
エッフェル塔のヴァイオリンと星たちの鳴らすベルの上で
オリーブの実がふくらんでパックパック左右対称に結晶するだろう
いたるところで
レモン
一〇スー貨幣が一枚
日曜日たちが輝きながら神を抱いた　ダダが踊る
穀物をわかちあいながら
雨
新聞
北へ
ゆっくりと　ゆっくりと
長さ五メートルの蝶たちが鏡のように砕け散る
夜の河が火を噴いて飛ぶように昇ってゆく
銀河をめざして
光の道　不規則な雨の髪の毛

そして空を飛ぶ人工キオスクがきみの心臓で夜を明かす
きみが思うとぼくには見える
朝
叫ぶのは誰
細胞が膨張する
橋が伸びて空中に立ちあがって叫ぶ
磁極のまわりに光線が孔雀の羽根みたいに
ならぶ
北極の
ほら滝だ　見えるかい　ひとりでに光ってならんでいる
北極で巨大な孔雀がゆっくりと太陽をひろげるだろう
南極では夜の色たちが蛇を食う
だろう
すべる　黄色が
鐘たち
神経質な
黄色を薄めるために赤が歩きだすだろう

ぼくがどうやってと尋ねると
海溝が吠える
おお　ぼくの幾何学

アンリ・ベアールは、この詩がはじめマルセル・ヤンコ（ツァラの親友だったルーマニア人の画家）に捧げられていたことから、ここにヤンコの版画を前にした詩人の「感動」を見てとり、「この作品の多くの要素は、ダダの夕べの雰囲気、そこで展示された絵や朗読された詩の雰囲気に還元される」(23)と述べているが、この詩篇は、そんな実証主義的解釈をはるかに超えた、宇宙的な高みに読者をつれてゆく。日曜日が神を抱き、巨大な蝶が鏡のように砕け散り、北極の大孔雀が太陽をひろげ、海溝が吠える壮大なスペクタクルは、様式化された「ダダの夕べ」より、ずっと深いところで、あの「直接的原初的なもの」をめざしているのだ。

ここには、光と音の洪水がある。非人間的な地球の原風景がある。色たちが跳びまわる夜がある。詩の題名が示すとおり、それは、月から見たわれわれの惑星のスナップ・ショットだ。ツァラの詩的言語は、サーカスのテントを突き破り、「火を噴いて飛ぶ夜の河」(24)となって、銀河へと昇ってゆく。「昇れ、昇れ、べつの天体めざして」（『詩篇二五』）と、彼は叫んだものだ。シュルレアリスムがいわば個人の潜在意識の深層に下降する試みであったのとは逆に、ツァラのダダは、集合的無意識の翼に乗って、どこまでも上昇しようとする。[25] カイヨワは、遊園地のことを「有機的パニックを起こさせるために作られた回転、振動、吊り上げ、落下の機械など、めまいの道具の固有の領域[26]」といったが、『詩篇二五』から『われらが鳥たちについて』へといたる世界は、まさにこの種のめまいに満ちあふれた、イルミネーションのきらめくルナ・パークだ。そこでは、あらゆる語が超高速で運動し、読者をパニック状態に陥らせようとしている。それだけではない。この遊園地には見世物小屋まであって、「植物の燕[27]」や「太陽の皺[28]」や「一本脚の女[29]」や「大蜥蜴[30]」がうごめいている。こうして、じつに大がかりで、無気味なスペクタクルをツァラは創造したのである。

だが、ある時突然、すべてが停止する。まるで、時間が止まったように——

彼は起きあがる
何も動かない存在も非在も観念も鎖につながれた囚人も市街電車も
彼は自分の声のほかは何も聞かず
椅子と石の寒さと水のほかは何も理解しない——
(……)
もう必要がないので彼は眼球を通りに投げ捨てる

時間のなかの血の最後の輝き
最後の挨拶
彼は舌を引き抜く——星に貫かれた炎(31)

(『詩篇二五』)

——動くものは何もないこの風景のなかで、ツァラは、見ることも聞くこともやめて、「椅子と石と寒さと水」の世界に、ひとりで入ってゆく。彼の「見世物小屋」は、こんな冷たい、むきだしの物質の小宇宙につながっていた。あらゆる感覚を捨てて、彼はみずからを物質化しようとさえする。もう言葉はいらない。それでも、時間が再び動きだすと、ツァラはまた書きはじめる。やがて、スペクタクルが再開されるだろう。あの「ブームブーム ブームブーム ブームブーム」(32)という、あらゆる価値を相対化する唸り声とともに。ダダのスペクタクル、それは結局、かつて共同体的社会のはめをはずさせたような祭りにはなりえなかった。われわれの社会では、ダダが追求しようとした「直接的原初的なもの」は、パロディとしてしか実現できない以上、ツァラの「見世物」も、巨大なシミュレーションとなるほかはなかったのである。それゆえ、彼のスペクタクル的言語の空間には、ある種の空虚さと、こういってよければ、ある種の絶望感がつきまとっている。彼は、もう何も信じないだろう、人間も、そして歴史も……

「ツァラの詩には、議論の余地のないほどの偉大さが刻みこまれている。彼の詩が異質的で、生の外に位置しているように見えるとしても、こうした孤立的な性格は無力であるどころか、おそらく、われわれを盲目にするこの世界のすべてのものの属性なのだ。表現は、こうして、詩という限界のなかでひとつの極点に達したのである。」[33]（バタイユ）

この言葉につけ加えることは、いまのところ、何もない。

拒否と持続の言語

まず、あの日のことから書きはじめよう。一九六三年一二月二五日、レトリスムの詩人で、ツァラの年下の友人だったイジドール・イズーは、パリ七区リール街五番地のツァラのアパルトマンを訪れる。前夜、それはクリスマス・イブのにぎやかな晩だったが、夕刊各紙はダダの創始者の死を報じていた。一カ月ほど前には、『レクスプレス』誌上でマドレーヌ・シャプサルのインタビューに気軽に応じていたのだから、たしかに突然の死ではあったが、ダダの激しさを想い起こさせるような劇的な死ではなく、静かな、ごくありふれた死だった。

イズーの目の前にはツァラの屍体がある。――「それは礼服を着せられていたが、靴は脱がされていた。ひどく小さなからだだ。顔にはしわがなく、スベスベしている。眼鏡ははずされていた。皮膚の色はほとんど変化していない。怒ったような、非常にきびしい顔つきだった。唇は、不満そうに、だがきっぱりと閉じられていて、狂信者を思わせる厳格で硬直した表情をつくっていた。気をつけをする時のようにからだにぴったりとつけられ

晩年のツァラ（パリの自宅にて）

ルーマニア時代のツァラ（右端の少年）

た両手は、信じられないほど白く、血の気がまったくなかった。（……）ツァラはモノになったのだ」。

こうしてモノになったツァラは、同時に「研究」の対象となった。死の二年後には、ミシェル・サヌイエ（ニース大学）の博士論文『パリのダダ』が出版されたのをきっかけとして、サヌイエやアンリ・ベアール（パリ第三大学）を中心に「ダダ運動研究会」（のちに「国際ダダ・シュルレアリスム研究会」に発展）が創立され、それ以後、同会の機関誌『カイエ・ダダ・シュルレアリスム』、メアリー＝アン・コーズ（ニューヨーク市立大学）編集の論集『爆発する世紀』、ミシェル・デコーダン（パリ第三大学）の主宰する研究誌『二〇世紀手帳』などに拠って、主にフランスとアメリカの大学教師たちが、ツァラとダダを研究テーマにとりあげるようになる。（ツァラを中心に論じたこの頃の研究には、エルマー・ピーターースンの『トリスタン・ツァラ――ダダと超理性の理論家』、ゴードン・ブラウニングの「トリスタン・ツァラ――ダダ詩の成立過程またはダダからアアへ」、セルジュ・フォーシュロの「トリスタン・ツァラとシュルレアリスム」、ミシュリーヌ・ティゾン＝ブロンの『トリスタン・ツァラ、新しい人間の創造者』などがある）。そして、一九八〇年代に入ると、パリ第三大学のベアールとムーリエを主軸とする「シュルレアリスム研究センター」が発行する研究誌『メリュジーヌ』が、ダダ・シュルレアリスムについての探究の中心的存在になってゆく。

このような傾向は、イズーやモーリス・ルメートルらのレトリストたちによって激しく批判されるのだが（たとえば、ルメートルはサヌイエの仕事を「ダダの屍肉を喰らうもの」と断定している）、彼らの非難がまったく不当なものだとはいえないにせよ、文学研究者たちの努力によって、ツァラの伝記的側面やダダの運動史的側面に実証的な光があてられはじめ、忘れられかけていた数多くの事実や作品が再発見されつつあることはたしかだ。ツァラが死んだ時、彼の詩集はほとんどすべて高価な稀覯本になっていて、われわれはセゲルス社の「今日の詩人双書」中のアンソロジー（ラコート著『トリスタン・ツァラ』）によってしか、彼の作品（それも断片にすぎない）に接することができなかったのだから。

こうした動きのひとつの到達点として、一九七五年には、『ウーロップ』誌がツァラ特集を組み、またフラマリオン書店からベアールの編集による『ツァラ全集』の刊行が開始され、われわれはようやく彼の仕事の全貌を知る機会をもつことになった。

全集の、七百ページを越える第一巻を手にしたある若者が「栄光が結局あの二音節の語に要約されてしまうひとにしては、ずいぶん大部なものですね」と語ったというが、じっさい、二〇歳から二五歳頃にかけてチューリッヒとパリで発表した、活字にすればあわせて数十ページのダダ宣言によってのみ、人びとの記憶にとどめられているかに思えるこの詩人は、六七歳まで生きて、スペイン戦争からレジスタンスをへてハンガリー動乱へといたる現代史の神話と現実を通過し、既成のジャンルに分類すれば詩、戯曲、評論、それに未完の小説などあわせて数千ページにもおよぶ仕事を残していたのである。全集は全六巻の予定で、一九八七年現在十年がかりでやっと五巻まで出版されているが、完結すれば一九一八年に「破壊と否定の大仕事をなしとげるのだ！」と叫んだダダイストの、その後半世紀にわたる軌跡が明らかにされるはずである（一九九一年に全六巻完結）。

ところで、ブルトンと同じ一八九六年に、カルパチア山脈の麓の小都市モイネシュティで生まれ、第二次大戦後にフランスに帰化したこのユダヤ系ルーマニア人について、われわれは何を知っているだろうか。リセの生徒のころから象徴派のジャムやラフォルグ風の詩を書き、バッハが好きだったこの若者が、一九一六年のチューリッヒで、バル、ヒュルゼンベックらとともにひきおこしたダダという名のスキャンダルについては、すでにあまりにも多くのことが語られている（亡命者のたまり場だった当時のチューリッヒには、さまざまな種類の男女がひしめきあっていて、イギリスの劇作家トム・ストッパードが、この都市を舞台に、ツァラ、ジョイス、レーニンが語りあうパロディ的戯曲『トラヴェスティーズ』を書いているほどだ）。そして、一九二〇年にパリに登場したツァラが、ピカビアやリブモン＝デセーニュ、それに『文学』誌の若者たちと一緒にくりひろげたパリ・ダダのてんまつについても、サヌイエの詳細な研究が、そのすべてを描写してくれている。

だが、一九二三年七月六日の「ひげのはえた心臓の夕べ」がブルトンたちによって暴力的に粉砕され、パリ・ダダの活動に終止符が打たれると、われわれはこの男の姿をほとんど見失ってしまう。その後、彼がどんな生涯をすごし、どんな仕事をしたのかについては、これまでいくつかの断片的な事実しか語られていなかったといってよい。けれども、彼が生きた「ダダ以後」の四十年という時間を黙殺してしまえば、詩人の全体像をつかむことはできないし、ダダそのものの問いかけの意味も鮮明にはならないのだから、全集の刊行とともに再発見されようとしているこのダダイストの「ダダ以後」を、ここで手短かにスケッチしておこう。

運動体としてのダダが消滅し、シュルレアリスムがはなばなしく登場すると、ツァラの出番はほとんどなくなってしまう。『ナジャ』(初版)の冒頭に記されているように、「ひげのはえた心臓の夕べ」の混乱を収拾するために、ツァラが警察を呼んだこともあって、ブルトンとの間の溝はますます深くなる。二人が公式に「和解」するのは、一九二九年の『シュルレアリスム革命』誌終刊号でのことで、それまでの数年間、ツァラは戯曲『雲のハンカチ』を上演し、『心の道の時刻表』などの詩集を出版したほかは、ほとんど沈黙を守り、もっぱら、のちに『近似的人間』や『反頭脳』に収められることになる詩篇を書きつづける。

彼が久しぶりに人びとの注目を集めるのは、一九三一年にクレーの版画つきで出版された長篇詩『近似的人間』と、同じ年の『革命に奉仕するシュルレアリスム』誌第四号に発表された詩論「詩の状況についての試論」によってである。しかし、こうして再登場したツァラのイメージは、かつてのダダイストのそれとは、かなりかけはなれたものだった。「試論」で、ツァラは「詩を一行も書かなくとも詩人になれる」と述べ、ユングの『リビドーの変遷と象徴』に依拠しつつ、「導かれない思考」につながる「精神活動としての詩」と、「導かれた思考」につながる「表現手段としての詩」を区別し、前者の優越性を強調する。ダダはもちろん「精神活動としての詩」ということになるから、一貫性は保たれているわけだが、ダダの時期とまったくちがうのは、政治革命への参加を「新しい詩」の条件としている点だ。彼は、いささか唐突な感じで、エンゲルスの『反デューリング論』を引用し、「精神活動としての詩」が革命への参加を通じて「集合心理の領域でしか見出せないような力強さにまで高められた新しい詩」になるべきだ、と説くのである。

敗北したドイツ革命に深くかかわったベルリン・ダダとは異なり、ツァラの率いたチューリッヒとパリのダダは「政治」にほとんど興味を示さなかった。そんなものは「ダダの嫌悪」の対象でしかなかったのだ。したがって、「試論」はダダのことばとは明らかに別の次元のことばで書かれているわけだが、『近似的人間』のほうは、『詩篇二五』などのダダの詩と異質の作品にはなっていない。論理と文法に挑戦したダダのスタイルは、ルーマニア時代のあの静けさをとりもどしてはいるが、語と語を暴力的に切断＝結合することで独自の言語空間をつくりだすという方法そのものは不変である。

とすれば、「試論」にあらわれた変化は、全体主義と人民戦線の時代がはじまろうとしていた一九三一年という時点で、ツァラが「ダダの冒険」を正当化しつつ、「参加」への道を選びながら独自の詩的実験をつづけるために、その活動を二重化せざるをえなかったという事実から、おそらく生じている。そして、「試論」以後の彼の仕事はつねに二つのことばでなされるだろう——政治のことばと詩のことばと。

三〇年代初頭までは、ツァラはシュルレアリスト・グループの周辺にとどまっていて、「アラゴン事件」（パリ・ダダの創立メンバーで、シュルレアリスムを代表する詩人アラゴンが、一九三〇年のソ連訪問を機に共産主義に賛同して旧友ブルトンらと対立し、シュルレアリスム運動に深刻な亀裂が生じた事件）でも、シュルレアリスト側のパンフレット「変節漢！」に署名したりするが、その後「革命的作家芸術家協会」や「文化の家」に加わるようになると、しだいにコミュニスムに接近し、一九三五年には、『カイエ・ドュ・シュッド』誌上でシュルレアリスムとの訣別を表明する。そして、この年の六月にパリで開かれた「文化擁護のための国際作家会議」では、「秘伝を授かった人びとと先駆者たち」と題する講演さえおこなうのだが、ブルトンの発言が拒否され、その内容が結局議事終了後にエリュアールによって代読されたこの会議（それはツァラの親しい友人のルネ・クルヴェルを自殺に追いやることになるのだが、ツァラがシュルレアリストたちの左翼内の反対派的な立場を共有しようとしなかったことを物語っている。

やがて、スペイン戦争がはじまると、ツァラは「スペイン文化擁護委員会」の書記として何度もスペインを訪れ、一九三七年には、バレンシアで開かれた「第二回文化擁護のための国際作家会議」で、「個人と作家の意識」という短い講演をする。彼は、型どおり、共和国政府の勝利のためにすべての知識人が立ち上がることを訴えたが、そのことばは熱意があふれていたとはいえず、聴衆を感動させなかったという。ツァラの「参加」には、どこかにさめたところがあって、アラゴンやエリュアールのそれとは様子がちがっている。ことばをなにかの手段として用いることが自らを欺く結果をもたらすことを、彼はたえず感じていた。だから、コミュニスムの側に身を置くようになっても、アラゴンたちのような「国民詩人」としての栄光につつまれはしないのである。

スペインでの体験からは、ガルシア・ロルカに捧げられた「海の星への道の上で」をふくむ詩集『勝利の真昼』や『内面の顔』が生まれるが、これらの作品は、彼の政治的発言よりもはるかにひとを感動させる力をもっている。もっとも、三〇年代のツァラは政治活動に専念していたわけではなく、バシュラールによって高く評価された『反頭脳』、実験夢の試みをおこなった『種子と表皮』などを出版し、またダダ時代の作品である『アンチピリン氏の第二回天上冒険』を再版している。彼は単純な政治宣伝のための詩を書かなかった。そのために、シュルレアリスムから遠ざかってコミュニスムに近づいてからも、コミュニスムの文化圏で中心的位置を占めることはなく、このあたりから孤独の影がしだいに濃くなってゆく。

第二次大戦中は、極右の『ジュ・スィ・パルトゥ』紙に非難され、ゲシュタポの追及を受けたツァラは、フランス南西部のスイヤックで地下活動に入り、レジスタンスのさまざまな出版活動に関係する。ジャン＝ルイ・ベドゥアンによれば、アメリカへ脱出するために奔走したが、うまくいかなかったということだが、真偽のほどは明らかでない。とにかく、ブルトンとちがって、フランス国内にとどまっていたのはたしかだ。

戦争が終ると、地下生活中に書きためていた作品——『生のしるし』、『地上の地』など——がつぎつぎに出版され、かつてのダダイストは、彼がそれを望んだかどうかは別にして、「レジスタンスの詩人」として人びとの前にあらわれる。こうして、一九四七年四月一一日にソルボンヌの大教室でツァラがおこなった講演「シュルレアリスムと戦後」は、シュルレアリストたちとの対決の場となった。彼はレジスタンスにおけるシュルレアリスムの「不在」を非難し、「歴史がシュルレアリスムを乗りこえた」といいきるのだが、ブルトンらの介入によって場内は騒然となり、ツァラの声はほとんど聞きとれなかったという。またしても、ブルトンとぶつかったわけで、結局、二人は最後まで許し合うことがなかった（『ナジャ』の「著者による全面改訂版」の発行によって、その序文からツァラへの非難が消えるのは、ツァラの死の直前である）。

五〇年代に入ると、詩集『ひとり語る』、『内面の顔』、『炎を高く』が、それぞれミロ、レジェ、ピカソの版画つきの豪華本で発行され、いずれも高い評価を受けて、ツァラの詩人としての「地位」は確立するが、これらの詩篇の多くは戦前から書かれていたもので、彼の詩人としての仕事はしだいに少なくなり、ナジム・ヒクメット解放委員会の会長のような仕事がふえてゆく。

こうした状況のもとで、ツァラは一九五六年のハンガリー動乱をむかえる。ブダペスト蜂起の直前まで現地に滞在していた彼は、パリに戻ると、ソ連軍の介入を支持したコミュニストの知識人との見解の相違を表明する。それは党に対する明確な批判のかたちをとってはいなかったようだが、この事件は、晩年のツァラの孤立をいっそう深めることになった。中世の詩人フランソワ・ヴィヨンの詩篇中にアナグラムが隠されていると信じて、その解読に没頭するのも、この頃からである。

ここで、われわれは冒頭のイズーの証言にひきもどされる。ポーヴェール社から『七つのダダ宣言・ランプ製造工場』を四十年ぶりに再版する仕事を終えたばかりの老いたダダイストを死が襲うのは、一九六三年一二月二四日のことだった。

ツァラの生涯をひととおりたどってみても、彼にとって、ダダとはいったい何だったのかという疑問は残されたままだ。「文学史」的にいえば、一九一六年から二三年までの七年間に限定されてしまうチューリッヒとパリのダダ運動のリーダーとしてのイメージと、三〇年代以降の「参加する」詩人としての姿とが、あまりにもかけはなれているので、彼の生きた時間のうちには、ある種の断層が存在していると思われるほどだ。

たしかに、バレンシアで「この戦いの勝利は全世界の地平線を輝かせる新しい光となるだろう」と語るツァラの意識は、チューリッヒで「目的も計画もいらない。手におえない狂気と解体だ！」と叫んだときの意識と同じものだとはいえない。だが、彼自身「わたしの詩的人格に断絶はけっして存在しなかった」（一九三四年のサッシャ・パナへの手紙）といっているように、たとえば『詩篇二五』（一九一八年）の、

ぼくを見ろ　そして色になれ／やがて／おまえの笑いは野ウサギやカメレオンたちの太陽を食いちぎる

と、『ひとり語る』（一九五〇年）の、

そこでは光は黒い／塩の太陽だ／水はもう子どもたちの視線をうるおさない

との間には、そうした断層が見あたらないのはなぜだろうか。

先に触れたように、三〇年代の政治の季節の入口で、ツァラはその言語活動を二重化する。コミュニケーションの手段としての言語に対するダダの禁止は、少なくとも彼のことばの表層のレベルでは解除されるが、深層のレベルでは、この禁止は詩人の生涯を通じて有効だったといってよい。したがって、「ダダ以後」のツァラの仕事には、「詩の状況についての試論」から「シュルレアリスムと戦後」にいたる表層の流れと、『反頭脳』から『ひとり語る』にいたる深層の流れが存在している。

それゆえ、彼の深層の言語には、「ダダ」と「ダダ以後」の亀裂は見出されない。「ダダたちにとって、語はもはや手段ではなく、存在である」といったのはジャック・リヴィエールだが、ツァラの詩的言語は、存在としての語、あるいは物質化された語の小宇宙を構成している。彼は、「地球はオレンジのように青い」（エリュアール）と書くかわりに、「ぼくは地球になった」（『反頭脳』）というだろうし、あるいは「わたしは憂鬱が野生の光の巣を編むのを見た」（『内面の顔』）というだろう。

ツァラのこの小宇宙は、拒否の言語によってつらぬかれている。われわれの社会では、モノが商品化されて、使用価値と交換価値を担わされるように、「言語も、コミュニケーションの場、意味作用の場となって、シニフィアン（記号表現）とシニフィエ（記号内容）の秩序を与えられる」（ボードリヤール）のだが、「ダダハナニモイミシナイ！」と叫んだツァラの言語は、こうしたシニフィアンとシニフィエの秩序に組みこまれることを拒絶する。だから、それは商品化されたモノ＝言語の交換過程として読まれてはならない。ダダは、そのような過程が成立する以前の、発生状態の言語への回帰の意思表示だったのだし（ツァラたちのアフリカ黒人の詩や芸術への深い関心もここから生じる）、この意味で、贈与の儀礼でもあった。そして、贈与としてのダダの言語がつくりだす空間は、祝祭の空間以外のものではありえない。チューリッヒでもパリでも、ダダのマニフェスタシオンは、にぎやかなお祭り騒ぎだったのである。

だが、祝祭はいつか終る。ダダ・サーカス団の一座は、演し物がなくなれば、テントをたたむほかない。「戦争という事件に対抗するために、（ダダの）詩そのものが事件とならねばならなかった」（ジャック・ベルサニ）としても、ダダのイベント（というより擬似イベント）は、はじめの新鮮な驚きを失ってしまえば、その存在理由がなくなるのは当然のことだ。

ところが、ダダの祝祭がみじめな終りをむかえたあとでも、ツァラは書くことをやめるわけでも、自殺するわけでもない。彼の拒否は持続をめざす。彼は、ダダのマニフェスタシオンの場合のように自らの言語行為をイベント化するかわりに、外部の、スペイン戦争からハンガリー動乱へとつづく歴史の空間に出来事を求めつつ、拒否の言語を自己の内面で持続させようとするのだ。「ダダ以後」のツァラの仕事のすべては、この拒否の言語の祝祭を長びかせる意思によって生みだされたといってよい。しかし、ことばの意味作用の秩序を否定しながら、「政治」というもうひとつの秩序の迷路にはいりこんでしまった詩人の、それはひどく孤独な祝祭ではあった。

ツァラを葬った日――レトリスムについての覚え書き

1　モンパルナス墓地

一九六三年一二月二八日、パリ。曇り空の、寒い日。トリスタン・ツァラの葬儀がおこなわれたモンパルナス墓地には、二つのグループが存在していた。圧倒的な多数派を形成しているフランス共産党（PCF）系知識人（サドゥール、ラコートら）と、せいぜい十人足らずのレトリストとアナーキストの混成部隊（イズー、ルメートルら）である。

儀式の進行はすべて、コミュニストの手にゆだねられていた。PCF、CNE（作家全国委員会）、その他いくつかのPCF系組織が用意した花輪のまえには、詩人の息子で科学者のクリストフ・ツァラとその夫人が立ち、老人の姿がめだつ参列者たちはアイリスやバラの花を一本ずつ、墓の盛土のうえに置き、遺族と握手を交わして立ち去ってゆく。いま、皮肉にも『悪の華』の詩人の墓から数十メートルのところに葬られようとしている男が、

ツァラの墓（モンパルナス墓地、2003年）

「あらゆるシステムに反対」したダダの強烈さを生きた人間であることを人びとの記憶から消去するために仕組まれたような、それはあまりにも静かで、月並みで、システマティックな儀式でしかなかった。このダダイストは長生きしすぎたのだ。そういえば、もし彼が四〇年前のダダの爆発の最中に突然の死を遂げていたとしたら、おそらくこんな陰気な場所をすこしは陽気にするために集まっただろう若者たちの姿はほとんど見あたらない。この日、モンパルナス墓地を訪れた人びとの多くは、「ダダ宣言」のツァラではなく、「レジスタンスの闘士」ツァラの埋葬に立ち会うためにやって来たのである。

献花を終えた人びとは、だがすぐに墓場を離れようとはしない。彼らの視線は、ツァラの屍体からほど遠からぬところに集結したもうひとつのグループに注がれている……

レトリストたちが「スターリニストによるツァラの独占」に抗議して、葬式に介入するだろうという情報は、すでに全参列者に伝えられており、レトリスト・グループは、コミュニストたちから、式の進行を妨害したら容赦なく墓地から叩き出すぞという警告を受けてさえいたのだった。そんなこともあって、イズーらは「用心のために」アナーキスト連盟の若者をつれてきたのである。

やがて、まずイズーがひとりでツァラの墓に歩みよった。彼のまえには、PCFの「防衛隊」がずらりと並んでいる。何かが起こる——人びとはそう思ったにちがいない、もう大地に還ってしまった詩人がダダと呼ばれる大騒ぎの仕掛人であったことを、彼らに思い出させるような何かが……

けれども、何も起こりはしなかった。イズーが口を開くやいなや、「防衛隊」は参列者を出口のほうに誘導しはじめたのである。「わたしはあらゆる反発を予期していた。拳骨の雨、罵声、抗議の叫び……だが、この〝退却〟はまったく予想外だった」とイズーはのちに語っている。〝退却〟する群集の背中に、彼は「詩人がまたひとり、お巡りたちに葬られてしまった！」という叫びを投げつけることしかできなかった。イズーのあとからは、仲間のルメートルが墓地中に響きわたるような声で、あわてて「トリスタン・ツァラへの手紙」を読みあげたが、もう遅かった。退却は完了し、墓地にはすっかり人気がなくなってしまっていたのだから。ダダという祭りを創出したツァラを祭りによって葬ろうとする試みは、こうしてコミュニストたちから完全に黙殺されてしまったのである。翌日ＰＣＦ機関誌『ユマニテ』は、事件にはひとことも触れずに、「コミュニスト詩人ツァラの葬儀は感動的なほど質素にとりおこなわれた」と報じていた。

2　イジドール・イズー

一九四六年一月二一日、パリ、ヴィユー・コロンビエ座。ツァラの劇詩『逃走』初演の日。「レクチュール＝スペクタクル」と銘打たれたこの日の催しでは、劇の上演に先立って、ミシェル・レリスが、大戦中の地下生活から生まれたこの風変りな作品のかんたんな紹介をすることになっていた（このときの講演の文章は“Brisées（獣道）”に収められている）。

レリスは、大方の予想どおりまずダダについて語りはじめたが、ダダという語を彼が口にしたとたんに、突然客席からひとりの若者が立ち上って叫んだ。

――ムッシュー・レリス、ぼくらはダダのことはよく知っています。だから、もっと新しい運動について話してくださいませんか。たとえば、レトリスムについて……

すると、数人の若者がいっせいに起立して、大声で叫んだ。

——そうだ、そうだ、レトリスムのことを話してくれ！　レトリスムのことを！
レリスはあっけにとられて、しばらくのあいだ何もいうことができなかった。それも当然のことで、「レトリスム」などという言葉は、まだ誰も聞いたことがなかったのだ。意外なハプニングに、客席は大騒ぎになった。この混乱を利用して、ひとりの男が舞台に駆けあがり、「レトリスム」なるものについて何やらまくしたてようとした。だが、あわてて駆けつけてきた劇団の責任者が、そういう話は劇の上演が終ってからにしてくれと頼んだので、男はひとまず客席に戻ることを承知した。思いがけない余興に大喜びの観客は、『逃走』が演じられたあとでもほとんど席を立たず、再び舞台にあがった男の話に耳を傾けた。

——語（mots、以下同じ）と戯れた詩のあとで、つまりダダイスムのあとで、われわれは語そのものを破壊し、そこから文字（lettres、以下同じ）だけを引き出すような詩を提案し、このシステムをレトリスムと名づけたのです。

と男は述べて、語のかたちをとらない、母音と子音の無秩序な組み合わせによる「詩」を朗読し、観客の好奇心を満足させた。

翌日、『コンバ』紙は「レトリストたちはツァラを逃走させた」と題するモーリス・ナドーの記事を一面に掲載し、こうしてレトリスムはジャーナリズムに登録されることになるが、レリスに冷や汗をかかせたこの男がイジドール・イズーだった。

イズーが、自分たちの新しい運動を認知させるための標的にツァラの作品の初演の日を選んだのは、レトリスムがその言語破壊の意思においてダダの嫡子であろうとしたためだけではない。二人はルーマニアのユダヤ人という同じ血で結ばれていた。

ダダの詩人より三〇年ほどのちの一九二五年に、ルーマニア北部の小都市ボトサニで生まれたイズーは、ツァラとよく似た経路で――つまり、裕福な親をもち、中等教育の途中で文学に熱中し、戦争に出会って――パリにやって来る。とはいえ、すでにチューリッヒで「ダダの王」となり、ブルトンらの熱烈な歓迎を受けてヨーロッパの首都に到着した同国の先輩詩人とは異なり、故郷で書きためていた原稿のぎっしり詰まった旅行鞄をかかえ、一九四五年の夏にパリのリヨン駅に降り立ったイズーは、まったく無名のユダヤの青年にすぎなかった。

語を用いない、音素（phonèmes、以下同じ）の無意味な連鎖による詩をイズーが着想し、レトリスムの詩と名づけたのは、それより三年前のルーマニアでのことだ。第二次大戦中、家を焼かれ、ナチの強制収容所に入れられていた彼は、戦後やっとのことでイタリア経由でパリにたどりつくと、まずウンガレッティから貰った紹介状を頼りに、ガストン・ガリマールに面会を申しこみ、大胆にも自分の作品『新しい詩と新しい音楽への入門書』の出版を依頼する。ジャン・ポーランとレーモン・クノーが原稿に目を通してくれるが、色よい返事は得られない。ジッドもコクトーも、このルーマニア人の青年に気軽に会ってくれたとはいえ、無名の著者の原稿がそうかんたんに活字になるはずもなかった。

この頃から、ユダヤ人難民のための食堂で知り合ったガブリエル・ポムランとロートレアモンを読んだりするうちに、イズーの主張するレトリスムに共鳴する若者たちのグループが形成される。彼らはサンジェルマン・デプレ界隈にたむろし、夜にはレジスタンスの詩を批判するビラを貼って歩いたりして、自分たちの運動を売りこもうとしていた（当時の様子は映画『想い出のサンジェルマン』に描かれている）。ロシア革命の同時代人でありながら、政治にはほとんどが関心を示さなかったダダイストとはちがって、スペイン戦争とモスクワ裁判からファシズムと人民戦線へといたる時代の子であったレトリストは、はじめから「早くやって来すぎたゴーシスト（極左過激派）」だったのである。

レトリスムの最初のマニフェスタシオンは一九四六年一月八日、サル・デ・ソシエテ・サヴァントで開かれ、イズーによる詩の朗読とポムランによるレトリスムの説明がおこなわれたが、会場はがら空きで、新聞や雑誌の反響もまったくなかった。そこで、イズーたちが考えだしたのが、あのツァラの『逃走』初演乗っ取りの戦術である。作戦はまんまと図に当たり、新しがり屋のパリのジャーナリズムはいっせいに「レトリスム」について語りはじめ、イズーはたちまち時の人となった。この機を逃さず、イズーとポムランは再びガリマール社を訪れ、ついにポーランの同意を得て、一九四七年にイズーの『新しい詩……』が同社から出版され、レトリスムは「フランス文学史」にその名を残す資格を手に入れるのである。

3　『レトリスムとは何か』

それは一九五四年に発行された一二×一六センチ、一六〇ページの小さな本で、表紙には、

　　　　　　　　　モーリス・ルメートル

　レトリスム
　およびイズー派運動
　とは何か？

という文字が大きさも字体も異なる活字で印刷してあり、中央には、古ぼけたトレンチ・コートを着て、ゲイリー・クーパーにちょっと似ていないこともない著者の写真が大きくレイアウトされている。裏表紙には、同じ著者の手による「レトリスム絵画」と、バルザックからのこんな引用文が掲げられている。

『レトリスムとは何か』表紙

「観念から独立した詩、単語や言葉の音楽や子音と母音の連続のうちにしか存在しない詩があるのだということを、どうして無知な大衆に理解させられるだろうか。」

イズーより一歳年下で、パリ生まれのモーリス・ルメートルがレトリスム運動に参加したのは、一九五〇年のことだ。アナーキスト組織〝Soulèvement de la jeunesse（青年の蜂起）〟の中心メンバーであり、雑誌〝Front de la jeunesse（青年戦線）〟を主宰するこのレトリストは、詩人というよりはむしろ理論家であって、彼の『レトリスムとは何か？』は、おそらくレトリスムについてのもっとも体系的な書物だといってよい。

レトリスムを「区切られた音の小部分（文字または音素）の創造をその美的機構とする芸術」と定義してから、ルメートルはこの新しい〝芸術〟のオリジナリティを立証しようと試みる。

たとえば、アルファベット二十六文字からでたらめに、aを五個、kを二個、b、d、r、tを一個ずつ取りだして、abdakatakarの順序に並べたとする。これを見たひとは、そこに何の意味も見出せなくとも、これはきっと自分の知らない言語に属する語なのだと考えるだろう。彼（女）にとって、文字は言語と不可分の存在だからである。ところが、ルメートルが、

abdakatakar

と書くとき、これらの文字（音素）の集合はいかなる意味ももたず、いかなる文法にも従ってはいない。それらは「根拠のない、あるいは根拠なしに並べられた文字の群れ」なのだ。とすれば、レトリスムは「言語ではない」。

同様に、たとえばベルギーの大詩人ヴェルハーレンの、

Aux puits des fermes〔農家の井戸で〕
Les seaux de fer et les poulies〔鉄のバケツと滑車が〕
Grincent〔きしんだ音をたてる〕

と、ポムランの、

Krapokouklirhoma karkilkam
Koulma koulba
Koumba kroi

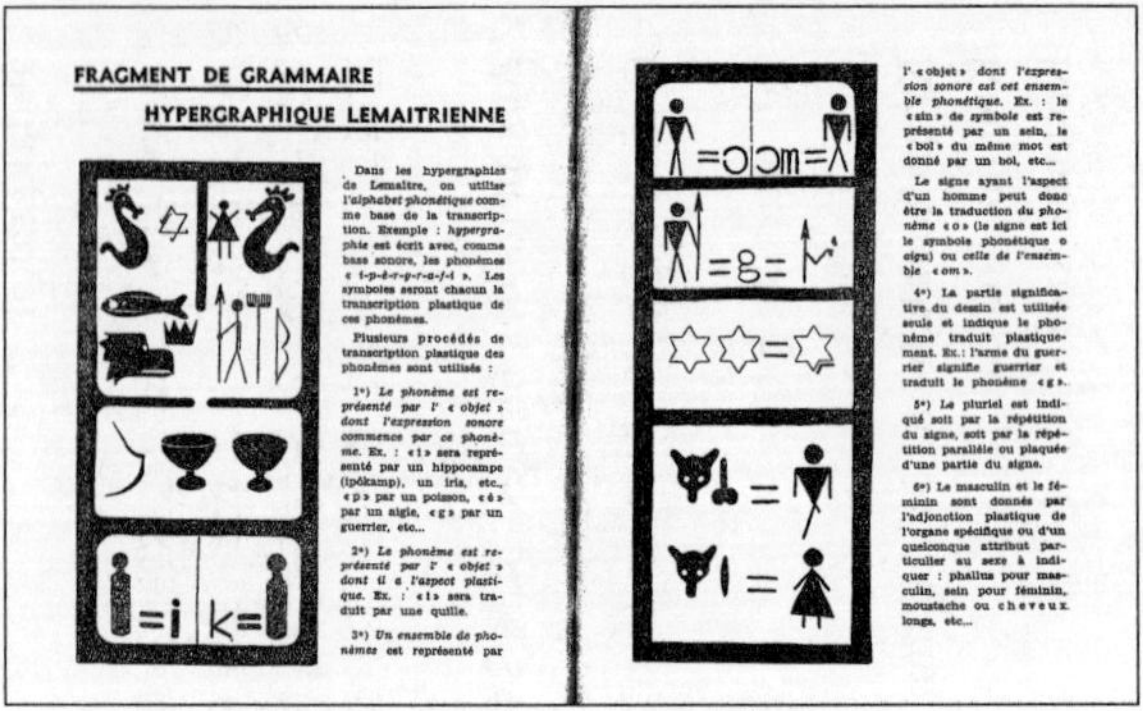

FRAGMENT DE GRAMMAIRE

HYPERGRAPHIQUE LEMAITRIENNE

Dans les hypergraphies de Lemaître, on utilise l'*alphabet phonétique* comme base de la transcription. Exemple : *hypergraphie* est écrit avec, comme base sonore, les phonèmes « *i-p-è-r-g-r-a-f-i* ». Les symboles seront chacun la transcription plastique de ces phonèmes.

Plusieurs procédés de transcription plastique des phonèmes sont utilisés :

1°) *Le phonème est représenté par l' « objet » dont l'expression sonore commence par ce phonème.* Ex. : « i » sera représenté par un hippocampe (ipôkamp), un iris, etc., « p » par un poisson, « è » par un aigle, « g » par un guerrier, etc...

2°) *Le phonème est représenté par l' « objet » dont il a l'aspect plastique.* Ex. : « i » sera traduit par une quille.

3°) *Un ensemble de phonèmes est représenté par l'* « objet » *dont l'expression sonore est cet ensemble phonétique.* Ex. : le « sin » de *symbole* est représenté par un sein, le « bol » du même mot est donné par un bol, etc...

Le signe ayant l'aspect d'un homme peut donc être la traduction *du phonème* « o » (le signe est ici le symbole phonétique o *aigu*) ou *celle de l'ensemble* « *om* ».

4°) La partie significative du dessin est utilisée seule et indique le phonème traduit plastiquement. Ex. : l'arme du guerrier signifie guerrier et traduit le phonème « g ».

5°) *Le* pluriel est indiqué soit par la répétition du signe, soit par la répétition parallèle ou plaquée d'une partie du signe.

6°) Le masculin et le féminin sont donnés par l'adjonction plastique de l'organe spécifique ou d'un quelconque attribut particulier au sexe à indiquer : phallus pour masculin, sein pour féminin, moustache ou cheveux longs, etc...

『レトリスムとは何か』（左側中段が「サンボル」）

とは、文字群の配列という点ではたいして違うわけではなく、フランス語を知らないひとには似たようなものに見え（聞こえ）るかもしれない。

だが、いうまでもなく、前者がフランス語という「言語」の小部分を、内在的コードに従って、特殊なやり方で並べたもの、つまり「詩」であるのに対して、後者は語の一部を構成していない文字を根拠のないやり方で並べたものにすぎない。したがって、レトリスムは「詩ではない」。

とはいえ、レトリスムの「作品」を朗読した場合には、聞き手はいくつかの断続的な音を耳にするはずだ。そこにいかなる言語の意味作用も見出せないとしても、それらの音は、彼（女）に未知の音楽（歌）のような印象を与えるだろう。たしかに、人間の声による音の組み合わせという点では（歌が「歌詞」による意味伝達機能をもつことを別にすれば）、レトリスムは、既成のジャンルのなかでは、歌にいちばん近いものだ。だが、高低、強弱、間隔などが一定のコードによって規定された、反復可能な音の集合を歌と呼ぶなら、文字そのものがもつ音（純粋の母音と子音）の偶然的な集合であるレトリスムは「音楽（歌）ではない」。

つまり、ルメートルによれば、レトリスムは文字を、語の構成部分としてではなく、絵画の色や音楽の音符のような、それだけで自立した素材として用いる「新しい芸術」だということになる。なぜ芸術かといえば、レトリストにとって、芸術とは「用いられた要素に根拠のないフォルムをあたえる力をもつ組成」だからなのだ。

こうして、こんな作品ができあがる。

《若い毒グモ　タランチュラ》
Pluri, dozalsyé! opa, lizê sokra,
lizê kora têtus, dozalsyê, plora.!
ola vêki, mirtô, tarantul
imôlêkiroma, sakêri mandibul
（以下略）

ここまでくれば、これはもう言葉遊びでも、パロディでもない。語を解体し、文字（音素）の根拠のない連鎖に置きかえるイズーやルメートルの試みは、言語空間をとおりすぎてしまったのだから。

事実、ルメートルはアルファベットの組み合わせに飽き足らず、イッペルグラフィーという一種の絵文字を考案したりするのである。「表象作用の必要性と伝達作用の必要性をただひとつの筆記法のうちに結びつける」ことを目的とするこの絵文字は、たとえばこんなふうに描かれる。

（乳房の絵）＋（椀の絵）＋（椀の絵）＝symboles

これがなぜ symboles（サンボル）になるのかといえば、乳房（＝sein〔サン〕）と椀（＝bols〔ボル〕、二つだから複数）が組み合わされているから、というわけだ。音素を文字によってではなく、その音素を含む名称をもつモノの形象で表現しようとするのである。こんな具合に、ルメートルとその仲間たちは、文字いじりのあとは、漢字ともエジプトの象形文字ともつかぬ奇妙な落書き遊びに熱中することになる。

以上が、「シュルレアリスム以後もっとも重要な流派」を自認するレトリストたちの試みのあらましなのだが、レトリスムの「作品」やイッペルグラフィーを前にしたひとの正直な感想は、渋沢孝輔氏の言葉を借りれば「口ほどでもないと笑いたくもなる」といったところだろう。

手許にある『レトリスムとは何か?』の中表紙には、ルメートル自身の筆跡で、「いつの日か本書が日本語に訳されることを願って」という言葉が、青のボールペンで記されている。だが、ダダもシュルレアリスムも直ちに取り入れたわが国の詩人たちのなかにも、レトリスムの忠実な実践者はまだ出現していないようだ。

4 ダダとレトリスム

一九四七年に、ドミニク・アルバンとの対談で「わたしはイズーの作品『新しい詩のために』(『新しい詩と新しい音楽への入門書』のこと)に対して、もっとも共感に満ちた興味を感じていますし、〝レトリスム〟を敵と見なすつもりなど毛頭ありません」と語って、レトリスムに対する好意的態度をいちはやく表明したブルトンとは異なり、その試みの方向からも、また血縁的にも、イズーたちにより近いところに位置していたはずのツァラは、少なくとも公にされた文章のなかでは、彼らの運動への言及を(おそらく意識的に)避けている。個人的には彼らとつきあいがあったとはいえ、PCFに籍を置いていたという政治的立場が、アナーキスト運動とほとんど一体となっているレトリスムについての発言を控えさせたのだろうが、この沈黙は逆に、彼がレトリストに対する「政治的」非難に加わる意思をもたなかったことを示している。

イズーやルメートルの証言を待つまでもなく、(ツァラの) ダダとレトリスムの間にはたしかに一種の親族関係が存在していた。すでに一九一八年に(『詩篇二五』)、

hozondrac trac
nfoùnda nbabàba nfoùnda tata
nbabàba

と書いたツァラの言語破壊の実験をつきつめて、とうとう文字を言語から引き剝がしてしまったのがレトリストたちなのだから、彼らがダダの継承者を自称するのも理由のないことではない。ルメートルは、ボードレールからツァラまでの詩の流れについてこんなことをいっている。

「ボードレールから、ランボー、ヴェルレーヌ、マラルメ、ヴァレリー等を経て、ツァラにいたるまでの間に、抒情詩はその形式に関する貯えをとことんまで浪費せざるを得

なかった。ボードレールのそれ自体としての詩、ヴェルレーヌのそれ自体としての詩句、ランボーとマラルメのそれ自体としての語、ツァラのむきだしの（包装していない）語群を通じて、詩はその根源的用具である語にむかってたえず歩み続け、ついには語を破壊することになったのである。」

ルメートルのいうとおり、新聞記事の文章を一語ずつ切り離してでたらめにつなぎあわせたものを「詩」と呼ぶことによって、ツァラが「表現手段としての詩」を葬り去ったあとで、なお何か新しいことをやろうとすれば、レトリストたちのように言語の有意的最小単位としての語の解体へとむかうほかはない。ダダは、結果的に見れば、シニフィエとシニフィアンの結びつきの恣意性に目をつけて、語から意味の媒体機能を追放し、意味作用の空間としての言語を破壊しようとしたことになる。（「破壊」といってもパロディ的なものだったから、むしろ言語を「からかおうとした」というべきだろう。ツァラのダダは「からかいの精神」に満ちていたのだから）。それから三〇年後に、レトリスムは文字（音素）から語の構成要素としての機能を追放したのだが、このとき言語空間そのものが崩壊することになったのである。

だが、「自由な語たち」les mots en liberté から「自由な文字たち」les lettres en liberté へのこの移行は、イズーらの自負するような新しい芸術の可能性を生みだすことができただろうか。

たとえば、ツァラが、

gargarisme astronomique
vibre vibre vibre dans la gorge métallique des hauteurs
ton âme est verte est météorologique empreur
et mes oreilles sont des torches végétales

宇宙的なうがい
ふるえる　ふるえる　ふるえる　上空の金属ののどのなかで
おまえの魂は緑で気象学的だ皇帝
そしてぼくの耳は植物のトーチだ

と書いて（『詩篇二五』）、読み手になんらかの感情の動きを生じさせることができるとすれば、それは書き手と読み手が同一の言語空間中に存在しているという前提のうえで、日常的な意味と論理のコードから引き離された語の群れが、この空間のなかでオリジナルなイメージを構成するからだろう。ダダの実験は、少なくともツァラの場合には、代理としての言語（表象作用に奉仕する言語）の否定という面と、存在としての言語（それ自体が意味から自立したイメージとなる言語）の創出という面をもっていた。したがって、ダダは単純な破壊行為ではなかったのだし、こうした二つの面をもっていたからこそ、ダダの祝祭が終ったあとでも、彼は詩人であり続けられたのである。

ところが、イズーが、

Noou havigon oh nivai,
Hanlé! hoa déda dela houpe
Youss dassayan santueux syoupe
Le slo lo slo édiha édihai.

と書き、あるいは叫んでも、読み手（あるいは聞き手）はそれほどいらだちはしないだろう。これらの「音」の発信者と受信者はもはやおなじ言語空間を共有せず、したがっておなじイメージを共有することもない。このように、ダダとレトリスムの試みは一見似ているようで、実は大きく隔たっているのである。

あるいは、こういってもよい。発信者ツァラが lépreux du paysage（風景の癩者）という音を発するとき、受信者の側に生じる lépreux と paysage のイメージそのものは、発信者のそれと共通しているはずだ。それらは「語」なのだから。しかし、これを「文字」に分解して、gyasad xu urepéel とでも書けば lépreux も paysage も消滅してしまい、発信者と受信者の共通の空間も消えてしまう。したがって、ツァラが言語に対する攻撃を語の解体にまで進めなかったのは、それなりの理由があったわけだ。レトリストたちのように語をぶちこわしてしまえば、攻撃目標である言語そのものがなくなってしまうのだから。マルクスが資本主義社会の分析を商品まで下降してからはじめたように、言語に対するツァラの挑戦は、意味の最小単位である「語」のレベルまでにとどめられたのである（そのうえ、レトリストたちの試みには、すでにフーゴ・バルの音響詩のような先例がある）。

5　ネクロファージュ

ある美術館の館長が『レトリスムの詩』（一九七四年）の著者ジャン＝ポール・キュルテーに、こう語ったという――「わたしはレトリスムには何の共感も覚えないが、ひとつだけ認めてもいいことがある。それは、レトリスムが自己宣伝を実に巧みに組織する運動だということだ」。

たしかに、レトリスムがジャーナリズムや文学史にその名をとどめているのは、グループのメンバーたちの仕事の価値によってというよりはむしろ、ヴィユー・コロンビエ座やモンパルナス墓地でのエピソードが語るように、さまざまな機会をとらえた彼らの「宣伝」のためだといえないこともなさそうだ。彼らは良い意味でも悪い意味でも、政治的集団なのだが、こうした傾向はとりわけ一九六〇年代以降の、ダダ・シュルレアリスム研究に対する批判において顕著になってきている。

ツァラの死後、サヌイエの『パリのダダ』刊行をきっかけとしてさかんになった「学者たち」によるダダ研究を、レトリストたちは激しく攻撃することになる。彼ら（とくにルメートル）は、サヌイエ、ベアール、アルトゥロ・シュヴァルツらを「ダダの屍肉を喰らう（ネクロファージュ）連中」ときめつける。その表現の激烈さは、ルメートルの『ダダを前にしたレトリスム』などを見ればよくわかるはずだが、彼らの非難の根底にあるのは、「ツァラやブルトンについてなにごとかを語る資格があるのは、彼らの運動より革命的な運動にかかわっている者だけ（つまりレトリストだけ）だ」という認識である。この主張は、いささか極端にすぎるとはいえ、たしかにある程度的を射たもので、ダダやシュルレアリスムを純粋な「研究対象」として客観化し、歴史的事実と資料を追いかけるだけですませることはできないだろう。サヌイエの博士論文にしても、運動の詳細な記録としての価値はもちろん否定できないにせよ、ダダとは何だったのか、あなたにとってなぜダダなのか？　という問いかけへの答えにはなっていないのである。この意味では、ダダのネクロファージュはやはりおこなわれている。そして、それはおそらくすべてのアヴァンギャルドを待ちうけている運命なのだ。
とはいうものの、レトリストたちもあまり大きな顔はできない。チューリッヒとパリのダダが六、七年で終ったのに比べれば驚くほど長い生命を維持し、今日なお活動を続けているこの運動体は、ダダがわずか数年の間に燃焼させたほどのエネルギーをもっているのだろうか。ブルトンのいうように、「ますます厳重に実利化する言語の使用法から脱れるための種々の試みは「最後には〝レトリスム〟にたどりつくよりほかはない」としても、そうした試みが真の問題提起を秘めていたならば、同じ操作を何十年も繰り返すことには耐えられないにちがいない。ところが、六〇年代以降もロラン・サバティエ、アラン・サティエ、サンドラ・スカルナティらの新メンバーを加えたレトリスト・グループは、イズーとルメートルの「教義」をかたくなに守り続けている。
たとえば、次の二つの「詩」を見てみよう——

Coumquel cozossoro BINIMINIVA
BINIMINIVA
Coumquel querg! coumquelcanne!
（以下略）

（イズー、一九四七年）

ZIRKZIRKZIRKZIIIIR AEOLIOUM MI
MEOLIAKIR ZIDBAB
（以下略）
（スカルナティ、一九七一年）

イズーがはじめてまったく根拠のないやり方で文字を並べてみせたときには多少は感じられただろうものめずらしさも、おなじことを何百回も反復すれば消え去ってしまうのはあたりまえで、どうやらレトリスムにはルネ・ルローがアヴァンギャルドの条件としているる「自己崩壊」への志向は存在していないらしい。結局、レトリストたちにしてもツァラの運動のネクロフィリー（屍体愛）によって生きながらえているのだとすれば、ダダはまだ乗り越えられていないことになるのだろうか。彼らの今後の活動に注目したい。

ツァラとシュルレアリスム

それは、広い会場の片隅に仕切られた、ちょっとした空間で、一台のヴィデオ受像機のまえに、十五ほどの折りたたみ椅子がならべられていた。平日の午後だったせいか、老婦人がひとり、はじっこの椅子に腰かけているだけだ。ヴィデオの画面には、まず白衣の男が現われ、フーゴ・バルの音響詩「ガジ　ベリ　ビンバ」を読みあげた。

ガジ　ベリ　ビンバ
グランドリ　ラウリ　ロニ　カドリ
ガジャマ　ビム　ベリ　グラサラ……

老婦人は、一瞬たじろいだ表情を浮かべたが、すぐに平静さをとりもどし、画面に見いっている。
朗読がしばらく続いて、白衣の男が姿を消すと、今度はTシャツを着た、前よりは少し若い男が登場して、ツァラの「ダダ宣言1918」を叫びはじめた。

破壊行為に全存在を賭けた拳の抗議だ、ダダ、記憶をぶっこわせ、ダダ、考古学をぶっこわせ、ダダ、予言者を、未来をぶっこわせ、ダダ、ダダ、ダダ……

「宣言」の最後の、あの「ダダ！」のリフレインがはじまると、美術館を暇つぶしの場所として利用しているらしい老婆は、しんぼうしきれなくなったらしく、席を立って部屋を出ていった、小声でこうつぶやきながら——「まったく、ドイツ人たちときたら！」。一九七八年にパリのポンピドゥー・センターで開かれた「パリ＝ベルリン展」のひとこまである。

じっさいフランス人にとって、少なくとも日常的な保守的文化のレベルでは、ダダは第一次大戦の敵国ドイツに結びついた、非フランス的現象と見なされてきたが、ダダについてのこうした見方は、もっと「高級」な文化のレベルでもたいした違いはない。ツァラのパリ到着後間もない一九二〇年四月に、アンドレ・ジッドが『NRF』誌上で下した次のような評価が、長いあいだ通用していた。

「ダダの発明者（ツァラのことだが、ジッドはここで意識的に彼を名指すのを避けている）

にとって大変不幸だったのは、自分がひきおこした運動に圧倒され、自分がつくりだした機械に押しつぶされてしまったことだ。この男は——そういわれればなるほどと思うが——外国人で、その上ユダヤ人だそうだ。(……) ダダ——それは洪水だ。すべては、洪水のあとでまたはじめられる。われわれのフランス文化をあまり重視しないのは、いかにも外国人らしい態度だ。これらの輩に対して、(フランス文化の) 正統な後継者たちは抗議の声をあげるだろう。」(カッコ内は筆者)

シュルレアリスムという運動がまだ存在していなかった時点での、ジッドのこの発言は、のちに、ダダとシュルレアリスムについて評論家や文学史家が下すであろう「判決」を先取りしていた。つまり、ルーマニア人ツァラがチューリッヒからもちこんだダダの「洪水」が引いてから、正統派の嫡子であるブルトンが「正しい方向」(ナドー) をめざして、シュルレアリスム運動を開始した、という解釈がすっかり定着してしまうのだ (この点については、ツァラ自身が一九四七年のソルボンヌでの講演で、「われわれダダイストが活動を導く原理としていた〝現状の一掃〟は、〝別のもの〟があとに続くという条件つきでしか価値をもたなかった」(『シュルレアリスムと戦後』) などと述べているために、ツァラも、ダダがシュルレアリスムにとってかわられる必然性があったと考えていたように見られがちだが、『シュルレアリスムと戦後』は、フランス共産党に入党したばかりのツァラが「フランス文学の反抗精神の系譜」にダダを強引に位置づけようとした、いわば政治的発言であることを考慮に入れておく必要がある）。

ジッドの予言から三〇年後に、カミュは『反抗的人間』で「シュルレアリスムはまず〝ダダ〟運動のなかで鍛えられた」と述べて、ジッド＝ナドーの評価を追認することになったが、こうして、少なくとも一九六八年五月までは、《ダダの破壊→シュルレアリスムの創造》という図式が受けいれられてきた。

しかし、五月革命以後、シチュアシオニスト・インターナショナル（ドゥボールをリーダーとする知的過激派）などさまざまな異議申し立ての運動が、直接・間接にダダとツァ

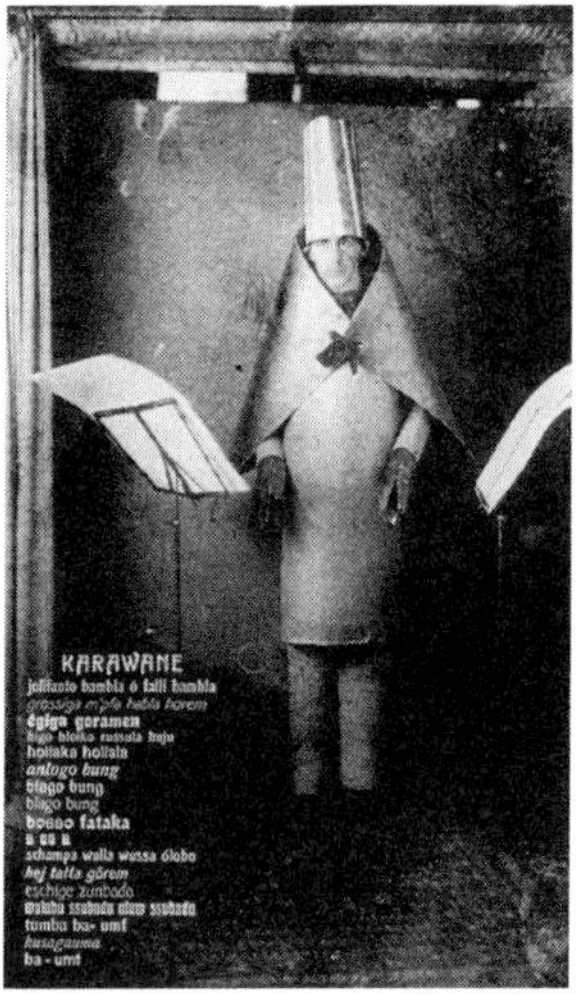

フーゴ・バル（1916年）

ラに注目するようになり、また同じ頃から、実証研究の側でも、ミシェル・サヌイエ、アンリ・べアールらによって新たな成果が発表されはじめ、ダダとシュルレアリスムの関係についての視座の転換がなされつつある。『ツァラ全集』の刊行（一九七五年〜一九九一）や「パリ＝ベルリン展」（一九七八年）、「ツァラ＝ドローネー展」（一九七七年）は、このような視点から、ダダの独自性を探ろうとする試みだったといってよい。ダダの屍からシュルレアリスムが生まれたとか、シュルレアリスムはダダの二番煎じにすぎなかったとかいった、どちらか一方に優位性をあたえるような議論は、もはや不毛のものとなっている。むしろ、二〇世紀の文化の方向を決定し、現在のわれわれをもその射程におさめている「精神状態」として、ダダとシュルレアリスムをとらえなおす時が来ているのである。

1　反言語／『ダダ宣言』

これら二つの「精神状態」は、運動としては時間的・空間的に重なりあう部分をもってはいたが、ひとつながりのものと見なすにはあまりにも異なる点の多い企てだった。両者の差異はツァラの「ダダ宣言1918」とブルトンの『シュルレアリスム宣言』（一九二四年）を読みくらべてみれば、すぐに感じられるはずだ。

ブルトンが、たとえば「言語は超現実的に用いられるよう人間にあたえられている」と書く時、彼は言語そのもの、すなわち言語の意味生産手段としての役割を問題にしているわけではない。彼には「いいたいこと」があり、それを読者が理解することが前提とされている。

ところが、ツァラが、

「ぼくは宣言を書く。でも、なにも望んではいない。それでも、ぼくは何かをいう。ぼくは原則として、宣言には反対だ。原則というやつにも反対なように。」

と叫ぶ時、彼は「宣言」という言語行為そのものを問題にしている。そんな行為がもはや有効性をもちはしないことを、彼はダダ宣言というかたちで示しているのだ。だから、ダダ宣言はパロディとしての宣言、あるいは（ルネ・ルローに従えば）宣言のメタ言語としての反・宣言である。

ブルトンが、シュルレアリスムの「原則」を明らかにするためにシュルレアリスム宣言を書いた以上、彼はそれが文字というメディアに運ばれて、より多くの読者のもとへたどりつくことを望んだはずだ。だが、ツァラのダダ宣言は、直接人びとに対して叫ばれるために書かれた。一九一八年七月二三日、チューリッヒのマイゼ・ホールで、数百人の物見

ツァラとブルトン（中央はシモーヌ、1921年頃）

高い観衆をまえにして、彼がこの反・宣言を叫んだという行為そのものがダダだったのである。この意味で、ブルトンの場合とはちがって、ツァラの「宣言」は、ほとんど演劇的行為だったということができる。

「ダダは自立の欲求と共同体への不信から生まれた。」
「だれもが叫べ、破壊と否定の大仕事をなしとげるのだ、と。」
「ぼくは頭脳の引き出しと社会組織の引き出しを破壊する。」

といった、ダダを語る時きまって引用される言葉にしても、

「ぼくはしたい、いろんな色のクソ

を！」

と怒鳴ったり、

「吠えろ　吠えろ　吠えろ　吠えろ　吠えろ　吠えろ　吠えろ　吠えろ　吠えろ……」

と二百回もわめいたりすることと同じ価値しかもっていないのだから、さまざまなダダ宣言から宣言らしい部分をぬきだしただけで、ダダを「理解」したつもりになってはならない。

したがって、ツァラが「いいたかったこと」はなにもない。いや、

☞DADA NE SIGNIFIE RIEN　ダダハナニモイミシナイ

とだけ、いいたかったというべきだろうか。

ダダのメッセージは、受け手になんらかの現実を指示する機能を拒否する、いわば自己完結的な反メッセージである。ところが、受け手のほうは、そこに現実（あるいは意味）の表現を見出そうとする。

逆にいえば、このズレを生じさせることのうちに、ダダの野心のすべてがあるといってもよいだろう。DADAが、たとえなにかの記号のように見えるとしても、意味作用の代理人であることを拒否している以上、そこでは記号内容はゼロであり、記号表現の形態が最大の関心事となる。それゆえ、活字メディアを媒介とした場合でも、「ダダ宣言1918」で、DADAという語が十二種類の活字を使って印刷されたり、「気取りのない声明」で、レタリングの教科書さながらに、大きさも種類も異なる多様な活字が散りばめられていたりするのは、単なる気まぐれではなかったのである。

一九二四年にパリのクラ書店から出版された『シュルレアリスム宣言』が、その後半におさめられた『溶ける魚』と不可分の一体をなしていたことはよく知られているが、「ダダ宣言1918」と同じ年に、チューリッヒでコレクシオン・ダダの一冊として発行されたツァラの『詩篇二五』が一九一八年の宣言に対して似たような位置にあることは、あまり知られていない(もっとも、それは『溶ける魚』と『詩篇二五』がよく似た作品だということではなく、ツァラもブルトンも、「宣言」を発表した時点で、「宣言」という形態以外の言語表現を必要としていたという意味である)。だが、ふたつの「宣言」の間の差異は、『詩篇二五』と『溶ける魚』の間に、より鮮明なかたちで再び見出されることになる。

自動記述法に依拠しているとはいえ、『溶ける魚』の三十二篇の物語は、あくまで物語としての機能を失っていない。そこで輝いているのは超現実のイメージであって、言語そのものが爆発しているのではない。
ところが、『詩篇二五』では、語の群れは一貫性のあるイメージを生みだすかわりに、
勝手気ままに炸裂する、たとえば、こんなふうに――

炎はスポンジだ　ンガンガ　たたけ
はしごはあがる　血みたいに　ガンガ
(……)
やつの魂はジグザグとルルルルルルでいっぱいだ
(「風景の癩病やみの白い巨人」)

ぼくのセックスはブルー
ぼくは死ぬ身だ　ムッシュー・ブルーブルー
すると死体から不思議な国が昇りだす
昇れ昇れ昇れ　ほかの天体へ
(「黄色い寒さ」)

黒のふるえ
おまえの血のなか
夕方の賢者の知性の血のなか

すきとおったガラスのコップにはしわくちゃの青い眼球がひとつ

（「ガラス　横切る　静かに」）

ツァラがよびおこしたこれらの語群は、ブルトンの場合のように、それぞれがひとつの全体の一部分となって、ある絵画的イメージを構成することを目的としてはいない。それらは、色とりどりの、キラキラ光るモノとして、われわれの目のまえにありさえすればよい。解釈は不要だ。言葉は、何らかの機能を担うことを、はじめから放棄しているのだから。そして、そのような語の群れをあえて「詩篇」と名づけることで、彼は「詩」の概念に挑戦する。「ダダ宣言１９１８」が「反・宣言」だったように、『詩篇二五』もまた「反・詩」としての言語空間を開く試みだった。この言語空間は、『溶ける魚』の、古城とエロティックな少女たちとさまざまな動植物がつくりだすそれとは、明らかに異質のものだ。ブルトンがあえて手をつけようとしなかった言語のシステムそのものの解体を、ツァラの反・詩はめざしているのである（とはいえ、現在のわれわれにとって、『詩篇二五』がじゅうぶんに詩的機能を果しているように感じられるとすれば、それは、ダダとシュルレアリスムの冒険によって現代詩が獲得した特性のためだといえるだろう）。

2　実験夢／『種子と表皮』

こうして、ダダとシュルレアリスムの精神状態は、その出発点である「宣言」の段階ですでに異なっていたわけだが、運動体としては、パリ・ダダ・グループから、ツァラ、ピカビア、リブモン＝デセーニュらを遠ざけるかたちで、ブルトン、アラゴン、エリュアールらによって、シュルレアリスムが成立することになる。

その後、ツァラがシュルレアリスム運動と交叉するのは、ブルトンが『シュルレアリスム第二宣言』で「われわれはツァラの詩の有効性を信じている」と述べて、両者の間に和解が成立した一九三〇年から、政治参加の方向をめぐって、ふたりが再び袂を分かつ一九三五年までの限られた期間にすぎないが、この数年間に、ツァラは、『近似的人間』をはじめ、『旅人たちの樹』、『狼たちの水飲み場』、『反頭脳』、『種子と表皮』などを次々と出版している。ブルトンらの運動との再会は、彼にとって実りあるものだった。だが、シュルレアリスムの側に身をおいて書かれた作品でも、ダダとシュルレアリスムをへだてていたあの差異は失われてはいない。『種子と表皮』（邦訳、塚原訳、思潮社刊）を見てみよう。

「自由な連想とすばらしい抒情的テクストと瞑想と予言的な荒々しさの奇妙な混合物」とミシュリーヌ・ティゾン＝ブラウンが評したとおり、『種子と表皮』は風変りな書物である。そこでは、「理性の領域に詩的活動を介入させること」（ツァラ）を目的とした、さまざまな「実験夢」が語られている。

この作品は、サラーヌ・アレクサンドリアンの『シュルレアリスムと夢』でも、ごくかんたんに紹介されているだけで、これまで（ティゾン＝ブラウンとセルジュ・フォーシュロの著作、それに『全集』のベアールによる注釈を除いては）ほとんどとりあげられなかったが、「ダダ宣言1918」と『詩篇二五』のあの反・言語が、ツァラという人格のうちで、いかなる軌跡をたどることになったかを知るためには、避けてとおるわけにはいかない作品である。

たとえば、冒頭のエピソードでは、昼と夜が逆転した不気味な世界が描かれている。「その日から、昼の内容は夜の大壜に注ぎこまれるだろう」と、ツァラは書きはじめる。この世界では、からだに燐を塗られた犬たちが放たれ、歩行者の足もとを照らす。人びとは悲しみという感情を失い、恐怖と残虐が新しいよろこびとなる。ガソリンを腹いっぱい飲まされた犬の群れが、火を吐きながら、美しい裸の女たちに襲いかかる。老人たちは巨大な木製の本のページの間にはさまれて、押し花のように干涸びる。前部に鋼鉄の長い針をつけた自動車が、映画館のまえで列をつくっている連中を串刺しにする。そして、人びとは歩道にならべられた大箱にはいって、交代で夢のない眠りをねむる。死の恐怖が姿を消し、絶対的忘却が第一の掟となったこの社会では、人間の生命はもはやなんの価値もない……

『種子と表皮』が一九三五年に出版されていることを思えば、この逆転された不吉なユートピアに、せまりくるファシズムへの不安を読みとることも可能かもしれないが、さしあたり、そうした政治的解釈に深入りすることはやめておこう。この作品は、「ダダ宣言1918」／『詩篇二五』の実験の延長線上に位置している。ツァラの創造した逆ユートピアには、言葉がないのだ。

「男たちはもう言葉をしゃべることがない。女たちは、いくつかの限られた節を歌うことがあるが、その歌詞は、語源的意味や習慣的感情と一致してはいない。（……）やがて、〝なにかを語る〟可能性も、語によって思考する習慣も、少しずつ消え去ってゆくだろう」とツァラは書いている。言葉によるコミュニケーションが存在しなくなった世界では、いつも同じ、こんな歌がたまに聞こえてくるだけだ――「硫黄の唇には真夜中のパン」(pain de minuit aux lèvres de soufre)。

ここでツァラは一九二〇年の「かよわい愛とほろにがい愛についてのダダ宣言」の「思考は口のなかでつくられる」をさらに徹底させている。ダダのあの「公式」は、われわれの思考が「頭脳（知性）」の働きによってではなく、「口（生理的器官）」の働きによって生みだされるとすることで、知性に支配されてきた思考に挑戦していた。今度は、言葉が存在しないのだから、「口」はもうなにかを語るための器官ではない。テロリスト・ツァラは、言語化された思考を抹殺してしまったのである。

「精神分析は危険な病気で、人間の反・現実にむかう傾向を眠りこませ、ブルジョワジーを組織化する」と一九一八年に書いたツァラが、精神分析に対して批判的態度をとりつづけたことはよく知られている。彼は、精神分析を、人間の非合理的（無意識的）攻撃性を安全な方向へと誘導する企てと見なしていた。こうした態度は、彼とブルトンの間の主要な差異のひとつだったのだが、三〇年代の段階では、ツァラはすでにフロイト、ユング、そしてフランスに紹介されたばかりのライヒ（『ファシズムの大衆心理』一九三三年）を読んでおり、彼らの仕事からなにごとかを学んでいたことはまちがいない。このために、また作品の一部が『革命に奉仕するシュルレアリスム』誌に掲載されたこともあって、『種子と表皮』は、シュルレアリスムへの貢献と見なされている。しかし、すでに見たように、そこに広がっている言語空間は、ブルトンの『通底器』のそれとはほとんど重なりあうことがない。

「来たるべき詩人は、行動と夢がとりかえしのつかないほどかけはなれているなどという衰弱した考えを乗り越えるだろう」と述べ、人間の内的現実と外的現実の統一を通じて社会そのものの変革を主張したブルトンとは異なり、ツァラは、この頃すでに政治参加への第一歩を踏みだしていたとはいえ、ここで変革への意思表示をおこなうどころか、ダダの時代の、言語と社会に対する不信をますます深めている。コミュニケーションの手段としての言語を拒否したダダイストは、結局『種子と表皮』の、言葉のない沈黙の夜にたどりつくほかはなかったのだろうか。

言語の存在しない夜の世界——それは子宮内の胎児の世界でもある。すでに『詩篇二五』で、ツァラは新生児と母親を登場させている。

「花崗岩に変形して、重すぎて重すぎて、母に抱けなくなった新生児」
「母さん、母さん、あなたは積もった雪のなかで待っている」

ダダ宣言の激しさにはそぐわないこれらのイメージは、ダダの攻撃者としての顔の奥に潜んだもうひとつの顔を浮かびあがらせる。ダダたちが社会関係の基盤としての言語を破壊しようとしたことは、逆にいえば、彼らがこの社会関係が成立する以前の状態への退行を望んでいたことを暗示している。彼らはまた、言語による関係性を切断することによって、自分たちが拒否したはずの社会＝母に拒絶されるほかないという、一種の自己矛盾に陥ることになった。したがって、彼らの反逆は、少なくともツァラの場合には、子宮回帰の願望をふくむものだったともいえるのである。

ツァラがはっきり意識していたかどうかは別にして、「ダダ宣言1918」／『詩篇二五』から『反頭脳』をへて『種子と表皮』にいたる彼の試みは、たしかに子宮内部を思わせる暗闇の世界への下降という一面をもっていた。この下降は、だが、シュルレアリスムの場合のように、深層心理のイメージ化を目的としているのではない。ツァラにとって、夢の「解釈」といった知的作業は「導かれた思考」の一部にすぎなかった。「詩の状況についての試論」（一九三一年）で詳しく述べられているように、ツァラによれば、「導かれた思考」とは、近代市民社会の基盤である科学的・生産的思考であって、彼は、この種の思考に、超論理的・非生産的な「導かれない思考」を対置する。それは、言語化される以前の、イメージの自由な連鎖としての、白昼夢的な思考といってもよいが、『種子と表皮』の、昼と夜が逆転した世界は、まさしく、非合理的な夢の夜を理性的な昼の時空に転移させた「導かれない思考」の世界となっている。

マルセル・モースの影響を受けていたことからもうかがわれるのだが、ツァラは「導かれない思考」を求めて、未開社会に目をむけるようになる。アフリカやオセアニアの黒人芸術への彼のマニアックともいえるほどの関心（彼が黒人の仮面や彫像のコレクターだったことはよく知られている）は、単なる好奇心以上のものだった。原点への回帰の彼の意思が、個体発生のレベルで子宮回帰の願望となったとすれば、人類という種の発生のレベルでは、それは必然的にアルカイックな社会への希望となったのだ。

ここまでくると、ツァラはブルトンのシュルレアリスムから、ずいぶん遠ざかってしまったようだ。『種子と表皮』の夜と血の世界は、むしろバタイユの世界に近づいているとさえいえるのである。

ツァラとシュルレアリスムについて語ることは、結局、ダダとシュルレアリスムの位相のずれをあきらかにすることになる。「ダダ宣言1918」から『種子と表皮』へといたるツァラの仕事が構成する座標系は、『シュルレアリスム宣言』から『通底器』へといたるブルトンの座標系とは異次元に属していたわけだが、ダダとシュルレアリスムの間のこのずれは、ふたりの人格のちがいなどのレヴェルを超えて、もっと大きな問題のまえにわれわれを連れてゆく。

ベンヤミンが『複製技術時代における芸術作品』ですでに指摘したように、ダダは芸術作品の「オリジナル」という概念に挑戦し、「制作の材料そのものによって、複製としての烙印をはじめから作品に押しつけた」(ベンヤミン)。デュシャンの「レディー・メイド」やツァラの「帽子のなかの言葉」を思いだせばすぐにわかるはずだが、彼らは作品から「ひとつしかないもの」という幻想を剝ぎとってしまう。ツァラの場合なら、新聞紙が一枚、それに糊とハサミがあれば、無数の「詩」ができあがるというわけだ。もちろん、彼はそれらの「詩」を「傑作」などと考えていたのではない。彼の実験は、真のオリジナリティを失いながら、なお「オリジナル」の概念にしがみついている芸術に対する嘲笑であり、作者による作品の私的所有(あらゆる芸術作品は、われわれの社会では、署名入りの商品だ)に対する攻撃だった。だからこそ、彼は「言語のコラージュ」として『ハムレット』

を『雲のハンカチ』に貼りつけ、『マノン・レスコー』を『反頭脳』に押しこんだのである。「いったい何時から、言葉は、それを発する器官が考え、望むのと反対のことを表現するようになったのだろうか?」と一九二〇年にパリ・ダダの集会で叫んだツァラは、したがって、ブルトンの次の発言をけっして共有することがないだろう――(シュルレアリスムの)「実験によって証明されたことは、そこには新造語がほとんどはいりこまず、それが統辞法の解体も語彙の崩壊もひきおこさなかったということだ」(『吃水部におけるシュルレアリスム』)。

ダダは、表現手段としての言語があらかじめ複製されたモノでしかないことを暴露することによって、「創意という西欧的フェティシズム」(ベアール)を告発した。だが、シュルレアリスムは、このフェティシズムからついにぬけだすことがなかった。

言語に関するダダとシュルレアリスムの対立は、モノ(オブジェ)についての両者の態度の差にも、当然反映される。ここで、われわれは人間のかたちをした二種類のオブジェのことを思いうかべる。自動人形(オートマット)とロボットだ。ボードリヤールが『象徴交換と死』(一九七五年)で語っているとおり、チェスをしたり、楽器を演奏したりする自動人形は、人間の「模造」であり、人間の能力への信頼にもとづいてつくられた仕掛けであり、どこまでも人間に似ようとする玩具である。それは、ルネサンスから産業革命までの古典的技術の「遊び」だった。ところが、ロボットは人間の諸機能の「等価物」であり、人間の無能力を補完し、人間にとってかわろうとする機械である。ロボットは、人間に似る必要はないし、もはや人間への信頼にもとづいてつくられてはいない。それは産業革命以後の機械の時代の「驚異」だった。

シュルレアリストは、彼らのエロティックな人形への愛を想起するまでもなく、自動人形の次元に属している。彼らを特徴づける、無意識の世界の追求、「大いなる約束」（ブルトン）としての女性の礼讃、そして人間の「全面的解放」への希望は、彼らが「人間」という観念を信頼し、「幸福への意思」を最後まで捨てなかった楽天家だったことを物語っている。

これらのシュルレアリスムとはちがって、ダダイストたち、とりわけツァラは、人間と、その営みを保障する手段としての言語を信頼していなかった。彼らは、人間を機械に近づけようとさえした（ハウスマンの「機械的な頭部」を思い出そう）。だから彼らには、自動人形よりロボットのほうが似合っている。

とはいえ、彼らの機械は、生産に奉仕することを拒否する反・機械であり、彼らの言語は意味に奉仕することを拒否する反・言語だった。したがって、モノと言語をめぐるダダの冒険は、近代の意味生産装置としての機械（＝文学）の最後の段階を予告していたといってよい。時間的には、ダダのあとからシュルレアリスムがやって来たわけだが、ダダの問題提起は、シュルレアリスムのそれを越えた、より現代的な価値を含んでいた。シュルレアリスムが《愛＝自由＝詩》の図式を信じた「ホットな情熱」だったとすれば、ダダは、うわべの過熱した興奮にもかかわらず、実は（澁澤龍彥の言葉を借りるなら）「ニヒルな冷たい熱狂」だった。そして、この「クールな熱狂」を全身で表現していたのが、ツァラだったのである。

ダダ・シュルレアリスムの青春を共有した経験をもつ哲学者で社会学者アンリ・ルフェーブルは、一九二〇年代のこのダダイストを回想して、「世界の中心にトリスタン・ツァラが姿を現わすと、そこには絶対的な黒い点ができて、偽りの豊かさは、この穴からただちに吸いこまれてしまうのだった……」と語っていた。

あれから半世紀以上が過ぎ、ダダもシュルレアリスムも神話の領域に移されようとしている今日、われわれは彼らの反抗のかわりになにをもっているだろうか。ネオ・ダダ、ポップ・アート、ハード・ロック……すべては「消費社会」のモードとして容易に回収されてしまった。もちろん、ダダの冒険にしても、当時すでに「アール・デコ」の時代の「知的流行」の一部として受容されたことは否定できない。だが、「ダダはぼくらの強烈さだ」と叫んだツァラの試みのうちに、われわれが「偽りの豊かさ」を世界と言語から剝ぎとろうとする意思を見出すことが可能だとすれば、神話化と屍体解剖のあらゆる企てに抗して、今こそツァラの真の復権が叫ばれなければならないだろう。

II

シュルレアリスムのほうへ

アンドレ・ブルトンとエクリチュール・オートマティック

人間とは、いったい何なのだろう。たとえば、夜、寝台に身を横たえて、やがてやってくるであろう意識の中断を待つとはなしに待っているとき、閉じられた瞼の内側にはさまざまな映像が浮かんでは消えてゆく。それらはほとんど私の意思を無視して出現するので、十年前の京都の植物園の芝生のうえに五年前コインブラですれちがった少女がうしろむきに座っていたり、彼女のふくらはぎに、その日の朝、庭で見つけたゴマダラカマキリがとまっていたりする。

とはいえ、ここまではまだ、私はそれらのイメージを見ている自分に気づいているのだが、やがて、ある瞬間（それはきっと瞬間なのだろう）が訪れると、イメージのほうは入れかわり立ちかわり現われることがあっても、それらを見ている私は、どこかへいってしまう。そのうち、映像の画面は、放送時間を過ぎたテレビのそれのように、何も映さなくなり、いつのまにか誰かがスイッチを切って……「目が覚めると正午だった」（ランボー）というわけだ。

ネルヴァルの、『オーレリア』（一八五五年）冒頭のあの言葉（「夢は第二の人生」）を待つまでもなく、夢は、こうしてわれわれの生を二重化する。けれども、多くの「正常」な人びとにとって、夢はあくまでも夢であり、現実はひとつしかない。この関係が逆転されると、ひとはそこに異常を見つけようとする。

モーパッサンの晩年の小品、「髪」（一八八四年）は、このテーマに焦点をあてる。精神病院に収容された、男の性的倒錯者が主人公だ。裕福な家庭に生まれ、何ひとつ不自由のない生活を送ることのできるこの男は、生来の孤独癖から、広大な屋敷にたったひとりで住んでいる。彼の唯一の関心は、古い家具や装飾品を集めることだ。ある日、十七世紀にヴェネチアでつくられた机を買い求めた男は、書斎に運びこまれた机の上板が二重になっているのを発見する。そこは隠された引き出しになっていて、なかには何かが入っているらしい。気になった男が上板をもちあげると——そうだ、案の定、そこには髪の毛の束があった。つけ根からぱっくりと切り取られた波うつ金髪を手にして、彼は至上の快感を経験する。この金髪の持ち主、それはきっと若く美しい女だったのだろう。だが、彼女はすでに二百年以上も前に死んでいるはずだ。こう思うと、かれの快感はますます強くなる。そして、その夜、あの金髪をなびかせて、女が寝室に現われる。男は、髪の毛の束を抱きしめ、女と快楽をともにする。つぎの夜も、そのつぎの夜も、女はやってくる。男は、金髪の束をもう手放せなくなって、ついに外出するときにも、ところかまわず持ち歩くようになり、そして、人びとは、ようやく彼の異常に気づき、男は隔離されてしまう――

もちろん、夜ごとの美女は、われわれが幻覚や夢魔と呼ぶものでしかなく、この作品は、金髪へのフェティシズムをもつ倒錯者の一症例を描いているだけだともいえるのだが、いったいなぜ、男は精神を病む異常者として強制的に収容されねばならなかったのだろうか。彼にとって、あの金髪の美女は、彼をとりまく現実以上に「現実」であったはずだ。十七世紀のイタリアの机から髪の毛の束を偶然見つけたときから、かれは幸福を知った。誰もそれを奪う権利はない。にもかかわらず、彼は収容され、金髪は病院の院長室に保管される。性的なテーマについては、ここで触れないとしても、男のおかれた状況は、ひとつの重大な事実を隠している。それは、われわれの社会では、現実はひとつしか存在してはならず、夢と現実の関係を現実に逆転させる行為は社会的に許されない、という事実だ――

＊

ところで、われわれはシュルレアリスムについて語ろうとしているのだが、それが夢と現実との関係を変えようとする意思から出発したことは、『シュルレアリスム宣言』（一九二四年）中のブルトンのつぎの言葉からも、あきらかだろう。

「私は夢と現実という、外見はまるで相容れないこの二つの状態が、一種の絶対的現実、言ってよければ一種の超現実のなかに、いつしか解消されてしまうことを信ずる。その征服こそは私の目ざすところであって、かならずそこへ到達できるとは思えないにしても、私は自分の死などに頓着してはいられないから、それをわがものにすることの悦びを、いささか目算しないではいられないのである。」（巖谷国士訳、傍点はブルトン）

夢と現実の、超現実への解消――この困難な仕事に、シュルレアリスムはさまざまな領域でとりかかることになるが、言語空間におけるこの試み（われわれが問題にしているのはやはり言語なのだから）の、最初の結果は、すでに『宣言』以前に出ていた。一九一九年の前半にブルトンとスーポーによって書かれ、翌二〇年の春に出版された『磁場』がそれだ。この「作品」で、のちにみずからシュルレアリストと名乗る若者たち（ブルトンは二三歳、スーポーは二二歳）は、はじめてécriture automatique（エクリチュール・オートマティック、訳語は「自動記述」としておく。言葉の「オートマティスム」も、ほぼ同じ内容をもつ）の実験をおこなう。それは「主体の批判的精神」の判断に束縛されることなしに、つまり、ほとんど自動的にペンを走らせることで、「われわれの意識的思考とは無縁な文句」（ブルトン）を書きとる実験だったのだが、『磁場』が、具体的にはどのようにして書かれたかについて、ブルトンはこう記している。

ブルトンとスーポー（『磁場』のピカビアのデッサン、1920年）

「一九一九年のことだが、私の注意力はもっぱら、眠りにつく直前のたったひとりでいる時間に、予定された何かをそこに発見できないような形で精神に感じられてくる、多かれ少かれ部分的な、いくつかの章句の上に注がれていた。際立ってイメージに富み、完全に正確な構文をそなえているこれらの章句は、私には、第一級の詩的要素であるように思えた。私はまずそれを記憶にとどめるだけにしておいた。スーポーと私とが自分たちの裡に、そうした章句の形づくられる状態をすすんで再現しようと思いついたのは、しばらく後になってからである。そうするためには外部世界を捨象するだけで充分だった。かくして以来二カ月のあいだ、それらはますます数を増しながら私たちのもとに到来し、やがてこれを筆記するには省略に訴えねばならないほどの速さで、間断なく継続してくるようになった。『磁場』はこの発見の最初の応用にほかならない。この本の各章が一応終りを持っているのは、それを企てた一日が終ったという理由からにすぎず、また章と章とのあいだに多少とも異った効果が見られるのは、速度の転換によって按排されたものにすぎなかった。」(「霊媒の登場」巌谷訳、傍点はブルトン)

ここで、ブルトンが「速度の転換」(le changement de vitesse)といっているのは、自動記述のさいにペンを走らせる速度が、各章ごとに意識的に変えられていたことを指しており、彼自身がのちに回想しているように、つぎのような速度が設定されていた(マルグリット・ボネの『アンドレ・ブルトン、シュルレアリスムの冒険の誕生』一九七五年、による)。

(1) 速度V(非常に速い)
(2) 速度V'(Vの⅓程度、それでもひとがたとえば子ども時代の想い出を語るときのふつうの速度の二倍)
(3) 速度V''(Vよりはるかに速い。最大の速度)
(4) 速度V'''(VとV''の中間)
(5) 速度V''''(最初はVとV'''の中間、最後はVとV''の中間)

V＝3V' とされているから、最も速いV'' と最も遅いV' とでは、相当大きな差があるわけだが、V' でも「ふつうの速度」の二倍なので、V'' は少なくとも「ふつうの速度」の七〜八倍ということになり、エクリチュール・オートマティックの実践は、われわれが想像するよりはるかに高速で（つまり短時間で）おこなわれたようだ。記述の速度がこれほど重視されているのは、もちろんたんなる気まぐれではなくて、ブルトンたちの試みの本質にかかわることなのである。最大速度V'' で書かれた文章のひとつが「蝕」と題されたように、記述のスピードを増すことによって、太陽が月に隠されるように、書くひとの主体が（一時的であれ）消滅することを、彼らは欲した。この目的のためには、主体のいかなる意思も判断も介入しないうちに、できるだけ速く書くことが絶対条件だ、と彼らは考えたのである。

したがって、自動記述は、その出発点においては、あくまでも主体の自己表現をめざす「文学」がけっして知ることのなかった領域を発見しようとする根源的な意思表示だった、といってよい。ボネも指摘するように、それはたんなる技法ではなく、「事物のありきたりの外観や存在の直接的な差異によって覆い隠されている、深層の客体性に到達しようとする」試みであって、それゆえ「自動記述の実験は、ごく初期からすでに、われわれの内部にあるものと外部にあるものとの対立を消失させるか、少なくとも弱めることをめざしていた」（ボネ）のである。こうして、『磁場』の実験によって、たとえばつぎのような結果がえられた。

「ぼくらの周囲にあるさまざまな感情的な事物が、いつもの場所にないことに、ぼくはすぐ気がついたよ。」

「べつの秩序をつくりだす必要があるのさ。嵐の真最中に、決裂の合図みたいに木の葉が裏返しになる。これにはちょっと感動するね。」

（「柵」佐藤朔訳。平均的な自動記述の速度とされるVで書かれた）

無色のガスは停められている
二千三百個の遠慮
みなもとの雪
微笑は許可される
水夫たちの約束を与えてはいけない
極のライオン
海　海　自然の砂
貧乏な親類たちのおうむ

大洋の別荘地
夕方の七時
怒りの国々の夜
財政　海の塩
もはや夏の美しい手しか見えない
瀕死の者たちのシガレット　（「ヤドカリは語る・II」阿部良雄訳。最も速いV”で書かれた）

これらのテクストを読むとき、ちょうど列車の窓から外をながめているひとの目に映るイメージが、列車が速度を増すにつれて変化するように、記述のスピードが速くなると、書かれる文の構造が単純になり、切れ切れのイメージがおたがいの関連なしに飛びかいはじめるのがわかる。

ところで、テクストが何らかの伝達すべきメッセージを担っていない、という点では、たしかにここでは「書く主体（＝主題）」は消滅しているとはいえ、人間の「内部にあるものと外部にあるものの対立」は、はたして解消されているといえるだろうか。このとき、われわれは、もうひとつの問題にぶつかる。

『シュルレアリスム宣言』で、ブルトンがシュルレアリスムを「心の純粋な自動現象、理性によるどんな制約もうけない（……）思考の書き取り」と規定しているとおり、自動記述は、少なくとも運動の初期の段階では、シュルレアリスムそのものと同一視されていたわけだが、この方法自体はブルトンたちが最初に発見したものとはいえない。フィリップ・スーポーの証言によれば、彼らが『磁場』の企てを着想するきっかけとなったのは、ピエール・ジャネの『心理学的自動現象《オートマティスム・プシコロジック》』（「オートマティスム」は精神医学の用語としては「自動症」）だという。一八八九年に出版され、その後版を重ねて専門分野では多くの読者をもったジャネのこの博士論文を、精神医学を専攻し、第一次大戦中サン・ディジエの精神病治療センターに配属されていたブルトンが読んでいたことはほぼ確実だと思われる。もっとも、ブルトン自身は、この著作にひとことも触れていないし、ボネも、ジャネのブルトンへの「影響」については否定的だが、『オートマティスム・プシコロジック』において、とりわけ心霊術の「霊媒」がみずからにのりうつった他の人格（「霊」）の言葉を自動的に記述すること、つまりエクリチュール・オートマティックの分析に多くのページが割かれている以上、この書物が、一九一九年のブルトンとスーポーに少なくとも何らかの暗示をあたえただろうことは、じゅうぶんに想像できる。

　夢遊病や自動記述のような心理学的自動現象が「正常な」健康状態においても存在しうる現象なのかどうかを知るために、ジャネは、「三〇～四〇歳代の、心身ともに健康な二〇人ほどの男性」を集めて、これらの自動現象を彼らのうちにひきおこす実験をおこなうことを提案し、「この実験はまだなされていないが、その結果について、われわれは大いに疑問をもっている。これらの自動現象は、やはり病的な状態に属していると考えられるであろう」(前掲書)といっているが、ジャネのこの言葉を意識していたかどうかは別にしても、ブルトンたちは、『磁場』によって、エクリチュール・オートマティックが治療を必要とするような「病的状態」からのみ生じるものではなく、「正常」な人間の深層に潜む未知の領域にたどりつくための試みとなりうることを示そうとした、と考えてみることはできるだろう。

いずれにせよ、『磁場』が書かれた時点で、エクリチュール・オートマティックという概念が、一般的には心霊術や精神病に結びついたものであったことはたしかである。

ブルトンたちのそれもふくめて、こうしたオートマティスムの実験は、みな「主体の消滅」をめざしているわけで、書く主体、語る主体が姿を消してから、もうひとりの誰かが書き(語り)はじめ、かつての主体の担い手は、その言葉を書きとめるだけだ、ということになる。ここまでは、シュルレアリスムも心霊術も、たいしたちがいはない。じっさい、ブルトンたちは、催眠状態に入ったデスノスを「霊媒」として、一種の心霊術を試みてさえいた。だが、このレベルでは、たとえ意識的な主体が一時的に隠れたとしても、それはべつの主体(心霊術では、他者の「霊」。ヴィクトル・ユゴーがジャージー島で熱中した「ものいうテーブル」の交霊会ではシェイクスピアからナポレオンにいたるまで実に百十数名の「霊」が登場する)にとってかわられるためであって、それでは、ブルトンのいう、夢と現実が

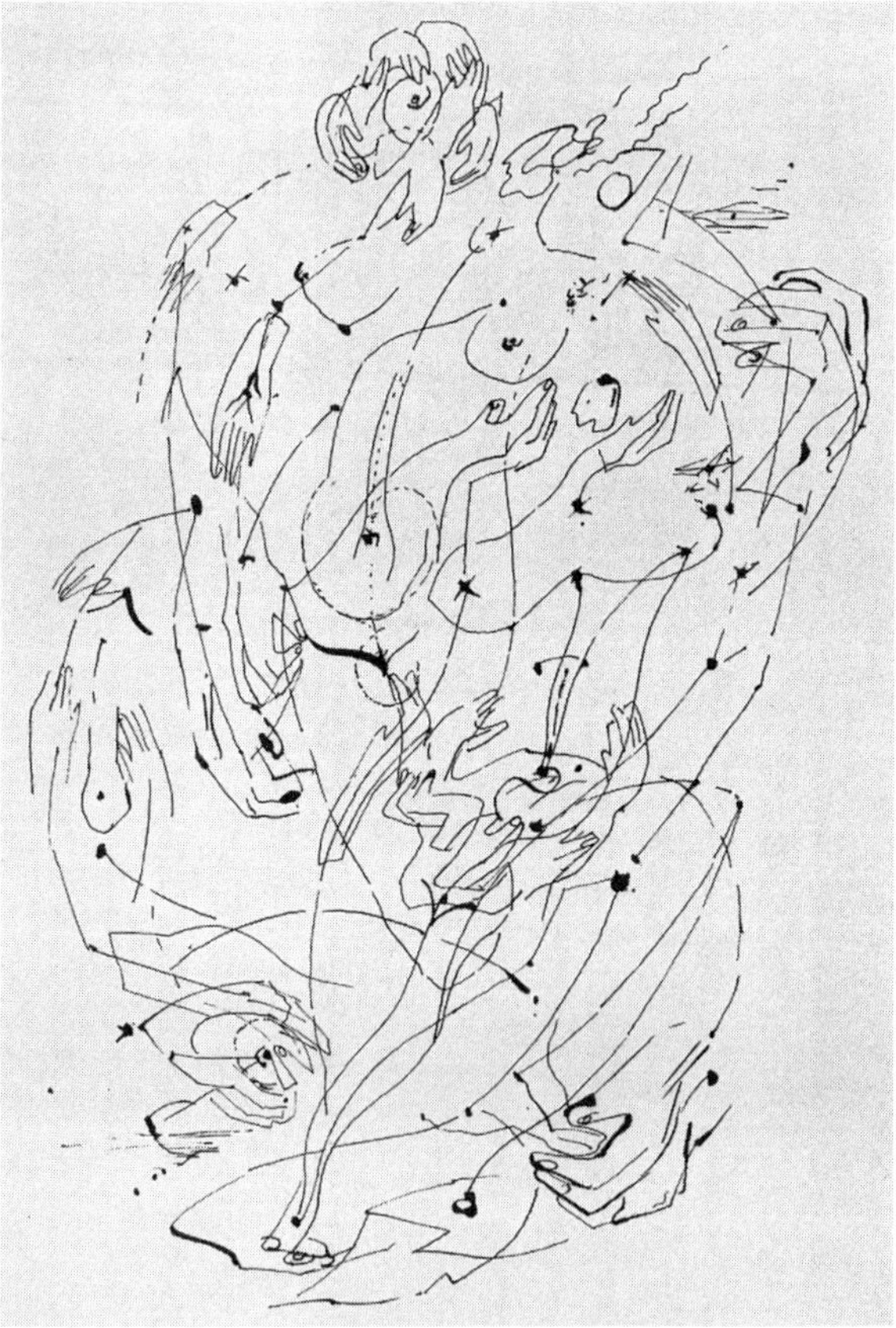

デッサン・オートマティック（マッソン、1925年）

シュルレアリストたち（1924年）

そこに解消されるべき超現実の創出にはつながっていかない。これは、ブルトン自身が気づいていたことで、『宣言』の一〇年ほど後に書かれた「自動記述的なメッセージ」（一九三三年）のなかで、彼は、シュルレアリスムの自動記述と霊媒たちのそれとのあいだに「厳密な区別を設ける必要がある」ことを強調し、こう述べている。

「シュルレアリスムのなかで使われるかたちの、《自動記述》という用語は、ご承知のように、とかく論議の対象にされやすいが、かりにその不適切さにかんしてわたしに責任の一端があるといえるとすれば、それは降霊術がめざしていることがら、すなわち霊媒の心理的人格を解体させることとは逆に、シュルレアリスムはこの人格の統合以外のなにごとをもめざしてはいないということを一方で見失うことなしに、シュルレアリスム詩人がゆきつかねばならない境界とは、《自動的な》、あるいはより的確には、フルールノワなら《機械的》と名づけたであろう、またルネ・シュドルなら《無意識的》と名づけるであろう記述法にほかならないようにわたしには思えてきたことである。」（生田・田村訳）

この文章が一九三三年の冬に書かれたことに注意しよう。すでに『通底器』（一九三一年）で、シュルレアリスムの目標を「あまりにも分裂している数々の世界、つまり覚醒と睡眠、外的現実と内的現実、理性と狂気、さめた認識と愛、生活のための生活と革命、等々に分裂している数々の世界のあいだに一本の導きの糸を投げかけること」（足立和浩訳、傍点はブルトン）と規定した詩人にとって、自動記述が、外部からの声を聞きとる霊媒たちのそれとはべつの、内部からの声を書きつける試みであったことは、信じてよいだろう。けれども、一九一九年にこの試みをおこなったブルトンたちにとっては、シュルレアリスムとは、それほど整理された概念ではなかっただろうし、彼らが自動記述に「魔術的書き取り」（ブルトン）としての魅惑を見出していたことからも、初期シュルレアリスムの自動記述が、ユゴーの「ものいうテーブル」などの試みともどこかで交叉するものであったことは否定できそうにない。

＊

エクリチュール・オートマティックのことを考えるとき、われわれは『磁場』より少し前にトリスタン・ツァラが発明した、もうひとつの「方法」を想い出す。「帽子のなかの言葉」と呼ばれるこの方法については、「言語破壊装置としてのダダ」でも触れたが、自動記述との比較のためにもう一度引用しておく。

ダダの詩をつくるために

新聞を用意しろ
ハサミを用意しろ
つくろうとする詩の長さの記事を選べ
記事を切りぬけ
記事に使われた語を注意深く切りとって袋に入れろ
袋をそっと揺り動かせ
切りぬきをひとつずつとりだせ

袋から出てきた順に一語ずつ丹念に写しとれ
きみにふさわしい詩ができあがる
今やきみはまったく独創的で魅力的な感性をもった作家というわけだ
まだ俗人には理解されていないが
（「かよわい愛とほろにがい愛についてのダダ宣言」）

ツァラの場合にも、「書く主体」は不在だ。それはあらかじめ否定されてさえいる。ここには書くという行為さえ存在しない。「詩人」は、ハサミを取って、語の群れを文字どおり切り刻む。ブルトンたちの自動記述では手がつけられていなかった言語の意味作用そのものが、ここでは解体される。ブルトンは一九二〇年代のはじめに、ランボーの「母音」の詩を例にとって、「語を意味する機能からひきはなす」と語っているけれど、彼らの自動記述の試みは、この方向においてそれほどラディカルだったとはいえない。というのも、それが「思考の書き取り」であろうとするかぎり、どれほど「自動的」で「無意識的」であったとしても、「思考」が言語の意味作用を前提としている以上、意味そのものの破壊は不可能であって、メッセージとコードの整合性は、記述の速度がどれほど大きくなっても、維持されることになる。「わたしは自分のすべての言葉の意味を心得ており、規則のない自然なかたちで統辞法を守っているのだ（一部の間抜けどもがそう信じこんでいるような、規律の一種などではない統辞法を）」（巌谷訳、傍点はブルトン）というブルトンの言葉が示すように、自動記述が問題にしているのは、むしろ「語たちに愛を営ませること」であり、意味の世界は無傷のままだ。

ところが、ツァラは、言語のコードそのものに挑戦する。『パリのダダ』の著者、ミシェル・サヌイエは、日本のダダ研究者に「ツァラの詩は、きみたちのほうがよくわかるだろう」と語ったというが、じっさい、ダダの時期のかれのテクストがはたしてフランス語(国家の公式言語としての)で書かれたといえるのかという疑問が生じるほど、彼の言語空間は意味の体系から遠ざかっている。

もっとも、「帽子のなかの言葉」の方法は、たとえば、こんな結果をもたらしただけだった。

——価格それらはきのう適当だったそれから絵／夢を評価すること眼球の時代／華やかに何を歌おう福音書ジャンルが暗くなる／集まる栄光想像することとかれはいう宿命色たちの権力……

ランボーの『イリュミナシオン』を想い起こさせる『磁場』のテクストに比べれば、あまりにも「みじめな」結果。だが、それこそは、ダダの望んだものだ。理性的、道徳的、美的等々のあらゆる制約と要請を無視し、「書く主体」を最後まで放棄するとき、あとに何が残されるか。ツァラの実験は、この問いへの、根源的で過激な回答となっている。ブルトンたちの自動記述は、結局、外観としての私が、内面に潜むもうひとりの私にとってかわられる「夢の書き取り」だったわけだが、どちらの「私」も主体の一部にはちがいない。だが、ツァラの場合、主体は、文字どおりバラバラに解体されてモノ（＝客体）と化した言語のなかで、根絶される。自動記述が、深層の「私」を映す鏡であろうとしたとすれば、ダダの「詩」は言語の屍体置場だったのだ。ダダとシュルレアリスムとの根源的な差異は、主体と客体をめぐる、この位相の対立のうちに存在している。

存在の深部に下降し、そこから何ものかをもち帰ろうとする試みという意味で、シュルレアリストたちのエクリチュール・オートマティックは、西欧近代の理性の支配によって失われた彼らの分身を再発見しようとする実験だったといえるだろう。だが理性へのこの反抗が、自動記述の速度を増すことで「主体」を消去することができるかもしれないという、まったく「科学的」な思いつきに依拠していたことは、逆に理性へのシュルレアリスムの「信頼」を暴露するものだ。マルクス主義、フロイト主義、トロツキー主義等々、あまりにも多くのイデオロギーが、彼らにはつきまとっている。したがって、この速度は、まだ誰もいない空間を疾走する未来派のレーシング・カーのあの絶対的速度ではない。それは、人間という主体を支えている「理性」という装置からの解放をめざして、ついに果たせなかった言語の、絶望的な速度だったのだ。

西欧文明にあれほど長いあいだとりついてきた「主体」が、そんなにたやすく消滅するはずはない。それにもかかわらず、自動記述という一種の機械的操作を意識的におこなうことによって、この困難な作業が可能になると信じようとしたブルトンたちは、結局、デカルト的宇宙から脱出できなかったのではないだろうか。

シュルレアリスムの政治的体験

1

一九三八年にアンドレ・ブルトンは、現代が「ロートレアモンとフロイトとトロツキーの時代[1]」であることを強調した。たしかに、シュルレアリスムにとってこれら三つの名前は決定的な意味をもっているが、運動そのものとのかかわりからいえば、最初の二つの名前と最後のそれとの間には、かなり大きな差異が存在しているといえるだろう。ロートレアモンとフロイトの名によって示される領域は、シュルレアリストたちが彼らに固有の探求によって再発見した、人間の言語と意識の深部に内在している世界だが、トロツキーの名が呼びおこす地平は、この〝意識の深層の世界〟を現実のものとしたいという彼らの願望から、シュルレアリスムの前に現われたのだった。「未来の詩人は、行動と夢がとりかえしのつかないほど切り離されている、などという衰弱した考えをのりこえるだろう[2]」

というブルトンの言葉が彼自身を裏切らないためにも、シュルレアリスムはこの地平に立ち入っていかなければならなかったのである。

「人間のトータルな解放」をめざす運動体であったシュルレアリスムが、その本質からして「文学」の世界に閉じこもってしまうものでない以上、この運動の全体像をつかむためには、政治とのかかわりあいという問題を避けることはできない。ここでは、シュルレアリスムの政治「参加」の第一歩となった『クラルテ』グループとの出会いの時期（一九二四―二六年）に焦点をあわせてみよう。[3]

創始者バルビュスと対立し、フランス共産党（PCF）左派の立場にあった『クラルテ』誌編集グループと、ダダと手を切って新たな出発をしたばかりのシュルレアリストたちとは、一九二四年秋のアナトール・フランス批判での意見の一致をきっかけとして、また翌二五年の諸事件（モロッコ戦争、共同宣言「まず、そしてつねに革命を！」の発表など）を通じて急速に接近し、一九二六年には、両グループの合同と共通の雑誌『内乱』の発行が計画されるが、結局この計画は挫折し、シュルレアリスムは『クラルテ』と一線を画した独自の道をたどりつつ、政治的なものに深くかかわっていくことになる――

2

第一次世界大戦の終わった一九一八年頃には、文学・芸術における前衛を自任していた若者たちは、西欧世界のさまざまな秩序が巨大な偽善でしかなかったことに気づき、ヨーロッパの腐敗した現実に深い嫌悪の情を表明していたものの、実際の政治的・社会的問題についてはまったくの無関心を装っていた。[4] もっとも過激なダダイストだったトリスタン・ツァラでさえ、一九一七年のロシア革命については「それが戦争を終結させる唯一の手段となるかぎりでしか[5]」歓迎できなかったと語っているし、ブルトンにしても、一九二〇年には、社会革命についてこんな認識をもっていたにすぎなかった――「われわれはあらゆる保守主義を嫌悪し、いかなる種類のものであれ、あらゆる革命を支持するものだが、当然のことながら、どんな社会改革の可能性についても、まったく信じてはいないのである[6]」。

一九二〇年代初頭の段階では、ダダ・シュルレアリスム運動の内部には、具体的な政治的動きはほとんど見出されない[7]（右翼政治家に変貌したバレスをパリ・ダダが糾弾した、一九二一年のあの「モーリス・バレス裁判」にしても、きわめて倫理的色彩の濃いものだった）。物質的な意味以上に精神的な意味での危機と不安の時代に入って、豊かな生命力をすでに失いつつあったヨーロッパに対して、嫌悪と絶望しか感じられなかった若者たちにとっては、「政治」もまた、そうした現実の一部としか考えられなかったといってもいいだろう。ブルトンとアラゴンは、当時の自分たちの意識についてそれぞれこう語っている。

「ツィンメルワルトやキンタールの会議（一九一五年と一六年に開かれた国際反戦集会）のような政治的意味をもつ事件は、われわれの印象にはほとんど残っていないし、ロシア革命にしても、それが何であるかを理解できるというにはほど遠かったようです。いわゆる《社会意識》はわれわれの間には存在しませんでした。[8]」（ブルトン）

「わたしはトゥールの大会を傍聴しましたが、官憲の目の前でクララ・ツェトキンが姿を現わし、フランス共産党が成立した時の感動を今でも記憶しています。とはいえ、さまざまなイデオロギーや矛盾対立の渦巻くなかでは、（……）はっきりした意識がわたしの内部に生まれるには長い時間が必要でした。[9]」（アラゴン）

シュルレアリストたちのこうした状況は、彼らが一九二四年に『屍体』（アナトール・フランスを攻撃したパンフレット）を発表し、『クラルテ』グループと接触するようになる時点までそれほど変わらなかったのだが、現実の政治にはかなり大きな変化が見られた。それは、一九二〇年一二月に、アラゴンも語っているあのフランス社会党（SFIO）トゥール大会で誕生したPCFと、党のその後の動きに代表される変化である。成立当初、一九二〇―二三年にかけてPCFは「社会民主主義的・小ブルジョワ的性格」をコミンテルンから激しく批判され、一九二三年一月には党第一書記フロッサールが除名されるという深刻な党内闘争の結果、一九二四年以後はいわゆるボルシェヴィキ化の時期に入るのだが、[10]この間、党指導部は明確な文化政策を提起できず、文化面でPCFを支えたほとんど唯一のグループは、ロマン・ロランの援助を受け、バルビュスによって創刊された『クラルテ』誌に結集した人びとだった。

だが、「反戦平和」と「国際主義」をかかげたこの幅広い傾向のグループの内部でも、バルビュスら穏健派とベルニエ、フーリエら急進派の対立が顕著になるにつれて『クラルテ』は次第に性格を変え、「国際革命教育センター」、「プロレタリア文化の雑誌」となってゆき、一九二三年以後はジョルジュ・ソレルやトロツキーの影響を強く受けることになる。[11]

こうした「急進化」のひとつの帰結として、『クラルテ』は一九二四年の春にベルニエの論説「距離をおいて考えよう」を掲載し、党機関紙『ユマニテ』の方針に逆らって、アナトール・フランス批判を開始するのだが、この時点で、『クラルテ』グループの中心メンバーはすでにバルビュス的穏健主義をのりこえ、PCF指導部とも対立する立場をとっていたわけである。

同じ年の一〇月にアナトール・フランスが死去すると、右翼から左翼にいたるまでほとんどすべてのフランスの世論は、この大作家を礼賛した。フランス国内ばかりでなく、

『プラウダ』さえも彼に対する賛辞を惜しまなかった。こうした状況下で、『クラルテ』はことさらアナトール・フランス攻撃に拍車をかけ、一一月一五日号（フランス批判特集号）には、『プラウダ』に反論するE・ベルトの論説を発表する。ソレルの影響を受けたこのクラルテ派の作家はこう書いていた。

「『プラウダ』は〝アナトール・フランスの作品中では旧時代の文化が新たな人類に手をさしのべている〟といったが（……）実際には、アナトール・フランスは全面的に貴族的かつブルジョワ的な旧式の文化に属しているのであって、彼の作品には、新たな文化を発展させるような要素は何ひとつ認められない。[12]」

さらにベルトは『ユマニテ』にも批判の矢をむけ、次のように述べている。

「『ユマニテ』さえもが作家アナトール・フランスに無条件の賞賛を与えているが、こうした言動は、残念ながら、わが国のプロレタリアートに対して革命家アナトール・フランスなる伝説を信じこませるのに役立つだけで、まったくばかげている。[13]」

こんなわけで、シュルレアリストたちがアナトール・フランスを攻撃する宣言『屍体』

を発表した時、フランスの内外を問わず、この作家を公然と批判しているのは、彼らと『クラルテ』グループだけだったといってよい。もちろん、表現の激しさでは、『屍体』は『クラルテ』の比ではなかった。たとえば、ブルトン――

「ロティ、バレス、フランス、これら三人の腹黒い連中――白痴、裏切り者、お巡り――を追い払ったこの年に、よく目立つ大きな印をつけておこう。フランスとともに失われたのは、わずかばかりの奴隷根性だけなのだから[14]。」

こうした事情は、当然のことながら二つのグループを接近させた。イニシアチブをとったのは『クラルテ』のほうで、ベルニエは早速『クラルテ』一一月一五日号でシュルレアリスムへの共感を表明している。ブルトンらの側にしても、ヴィクトール・クラストルが回想しているように、「『屍体』の発行はシュルレアリスムの陣営にもより拡大された行動を求めるという気持を抱かせた[15]」というような状況があり、したがって、一九二四年のアナトール・フランス批判は「シュルレアリストとクラルテ派との最初の共同行動[16]」(クラストル)となったのである。

もっとも、この段階での「共同行動」はシュルレアリストたちにとってよりも、むしろ『クラルテ』グループにとって大きい意味をもっていたはずだ。なぜなら、ＰＣＦ内部で孤立を深めていた彼らは、自分たちの陣営を強化したいと考えていたので、ちょうど目の前に現われたシュルレアリストたちが頼もしい協力者に思えたからである。『屍体』中のアラゴンのあの「老いぼれ婆モスクワ[17]」という表現に彼らが目をつけたのも、そうした事情があってのことだった。

アラゴンは、フランス批判パンフレットに収められた「君はもう死者の頰を打ったか」と題する短い文章のなかで「貘のモーラスに老いぼれ婆モスクワ」と書いたのだが、『クラルテ』編集長ベルニエは、同誌一一月一五日号でアラゴンの「醜悪というよりまったく滑稽でさえある軽率さ[18]」を非難し、ベルニエ＝アラゴン論争が始まった。アラゴンは『クラルテ』一二月一日号および『シュルレアリスム革命』第二号（一九二五年一月一五日号）に発表したベルニエ宛の手紙（一一月二五日付）で、次のように答えた。

「ロシア革命なんて、とぼくが肩をすくめるのを止めないでほしい。そんなものは思想の問題に比べればせいぜいもやもやした内閣騒動くらいのところだ。（……）人間存在そのものが提起している諸問題は、最近わが東方で起こっているみじめったらしい革命行動に従属するものではないと、ぼくは『クラルテ』誌上でくりかえし強調したい[19]。」

当時のシュルレアリスムの思想的状況をよく表現しているこのアラゴンの言葉に対する

『クラルテ』側の反論は、かなり寛容なものだった——

「アラゴンには、ペギーが政治的なものに対して神秘的なものを擁護しつつ、彼なりに表現しようとしたあの生々しい葛藤を、わずかながらではあるが見出すことができる。[20]」（ベルニエ）

「純粋なアナーキストであるアラゴンは、自分から文学の領域に閉じこもろうとしている。彼は、ブルジョワ文化に対して内部から闘っているが、外部の敵と合流するよりは、自分の陣営にとどまることを選んでいる。だが、われわれのほうは、文化の面でも、他のあらゆる面でと同じように、すでに橋を断ち切ってしまったのだ。[21]」（フーリエ）

アラゴンの言葉に代表される当時のシュルレアリスムに対するこれらの批判は、ある程度的を射たものであり、そこには自己の革命性についての『クラルテ』側の自負と、シュルレアリストたちを革命運動へと導こうとする態度を読みとることができる。そして、ベルニエ・アラゴン論争をきっかけとして始まった二つのグループの接近は、意外な方向へむかおうとしていたのである。こうして、一九二五年が訪れる。

3

「一九二五年前後には、ひとつの確信が勝利を収めようとしていた。時代、社会、旧世代、いつ果てるとも知れぬ馬鹿らしさなどという重荷を背負っていた何かが終わろうとしていた」[22]とアンリ・ルフェーブルは、『NRF』誌のブルトン追悼号（一九六七年）に書いたが、一九二五年という年は、シュルレアリスム運動にとって大きな意味をもつ年となった。ブルトン自身が語っているように、「シュルレアリスムの政治への転換点は、一九二五年夏の時点にはっきりと位置づけられる」[23]のだが、一九二五年夏以降の事態の急速な展開を準備したいくつかの出来事が、すでにこの年の初めから起こっていた。

まず、一月一五日付の『シュルレアリスム革命』第二号に、「監獄を解放し、軍隊を武装解除せよ」と題する宣言が掲載される。そこには、これまでのシュルレアリストのものとは異なった次のような言葉があった。

「犯した罪を知り、国防に身を捧げたところで、人間に自由なしですませるよう強いることはできない。われわれは牢獄の看守の共犯者には決してならないであろう。[24]」

また、同じ号にブルトンが「最近のストライキ」という一文を寄せてこう書いている。

「わたしは、真に自由なすべての人びととともにこう考える。革命は、たとえそれが誤りであった場合でさえも、善なるものへの愛を支えうる、もっとも感動的な至高の表現であり、普遍的な意思と個人の意思との結合の実現であると。[25]」

そして、一月二七日には、シュルレアリスムの（組織的なものとしては）最初の「政治的」発言である「一九二五年一月二七日の声明」が発表される。アルトーによって執筆されたこのテクストでは、シュルレアリストたちは次のような自己規定をおこなっている。
一、われわれは文学などとは何の関係もない。
二、シュルレアリスムは精神の全面的解放の手段である。
三、われわれは断固として革命をおこなう用意がある。[26]
「声明」が「現代の文学、演劇、哲学、注釈学、さらには神学のあらゆる口ごもりがちな批評家に対して[27]」むけられていることが示すように、この段階のシュルレアリスム運動にとって、「革命」とは「精神の全面的解放のためのシュルレアリスム革命」でしかなく、

DÉCLARATION
du 27 Janvier 1925

Eu égard à une fausse interprétation de notre tentative stupidement répandue dans le public,

Nous tenons à déclarer ce qui suit à toute l'ânonante critique littéraire, dramatique, philosophique, exégétique et même théologique contemporaine :

1° Nous n'avons rien à voir avec la littérature,

Mais nous sommes très capables, au besoin, de nous en servir comme tout le monde.

2° Le SURRÉALISME n'est pas un moyen d'expression nouveau ou plus facile, ni même une métaphysique de la poésie ;

Il est un moyen de libération totale de l'esprit

et de tout ce qui lui ressemble.

3° Nous sommes bien décidés à faire une Révolution.

4° Nous avons accolé le mot de SURRÉALISME au mot de RÉVOLUTION uniquement pour montrer le caractère désintéressé, détaché, et même tout-à-fait désespéré, de cette révolution.

5° Nous ne prétendons rien changer aux mœurs des hommes, mais nous pensons bien leur démontrer la fragilité de leurs pensées, et sur quelles assises mouvantes, sur quelles caves, ils ont fixé leurs tremblantes maisons.

6° Nous lançons à la Société cet avertissement solennel :

Qu'elle fasse attention à ses écarts, à chacun des faux-pas de son esprit nous ne la raterons pas.

7° A chacun des tournants de sa pensée, la Société nous retrouvera.

8° Nous sommes des spécialistes de la Révolte.

Il n'est pas de moyen d'action que nous ne soyons capables, au besoin, d'employer.

9° Nous disons plus spécialement au monde occidental :

le SURRÉALISME existe

— Mais qu'est-ce donc que ce nouvel isme qui s'accroche maintenant à nous ?

— Le SURRÉALISME n'est pas une forme poétique.

Il est un cri de l'esprit qui retourne vers lui-même et est bien décidé à broyer désespérément ses entraves,

et au besoin par des marteaux matériels.

Du Bureau de Recherches Surréalistes
15, Rue de Grenelle

Louis Aragon, Antonin Artaud, Jacques Baron, Joë Bousquet, J.-A. Boiffard, André Breton, Jean Carrive, René Crevel, Robert Desnos, Paul Éluard, Max Ernst, T. Fraenkel, Francis Gérard, Michel Leiris, Georges Limbour, Mathias Lübeck, Georges Malkine, André Masson, Max Morise, Pierre Naville, Marcel Noll, Benjamin Péret, Raymond Queneau, Philippe Soupault, Dédé Sunbeam, Roland Tual.

「1925年1月27日の声明」（アルトー）

そこには現実の政治勢力と結びつこうとする意図は見出されない。「声明」は次の言葉で終わっている。

「シュルレアリスムは（……）みずからに立ち帰る精神の叫びであり、精神の桎梏を、必要なら物質的鉄槌をもって！　必死の覚悟で打ち破ろうとする決意に燃えているのだ。」(28)

アナトール・フランス批判のパンフレット『屍体』が、右翼団体のアクシオン・フランセーズを怒らせるなど多少の反響を呼んだとはいえ、社会的には、シュルレアリスムはまったく「文学的」な運動として受けとられていたわけだが、一九二五年一月以降、シュルレアリストたちの活動は、文学の枠を越えた行動によって自分たちの真の革命性を立証することを目的とするようになる。

三月に入ると、シュルレアリスト・グループの内部に「イデオロギー委員会」が結成され、シュルレアリスムと革命の結びつきを行動で示すことが緊急の課題として討議される(29)。この委員会は、アントナン・アルトーとピエール・ナヴィルのイニシアチブで開かれたものらしいが、当時のメンバーたちの全員が、運動の政治化に賛同していたわけではない。たとえば、フィリップ・スーポーはこうした動きに反対で、政治的会合には出席しなかっ

アルトー（1926年）

たと後に語っている[30]。

この時の討議をもとにして、四月には『シュルレアリスム革命』第三号（四月一五日号）に、「ヨーロッパ諸大学学長への手紙」、「ダライ・ラマへの手紙」、「ローマ法皇への訴え」、「仏教諸派への手紙」、「精神病院諸院長への手紙」が発表される。

「あなたがたが〝思想〟と呼ぶせまくるしい貯水池のなかで、精神の光はワラクズのように腐り果てています。」（「ヨーロッパ諸大学学長への手紙[31]」）

「(仏教諸派の師よ) 来りて、これらの怨霊からわれらを救いたまえ。われらに新しき館を打ち建てたまえ。」(仏教諸派への手紙)(32)

このような、いささか奇妙なとりあわせの一連の「手紙」は、アルトーによって計画されたものだが、ここでシュルレアリストたちは、彼ら自身を生み育てた西欧世界の現状に深い危機感を抱き、遥かな東洋に救済の希望を託している。要するに、彼らの反抗はあくまでも観念的なものであって、この時期の彼らの意識状況は、『クラルテ』の働きかけにもかかわらず、「老いぼれ婆モスクワ」の時点とたいした変わりはなかった。彼らが真に一線を踏みこえるためには、何らかのきっかけが必要だった。ちょうどこの頃、いわゆるモロッコ戦争が始まる。

フランス領モロッコで、自治と独立を求めて蜂起した先住民のリフ族に対するフランス軍の弾圧に端を発したこの「小さな」戦争はフランス左翼の恰好の闘争目標となり、PCFを中心に「モロッコ戦争反対行動委員会」が結成されるが、『クラルテ』グループも当然この委員会に参加し、反戦キャンペーンの一翼を担うことになった。当時、創始者バルビュスと訣別し(一九二四年五月)、急進化の一途をたどっていた『クラルテ』は、発行部数の減少という経営上の危機に加えて、イデオロギー的危機を迎えていた。編集長ベルニエと彼の個人主義的方針を非難したG・ミカエルとの対立がグループ全体を揺り動かし、五月にはベルニエが編集長を辞任するという事態にまで発展するのである（八月にはベルニエが再び編集長となる）。こうした事情のもとで、戦列を立てなおし新たな支持者を獲得するためにも、『クラルテ』にとって、モロッコ戦争反対闘争は逃すことのできない機会だったわけである。

反戦キャンペーンの一環として、『クラルテ』は六月一五日号で「モロッコ戦争についてあなたはどう考えるか」というアンケートをおこなう。これには、ロマン・ロラン、デュアメル、R・マルタン＝デュ＝ガールらの「文化人」のほか、アラゴン、エリュアール、クルヴェルらのシュルレアリストも回答を寄せている。さらに同誌は七月一五日号でも「モロッコ戦争反対、フランス帝国主義反対」の特集を組むのだが、この時、すでに袂をわかっていたはずのバルビュスによるアピール「知的労働者諸君へ、諸君はこの戦争を非難するか否か」が別冊で発行される。これはもともと七月二日付『ユマニテ』紙上に発表されたもので、このアピールを『クラルテ』に再録したことは、同グループがPCF指導部に反対の立場をとりながら、なお党内にとどまる意思を捨てていなかったことを示している。アピールには、『クラルテ』グループ（アルトマン、ベルニエ、フーリエ、クラストルら）、シュルレアリスト（アレクサンドル、アラゴン、ブルトン、クルヴェル、デスノス、エリュアール、レリスら）および『哲学』グループ（ギューテルマン、ルフェーブル、ポリツェルら）の三つのグループが署名者のうちに含まれていたが[33]、この顔ぶれからうかがえるよう

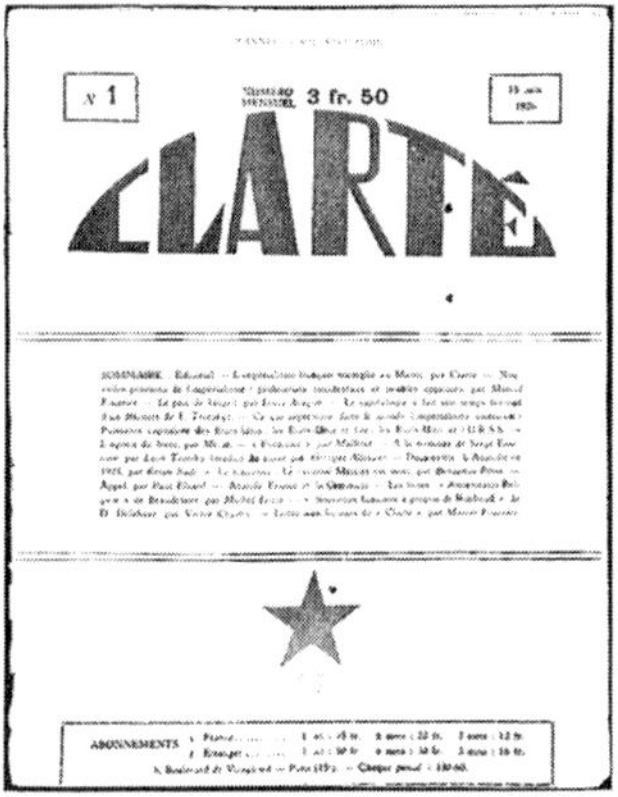

左・ナヴィル『革命と知識人』広告（1926年）／右・『クラルテ』表紙（1925年）

に、モロッコ戦争反対闘争でのこうした共同行動が、のちの宣言「まず、そしてつねに革命を！」を準備したといってよいだろう。シュルレアリストたちと『クラルテ』の関係は、二四年秋のアナトール・フランス批判の時点よりはるかに緊密なものになっていた。『クラルテ』五月一五日号で、クラストルは次のように書いたほどである――「この怒り、この反逆、それは他の既存のいかなる文学グループにも見出せない、われわれとの共通点である[34]」。

　もっとも、クラストルの言葉にもうかがわれるように、シュルレアリストたちはあくまでも「文学グループ」と見なされていたが、彼らはこうした評価に満足していたわけではなかった。

「現代では、新しい思想が社会から敵視されるとはかぎらない。われわれの周囲でも、シュルレアリスムはフランスの内外を問わず、かなり大目に見られてきた。（……）だが、シュルレアリスムは絶対的な反対の力、新たな社会を築く最初の礎石なのではないか。」[35]

ブルトンは、『シュルレアリスム革命』第四号（七月一五日号）でこう書いたが、この言葉は、体制内の反抗にすぎないものならどんな新しい行動でも「大目に見る」社会に対するシュルレアリストたちのいらだちをよく表現している。

したがって、シュルレアリスム運動が単なる「文学」の運動の枠を越えるためには、『クラルテ』の協力者に甘んじているだけでは十分ではなかった。シュルレアリストたち自身が、新しい意識をもたなければならなかった。そして、そのためのきっかけとなったのが、数カ月前に出版されたばかりのトロツキーの『レーニン』だったのである。一九二五年の春にパリの労働書店から出版されたこのトロツキーの未完の著作（フランス語訳）――ヴィクトール・セルジュによれば「われわれがレーニンについてもっている、もっとも生き生きとした、もっとも感動的な、そしてもっとも正確な肖像のひとつ」[36]――は、シュルレアリスム運動の方向づけに決定的な影響を与えることになる。ブルトン自身に語らせよう――

「(シュルレアリスムの軌道修正の)機会は、わたしが『シュルレアリスム革命』第五号に発表することになったトロツキーのレーニンに関する紹介文によってあたえられました。この文章は(ナドーの)『シュルレアリスム資料集』には収録されていませんが、残念なことです。なぜなら、この文章こそは疑いもなく、ロシア革命を生みだした思想と理想を導いた最良の知性へとむかう決定的な第一歩となったのですから[37]。」

マルグリット・ボネは、ブルトンが八月のヴァカンス中にトロツキーの『レーニン』を読んだといっているが[38]、このとき大きな衝撃を受けたブルトンは、共産主義への共感をはじめて明らかにしつつ、ただちに次のように書いた。

「実際、わたしは組織された体系として存在する共産主義だけが(……)もっとも大規模な社会的変動を可能にしてきた唯一のものであると考えている。優れているにせよ、凡庸であるにせよ、それ自体倫理的見地から擁護できるにせよ、できないにせよ、共産主義こそが旧体制の城壁を打ち破ることを可能にした手段だという事実を、どうして忘れられるだろうか[39]。」

さらに、ロシア革命そのものというよりはむしろ、トロツキーの人格的側面に強く魅了されたブルトンは、いささか興奮気味にこう記した。

「だからこそ、レーニン万歳！　わたしはここでレオン・トロツキーに深い敬意を表する。彼こそは、わ̀た̀し̀た̀ち̀に̀今̀な̀お̀残̀っ̀て̀い̀る̀さ̀ま̀ざ̀ま̀な̀幻̀想̀の̀力̀を̀借̀り̀ず̀に̀、またおそらくわたしたちのように永遠性を信じたりすることもなく、しかもわたしたちの熱狂のために、次のような忘れがたい合言葉を守り続けることができた人物なのだ。「そしてもし警鐘が西欧に鳴り響くならば——それはきっと鳴り響くであろう——（……）われわれはためらうことなく、ただちにこの呼びかけにこたえてみせるだろう。われわれは頭のてっぺんから爪先まで革命家なのだから。今までもそうだったが、これからも最後まで革命家であり続けるだろう。(40)」」

このいわば最初の「トロツキー体験」以降、ブルトンは一貫してトロツキーを支持し、一九三八年にはメキシコ亡命中のトロツキーを訪問することにさえなるのだが、当時のフランス左翼へのトロツキーの影響力の大きさを考えれば、ブルトンが彼の『レーニン』を読んだのも、もちろん偶然ではありえない。『クラルテ』のフーリエにしても、シュルレアリストのナヴィルにしても、いずれもトロツキーの熱心な支持者だったし、ブルトンが彼らからこの本を読むよう勧められただろうことは十分に考えられる。

いずれにせよ、一九二五年八月はブルトン個人にとってばかりでなく、シュルレアリスム運動全体にとって決定的な転換点となり、『クラルテ』との結びつきが強まってゆく。一方、『クラルテ』グループも、モロッコ戦争反対闘争で手がかりをつかんだシュルレアリストとの関係をよりいっそう発展させることによって、文化戦線での新たな橋頭堡を築こうとしていた。

このような状況の当然の帰結として、二つのグループは、『哲学』グループおよびベルギーのシュルレアリストたちとともに、新たな共同宣言を発表する。これが「まず、そしてつねに革命を!」だった。この宣言が起草された時期について、クラストルは夏の終わりとしているが、[41] マルグリット・ボネの研究によって、七月末に文案ができあがり、八月に四千枚のビラの形で配布されたことが明らかになった。[42] したがって、ブルトンの「トロツキー体験」以前のものだということになるが、この文書が多くの人びとの目に触れるのは、『シュルレアリスム革命』第五号(一〇月一五日号)、『クラルテ』(一〇月一五日号)および『ユマニテ』(九月二一日付)に発表されてからのことなので、[43] その反響を考えれば、秋以降の動きのひとつと見なしてもよいだろう。

「まず、そしてつねに革命を!」は、その前文でモロッコ戦争反対行動委員会に全面的な同意を表明しつつ、ヨーロッパ文明の腐敗を告発し、東洋への強い憧れを述べている。

「近代は、もはやその役割を終えた。（……）今度は、モンゴル人たちがわれわれの陣地で野営する番だ。[44]」「どんな形態の文明にも吐気をもよおす以上、われわれはたしかに野蛮人なのだ。[45]」――これらの反文明・反近代の叫びは、明らかにシュルレアリストのもので、前述の「一月二七日の声明」とたいしたちがいはない。しかし、「すでに一世紀以上も前から、人間の尊厳は交換価値のレベルに引き下げられている。それだけでもすでに不当なことだが、持たざる者が持てる者に隷属させられている現状は、さらに恐るべきものである[46]」「われわれは経済と交換の諸法則を容認するわけにはいかない[47]」などといった表現は、従来のシュルレアリスムの語彙を越えている。このあたりの部分は『クラルテ』側の手によるものと思われるが（クラストルによれば、この宣言はアラゴンとクラストルによって起草されたという[48]）、シュルレアリストたちの世界認識に新たな視点がつけ加えられたといえるだろう。

少々雑然とした感のある前文にくらべると本文の主張はきわめて明快で、以下の各項からなっていた。

1. ブレスト・リトフスク条約（一九一八年三月にソ連がドイツ側と結んだ単独講和条約）における即時無条件全面武装解除の革命的意義の強調

2. 徴兵忌避の宣言

3. モロッコ戦争反対行動委への全面的支持
4. モロッコ戦争に際して、フランス政府を支持したパンフレット『祖国に味方する知識人』に署名した人びとに対する非難
5. 「われわれは精神の反逆である。われわれは血みどろの革命を、諸君の所業によって辱めを受けた精神による不可避的な復讐と見なすものである。われわれは空想家ではないから、この革命を社会的形態においてしか考えないのだ。」[49]

宣言全体の性格は、最後の第五項で明らかだろう。「一九二五年まで、革命という言葉は、パリ・コミューンや（フランス革命の）国民公会のことしか想い起こさせなかった」[50]（ブルトン）というシュルレアリストたちが、革命を「社会的形態において」考えると明言したことは、彼ら自身にとってはもちろんのこと、『クラルテ』グループにとっても意義深いことだった。

宣言署名者は五十二名を数えるが、その内わけは、『クラルテ』グループ八名、シュルレアリスト二十七名、『哲学』グループ十名、『コレスポンダンス』グループ（ベルギーのシュルレアリスト）二名、その他五名となっており、シュルレアリストが過半数を占めていたこともあって、文章の調子はたしかにシュルレアリスト的だが、『クラルテ』側にしてみれば、少数派でありながら自分たちの主張を一応もりこめたわけで、彼らの目的はほ

ぼ達せられたといってよい。

「まず、そしてつねに革命を！」はPCFにも受けがよく、シュルレアリストと『クラルテ』グループは、さらに一一月八日付『ユマニテ』紙上に「革命は社会的・経済的形態においてしか考えられない」と題する共同声明を発表する。『ユマニテ』はこの声明について、「若い知識人たちが表明した共産主義理論に対するかくも明瞭な同意と宣言を、われわれはただ喜ばしく記憶にとどめ得るのみである。[51]」と述べているが、PCF指導部に忠実であるとはいえない『クラルテ』グループと、トロツキーへの賛辞を惜しまないシュルレアリストとの共同声明に『ユマニテ』が紙面を提供したのは、党の文化政策が確立していなかったこともあるが、シュルレアリストの側からすれば『ユマニテ』紙上で革命への「決意表明」をおこないたいという気持が働いていたと思われる。

こんなわけで、一九二五年の一一月までに二つのグループの間にかなり密接で持続的な協力関係が成立する。この時期の両者の関係について、クラストルは、

「シュルレアリストたちは、会話のなかでしばしばマルクス主義の言葉を使ったりして、できるかぎり文学的でなく見せようとしていた。われわれ（クラルテ派）のほうも、シュルレアリスムの活動にできるだけ興味をもつようにしていることを証明しようと努めた。[52]」

と語っているが、「イデオロギー的には相当混乱した」(ブルトン)この共同宣言をステップとして、二つのグループの関係は新たな段階に入ることになる。

4

一九二五年を通じてシュルレアリストとクラルテ派の間に築かれた協力関係のあらわれとして、『クラルテ』一一月三〇日号には、ついにシュルレアリストたちの文章が登場する。アラゴンの「精神のプロレタリアート」、デスノスの「シュルレアリスムの革命的意味」がそれである。彼らの寄稿を歓迎して、ベルニエは同じ号にこう記した。

「本号の目次には、L・アラゴン、P・エリュアール、R・デスノス、M・レリスの名が見出されるが、このことで、読者諸氏は、本誌が一年間にわたって耐え抜いてきた存亡にかかわる危機が、たったいま解決されたことを知るであろう。(……)彼らの独創性は、いわゆる才能としては、彼ら自身が語っているように、教養あるブルジョワたちがもっとも期待を寄せているものだが、彼らの先輩や同輩の多くがあれほど追い求めてきた輝かしい栄光への道を放棄して、彼らは新たな出発のために、われわれの隊列に加わることになったのである。[53]」

シュルレアリストたちを自分の陣営にひきいれることで、新しい、より力強い運動体を創出することが可能になるとベルニエは考えていた。そして、この連合の基礎は「マルクス主義理論を受け入れること[54]」（ベルニエ）以外ではありえなかったのである。ベルニエの期待どおり、『クラルテ』誌上のアラゴンはマルクス主義の言葉で語っていた。彼は「それと知られぬうちに、少しずつ精神のプロレタリアートが形成されつつある[55]」と述べ、現代の知識人が「一種の知的資本主義」のなかで「精神のプロレタリアート」になっていることを指摘し、さらに革命的知識人とアナーキストを区別して、こういいきっている。

「彼ら（革命的知識人）がアナーキストと対立している点は（……）前者のプロレタリア階級に属しているという意識とプロレタリア独裁の樹立に自己を捧げようという意思である。[56]」（もっとも、こうした見解がシュルレアリストたちの総意にもとづくものだとはいいかねる。この文章は、アラゴンの政治意識の「明確な進展」（ピエール・デックス）を示すものであり、「アラゴン事件」の萌芽はすでにこの時点で生まれていたのかもしれない）。

また、デスノスは次のように述べて、シュルレアリスムの決意表明をおこなっている。

「『クラルテ』と合流してから、シュルレアリストは革命がただ経済的・社会的領域においてのみ可能であり、いわゆる精神そのものの革命などというものは、実はまったくブルジョワ的宣伝にすぎないのだということを知った。[57]」

『クラルテ』のこの号にブルトンが執筆を控えているのは、注目に値する(次号には執筆しているが)。ベルニエがシュルレアリスムとの連帯を熱っぽく説いているのに対して、ブルトンはそれほど積極的でなく、あくまで「シュルレアリスムの自立性を守りたいという配慮[58]」(J＝P・ベルナール)を捨てなかったために、意識的に寄稿しなかったと考えることもできる(アラゴンやデスノスにしても、「プロレタリアート」、「革命」などの語をかなり自己流に解釈して用いている)。

とはいえ、二つのグループの協力関係は一九二五年末から一九二六年初めにかけて頂点に達し、両者の合同がいよいよ問題となった。『クラルテ』一二月＝一月合併号で、ベルニエにかわって編集長となったフーリエは、同誌の廃刊とシュルレアリスムとの共同機関誌『内乱[59]』("La Guerre Civile")の創刊を予告し、新雑誌の性格についてこう書いた。

「一九一九年以後、フランスで共産主義の側についたと思われる若き革命的知性の最初の潮流、そこには、まったく異なった道を通って革命に到達したさまざまな知性が、はじめて合流しており、とりわけ戦後の若い世代の貴重な努力があらわれている。(60)」

一方、ブルトンもこの号にはじめて執筆し、「われわれの身も心も革命のものであり、たとえこれまでわれわれが命令や指導をけっして受けいれなかったとしても、それはわれわれが革命を動かすものの命令を待っていたからなのだ(61)」と述べたが、さらに「実利的な目的のために、たとえばこのわたしにシュルレアリスム運動を否認しろと要求する人がいることも、わたしにはなおさら理解できない(62)」とつけ加えることも忘れなかった。

フーリエとブルトンの言葉に見られる相違が示しているように、グループの合同と新雑誌の発行については、明らかに『クラルテ』側のほうが積極的であり、シュルレアリスト側にはある種のためらいが感じられる。とはいえ、両グループの会合が何度も開かれて、『内乱』誌の具体的な構想が練られていった。新雑誌の編集長には「共産主義とシュルレアリスムの中間にいる若い人」が望ましいというブルトンの意見で、クラストルが選ばれ、彼は一月いっぱい原稿集めや事務的作業に奔走する。(63)『クラルテ』の予告によれば、『内乱』創刊号は二月一五日か遅くとも三月一日には発行されるはずだったが(64)、原稿の集まりが悪かったこともあって、三月に入ってもまだ出版されなかった。この頃『シュルレアリスム革命』第六号（三月一日号）は新雑誌の広告を掲載し、四月創刊を予告した。この広告には、創刊メンバーとして、アラゴン、ベルニエ、ブルトン、クラストル、デスノス、エリュアール、フーリエ、ギタール、レリス、マッソン、ペレ、スーポー、セルジュの十三人の名がこの順序で（グループ別ではなく、アルファベット順で）挙げられており、さらに一部二フラン、年間予約価国内三十五フラン、国外五十フランという定価まで記されていた。

ところが、結局、『内乱』誌はついに発行されず、六月には『クラルテ』の復刊第一号が出されることになり、シュルレアリストと『クラルテ』グループの合同計画は、あっけなく挫折してしまう。

この間の事情について、新『クラルテ』の編集長となったフーリエは復刊号にこう書いた。

「われわれは、各人に固有の破壊力をもっとも有効に発揮させることを軽んじていたようだ。『クラルテ』がシュルレアリスト・グループと接触できたのは、忘れないでおきたいことだが、彼らが革命的行動を起こしたいと考えて、マルクス主義の革命理論に近づいてきたからである。しかしこうした行動は、彼らの場合には、今後は彼らの全活動を党のプロパガンダに捧げるべきだという意味あいをもっていたのだろうか。そうではなかったと、わたしは思う。[65]」

つまり、フーリエによれば、シュルレアリストたちの革命活動への献身の不十分さが、新雑誌の計画を流産させたことになる。たしかに、彼らの側にそうした言行不一致があったとはいえ、計画が失敗に終わった背景には、『クラルテ』側の思いこみと性急な態度があったことは否定できない。シュルレアリストたちは革命運動への参加を望んでいたものの、そのために自分たちの運動を犠牲にすることなどまったく考えていなかったのである。新雑誌の計画を発表した時、『クラルテ』は同時にみずからの廃刊を予告したが、シュルレアリスムのほうでは、『シュルレアリスム革命』の廃刊など、少しも念頭になかったのだった。

シュルレアリスト・グループも、『内乱』の挫折についての見解を『クラルテ』より三カ月ほど遅れて九月に発表することになる。ブルトンの『正当防衛』がそれである。もともと、この小冊子は、ナヴィルの『革命と知識人』(一九二六年)とによるシュルレアリスム批判に答えたものだが、そのなかでブルトンはこう述べた。

「一九二五—二六年の冬に、『クラルテ』のもっとも活動的な人びととのはっきりと規定された外的活動についての協力の試みが、実質的に失敗に終わったということがいえるかもしれないが、この当面する一致の企てが実を結ばなかったとはいえ、それはシュルレアリスムの思想に内在する根本的な矛盾を解決できなかったためではない。そんな矛盾など存在していないことは、わかってもらえるものと信じている。『クラルテ』側にしても、シュルレアリストの側にしても、われわれがぶつかったのは、コミンテルンの意図に反するのではないかという恐れや、フランスの党の出す、ひとを途方に暮れさせるような命令だけに従うことなどできはしないという事実だった。『内乱』が日の目を見なかった本質的な理由は以上のとおりである。(66)」

ブルトンはここで失敗の原因を自分の運動の内部に求めることを拒否し、もっぱら外的要因（コミンテルン、ＰＣＦ）だけをあげているが、当時のシュルレアリストやクラルテ派たちの会合にコミンテルンの代表が出席していたのは事実のようだ。この点については、アンリ・ルフェーブルの次の証言がある。

「これらの集まりには、鋭い顔つきの男が、毛皮のコートを着たかなり美しい女性と大きな犬をつれて、時折参加していた。この謎めいたカップルについては、なにも聞いてはいけないことになっていて、みんな口々にささやいたものだ——あれはコミンテルンの代表だよ……。(67)」

したがって、ブルトンのいうように、コミンテルンやPCFから何らかの圧力がかかったのも事実かもしれないが、いずれにせよ、『クラルテ』側の釈明にしても、シュルレアリスト側の弁明にしても、事件の直後だけに、自己の正当化に重点がおかれていることは否定できない。

とにかく明らかなのは、「雑誌を発行する必要については全員が一致していたが、それがどんな雑誌になるのかといういちばん大事な問題については、誰ひとりはっきりした考えをもっていなかった[68]」（クラストル）ということだろう。

一九二四年から二五年にかけて、アナトール・フランス批判、モロッコ戦争反対といった、いわば外的な行動における一致が二つのグループを接近させたが、両者の共通項としては「革命」というあまりにも漠然とした言葉があるだけだったのだ。シュルレアリストたちは「まず、そしてつねに革命を！」などの宣言を通じて、かつてこの言葉に与えていた観念的な意味をより現実的なものにしようとしながら、共産主義に近づいていったのであり、この「方向転換」は『クラルテ』との接触なしには実現しなかったといってよい。だが彼らは、たとえどんなに深く政治運動にかかわろうと、自分たちの運動を捨てる気はまったくなかったし、『クラルテ』側でも、結局、シュルレアリストたちの「政治的」価値に関心を寄せていたにすぎず、彼らの独自の実験にはあまり興味がなかった以上、両者の合同は内的必然性に乏しいものだったのである。この点について、クラストルは次のように指摘している。

「実際、『内乱』にはひとつのイデオロギー、あるいは単一の明確な綱領のようなものは存在しなかった。この雑誌のために何か書こうとした者はみな、ペンをとる時になって、どうにもならない事態にぶつかってしまった。この障壁を乗りこえるために、シュルレアリストたちは『シュルレアリスム革命』の編集をするような調子で『内乱』の編集をしようとし、クラルテ派たちは『クラルテ』の編集をする時のようにやろうとしたのだった。新しい雑誌のためには新しい精神を見出さなければならなかったのに、である。[69]」

けれども、この「新しい精神」はついに見出されなかった。どちらのグループもそれを発見したと信じていたのかもしれないが、両者の「精神」は同じものではなかったということだろう。ブルトン自身、のちにこう語っている。

（ふたつの）「グループの面々は独自の生命に動かされた（……）集合心理状態としてふるまっていました。これらの集団心理状態を構成する人びとが、たとえ一時的に合同することになったとしても、個々の集合心理状態は、その深部においては、自分の自立性を放棄するどころか、自立性が侵害されるやいなや、それを執念深く守ろうとしたのです[70]。」

シュルレアリスムがシュルレアリスムであることをやめ、『クラルテ』が『クラルテ』であることをやめずには成り立たない、この「不可能な合同」（ナドー）はこうして挫折し、シュルレアリストの「『クラルテ』体験」はひとまず終わりを告げる。

5

一九二六年の夏以降、シュルレアリストたちは『クラルテ』グループではなく、PCFそのものを相手にして、政治参加への道を探るようになり、一九二七年にはブルトン、アラゴン、エリュアール、ペレ、ユニクの五人がPCFに入党する。一方、『クラルテ』は、ナヴィルが編集に加わってから、左翼内の反対派的立場をいっそう鮮明にし、一九二八年には誌名を『階級闘争』と改め、トロツキーへの傾斜をますます強めてゆく。そして皮肉なことに、ブルトンらの入党の翌年、フーリエとナヴィルはPCFから除名されてしまうのである。

シュルレアリスムの政治参加の序章となった『クラルテ』グループとの出会いのてんまつ中には、シュルレアリスムのその後の政治的航跡のすべてを貫く軸のようなものが見出される。ブルトンは『正当防衛』のなかで、

「われわれの見解では、内的生活のさまざまな実験の追求が、もちろんたとえマルクス主義的なものであれ、一切の外的統制なしになされるということは、やはり必要なことである。[71]」

と書いているが、この態度は、シュルレアリスム運動の政治的総決算ともいうべき一九三八年のブルトンとトロツキーによる宣言「独立革命芸術のために」にいたるまで、少しも変わることがなかった。この宣言には次のように記されている。

「芸術が何らかの規律に従わねばならないという考えにわれわれが同意するよう強いている人びとに対して、われわれはきっぱりとした拒否と、次の言葉に示される断固たる意思をつきつけるものである——芸術にあらゆる自由を。[72]」

この「芸術における自由」を獲得するための革命をめざして、シュルレアリストたちは

政治運動に接近していったのだが、どれほど深く政治にかかわろうとも、独自の領域では、彼らは一切の指導や束縛を嫌ったのだった。三〇年代に入ると、ブルトンは「通底器」という概念をもちこんで、内的現実と外的現実、日常生活と革命等々に分裂しているわれわれの世界を「通底」する機能を、彼の運動に果たさせようとするのだが、「マルクスは《世界を変革せよ》といった。ランボーは《生活を変えよう》といった。これら二つのスローガンは、われわれにとってひとつのものでしかない」という、一九三五年パリ国際作家会議での彼の演説原稿中の言葉は、現実の政治運動にシュルレアリスムが吸収されることを意味するものではありえなかったといえるだろう。

こうして、『内乱』誌の挫折をめぐるシュルレアリストたちの政治的体験は、「シュルレアリスムの自治」（ナドー）を守ろうとする彼らの意思が、最初からきわめて強かったことを物語っていた。

シュルレアリスムと全体主義的言語

一九八四年という年は、ビッグ・ブラザーに支配される全体主義社会を描いたジョージ・オーウェル『一九八四年』の予言の年であるばかりでなく、アンドレ・ブルトンの『シュルレアリスム宣言』が発表されてちょうど六〇年の時間が経過したことをわれわれが確認した年でもある。オーウェルとブルトン——このふたつの名前はふつうの文脈では接近させられることがほとんどないけれども、それらの「偶然の出会い」が、たとえばこの場所でなされるとき、われわれはひとつの問題のまえに連れていかれることになる。それは「シュルレアリスムと全体主義的言語」という問題である。(1)

シュルレアリスムとは何であったのか？　などという大きすぎる問いには近づきすぎないほうがいいにしても、シュルレアリスムをここでいちおうひとつの座標系に限定しておくとすれば、すなわち時間軸上に一九二〇～三〇年代をとり、空間軸上にフランスを中心とするヨーロッパをとって、ブルトンたちのグループをこの座標系内の変数とすれば（もちろん、シュルレアリスムのひろがりがけっしてそのように限定されるものでないことは、その運動の本質にかかわることであるが、われわれの当面の問題とのかかわりでは、やはり「歴史的場面」をひとまず固定しておく必要がある）、われわれはひとつのあまりにも明白な事実に気づかないわけにはいかない。それは、シュルレアリスムがファシズム（ナチズム、スペインのファラン〜党等々をもふくむ、「全体主義的言語」の発生源としてのそれ）と同一の座標系上に位置づけられる、ということだ。

いまでは誰の目にも明らかになっているように、シュルレアリストたちは「政治的なもの」とのかかわりにおいてのみ運動体としての持続を手に入れることができた集団だった。モロッコ戦争、『クラルテ』グループとの共同作業とその挫折、PCFへの入党と除名、スペイン戦争、トロツキーとの共同宣言等々の「歴史的事実」はシュルレアリスムの歴史についての諸々の書物に書かれていることだ。だが、多くの場合これらの事実は、「政治的なもの」がシュルレアリスムの外側にあるという前提に立って、「シュルレアリスムと政治」あるいは「シュルレアリストと政治参加」という、いわば単純な二項対立としてしか語られていないように思われる（この問題について書かれたおそらく最初のテクストは、ピエール・ナヴィルの『革命と知識人』（一九二六年）だが、ナヴィルはシュルレアリスムを「一切の表現にたいするある種の反感そのものであるアナーキー」から出発した「同時代のあらゆる知的生産にたいする反抗の運動」と規定しながらも、「シュルレアリストの行動は現実以上の何かとして、つまりすでにたんなるアナーキーとはべつの何ものかとして現われている」ことを指摘して、そこにシュルレアリスムに内在する「弁証法的発展」の可能性を見ようとしていて、「政治的なもの」をシュルレアリスムの外側に対置することはしていない）。[2] したがって、われわれがここでとりあげようとしているシュルレアリスムとファシズムの言語の関係を問うことというテーマにしても、これまでは反ファシズム運動へのシュルレアリスムの「参加」（あるいは「不参加」）といったかたちでしかとらえていない、といってよい。[3]

とはいえ、シュルレアリスムとファシズムを同じ座標系上に置いてみると、時間的・空間的共通項だけでなく、もうひとつの共通項をわれわれは発見する。それは、「言語システム」という共通項である。「言語システム」というのは、現代フランスの詩人・批評家、ジャン＝ピエール・ファイユがその全体主義的言語の分析で用いている表現でもあるわけだが、ファイユの分析はわれわれの問題への重要な視座を提供してくれている。（もちろん、かれの主著《Langages totalitaires（全体主義的言語）》のことだが、以下の引用は、一九七四〜七五年にパリ第八大学（ヴァンセンヌ）でおこなわれたマリア・アントニエッタ・マチオッキのファシズム分析のセミネールでのファイユの報告《Critique des langages et analyse de classe-langages totalitaires, fascisme et nazisme（言語批判と階級分析——全体主義的言語、ファシズムとナチズム）》によっている）。[4]

マルクスは『経済学批判要綱』で「ブルジョワ的経済システムの説明であると同時に批、、判となる[5]」作業をおこなうと述べているが、「マルクスがやったのと同じやり方で、ブルジョワ的経済システムに結びついた言語の経済システム、すなわち全体主義的諸言語のシステムの説明であると同時に批判となるべきものを、集団的努力にもとづいて追求すること」が、かれの仕事の目的である、とファイユはいう。では、なぜファシズムがとりわけ言語のシステムとして特徴づけられるか、といえば、それはファシズムの創始者たちの「出発点には、いかなる思想も存在せず、ただ物語り（récit）のなかから現われる言葉（mot）があっただけ」だからだ。

では、この「全体主義的言語のシステム」の分析をつうじた批判は、具体的にはいかにして可能になるのか？　この点についてファイユは、再びマルクスに依拠する。マルクスは『資本論』第一巻で商品の交換過程の分析をはじめるにあたって「われわれは、全過程を形態の側面（Formseite）から、すなわち、社会的な質料変換を媒介する諸商品の形態変換または姿態変換だけを、考察しなければならない[6]」と書いているが、諸言語の交換過程の探求においても、この方法がとられねばならないのであって、「経済的過程そのものをつうじて生産＝交換され、この過程を構成するよこ糸の一本であるような言語過程」を「形態の側面から」分析することの必要性をファイユは強調している。それは「奇妙な具合に危険で、奇妙な具合に現実的効果を伴い、そしてブルジョワ的経済システムに密接に結びついた言語過程のなかに侵入するという冒険」なのである。

全体主義的言語そのものがわれわれの探索の対象ではないので、ファイユの仕事を追うのはこれくらいにしておくが、方法論にかんする彼の問題提起はまた、われわれのものでもある。全体主義的言語のシステムが、ヨーロッパを中心として、圧倒的多数の中間諸階級の人びとに受容されていった過程と、ブルトンたちの言語システムが、歴史的「諸事件」をつうじて、その存在を主張しつづけた過程は、二〇世紀の言語過程の、同じ座標系上に軌跡を描いている。シュルレアリスムだけではない。ダダ、未来派、表現主義、構成主義等々の「前衛たち」がいっせいに彼らの「宣言」をおこなったのは、ワイマール・ドイツで、そしてイタリアでの全体主義的諸言語の出現とほぼ同時的な現象だった。

一九世紀にマルクスが経済学批判をしたように、二〇世紀にあたえられた課題は「言語批判」にほかならない、とファイユはいっているが、シュルレアリスム（およびその他の――イズム）の言語過程のなかに侵入して、これらの言語システムと「政治的なもの」との関係の内側からの分析をつうじた批判をおこなうことが、現在のわれわれにとっての課題とならねばならないだろう。なぜならこのテーマは、たとえば「モダニズムからファシズムへ」というような場面の設定の仕方で、最近よくとりあげられるようになっているし、イタリアのファシズムとマリネッティの密接な関係については、すでに多くのことが語られているので、それ自体けっして目新しいものではないとはいえ、これらふたつの言語過程そのものの内部に入りこんだ分析は、まだじゅうぶんになされているとはいえないからだ。

ファイユも指摘するように、ファシズムの言語は多くのネオロジスム（新造語）によって支えられていた。《volontà totalitaria》（全体主義的意志）という表現、あるいはNSDAP（国家社会主義ドイツ労働者党）、PNF（国家ファシスト党）という名前は、それらを構成する語それ自体は新しいものでないにしても、こうして新しい組み合わせのなかで用いられると、以前にはなかった効果をもつようになる。語のこのような組み合わせ、あるいは接近は、ブルトンが『シュルレアリスム宣言』で展開しているイメージ論を想起させるものでさえある。よく知られているように、ブルトンは、そこでまずピエール・ルヴェルディの規定——「接近させられたふたつの実体の関係が遠く離れていて（lointaines）的確（justes）であるほど、イメージが強烈なものとなるだろう」——に触れてから、「ルヴェルディが《隔った（distantes）ふたつの実体》と呼んでいるものを、意図的に接近させることはできないように、私には思われる。接近は起こるか起こらないか、それだけだ。私としては、ルヴェルディの場合に、

小川のなかには流れる歌がある
日の光が白いテーブルクロスみたいに折りたたまれた

あるいは——

世界は袋のなかに戻る

といったイメージが、ほんのわずかでもあらかじめ熟考させられたものだというようなことは、きっぱりと否定しておく」(7)と書いている。

ブルトンのマニフェストが発表されてから一年もたたない一九二五年六月二二日、ムッソリーニはPNFの全国大会でおこなった演説中で「われわれの獰猛なる全体主義的意志(la nostra feroce volontà totalitaria) はさらなる大きな獰猛さをもって持続されるであろう」と述べるだろう。「全体主義的」という「奇妙な語」(ファイユ)が、このときはじめて姿を現わすのである。そして、volontà と totalitaria という語の結合は、もちろんブルトンのいう「偶然の接近」ではなかったし、彼の場合、この接近は「非意図的なもの」でなければ価値をもたないのだから、ファシズムの言語操作とシュルレアリスムのイメージ創出が同一のものだったというつもりはないが、ファシズムが新しい言語の実験を装って登場したことは認めてよい(そこには当然未来派の強烈な引力が働いていた。ルヴェルディのイメージ論さえ、マリネッティの「未来派文学の技術的宣言」の影響を受けていると考えられるほどだ)。

このことは、おそらくピエール・ブルデューのいう言語の生成能力（les capacités génératives）にかかわっている――「言語活動（langage）は、その生成能力に限界をもたない最初の形式的機構である。語ることのできないものなど何ひとつありはしないし、またどんな取るに足らないことでも語ることができる。言語（langue）のなかでは、すなわち文法性の範囲内では、あらゆる発話行為が可能だ。言語の生成能力は直観や経験的確認の限界を超えて、形式的には正しいが意味論的には空虚な言表を生産することができる」(8)。

そうだ、「言葉の上」ではすべてが可能なのだ。そして、言葉がくりかえされるとき、あるいは新しい組み合わせをあたえられて現われるとき、そこには「言葉だけの」虚構があたかも現実であるかのように人びとに受容される可能性が生じ、このとき言葉はもうひとつの現実、こういってよければ「超現実」となることができる。ブルトンが、語は「超現実的使用」に供されるために人間にあたえられている、といっているのも、言語のこの生成能力と関係がないとはいえないだろう。ナヴィルがシュルレアリスムについて語った「現実以上の何か」は、事後的には実際的「行動」のかたちをとることが望まれているにしても、さしあたり「言語行為」において表現されることになるのだから。

たとえば、ポール・エリュアールの、あまりにも有名な対独レジスタンスの詩《Liberté（自由）》は、この点で興味深い例となっているように思われる。

1. Sur mes cahiers d'écolier
Sur mon pupitre et les arbres
Sur le sable sur la neige
J'écris ton nom

ぼくの学校のノートの上に
机や木々の上に
砂の上雪の上に
ぼくは書くきみの名まえを

(……)

13. Sur le fruit coupé en deux
Du miroir et de ma chambre
Sur mon lit coquille vide
J'écris ton nom

鏡とぼくの部屋の
ふたつの部分に切られた果実の上に
ぼくのベッド　からっぽの貝殻の上に
ぼくは書くきみの名まえを

(……)

20. Sur la santé revenue
Sur le risque disparu
Sur l'espoir sans souvenir
J'écris ton nom

戻ってきた健康の上に
消え去った危険の上に
思い出のない希望の上に
ぼくは書くきみの名まえを

21. Et par le pouvoir d'un mot
Je recommence ma vie

そしてひとつの言葉の力によって
ぼくは人生を再び始める

Je suis né pour te connaître　　ぼくは生まれた　きみを知るために
Pour te nommer　　きみを名づけるために[9]

この詩を一連から、ここまで、つまり二一連まで読んできたひとは、その次の、最後の一語が――

Liberté　（自由と）

であることに、たぶん何の疑いももたないだろう。この作品は「自由」と名づけられているし、なにしろ「レジスタンス」の詩なのだから、「ぼく」が書く「きみの名まえ」はLiberté以外ではありえない、そう思わせるだけのものがたしかにここには存在することは認めてもよい。だが、この詩がはじめ《Une seule pensée「ただひとつの想い」》と題されていたこと、そして最後の一語を、詩人はじつはLibertéではなくて、彼の二番目の伴侶であった女性の名、Nuschとするつもりだったこと、を知るとき、エリュアールにとって、Libertéという語の選択は、「自動的」なものではなかったことがわかる。
「詩を終わらせるために、私は私が愛していた女性の名をあげることを考えていた。この詩は、そのひとに捧げられていたのだから。しかし、私はすぐに、私の頭のなかにある唯一の語が《自由》であることに気づいた。(……)こうして、私が愛していた女性は、彼女の存在より大きな願望(désir)を体現していたことになる。私は彼女を、私の至上の渇望(aspiration)と一体化したのである[10]」とエリュアールはいっている。最後の一語が「自由」であることの「必然性」を強調しているわけだが、そうだとしても「砂の上雪の上に/ぼくのベッド　からっぽの貝殻のうえに」彼が書こうと思った名まえ、「きみを知るために/きみを名づけるために」「ぼくは生まれた」と彼に感じさせた存在の名まえが、はじめはヌッシュであったことに変わりはない。

実在する女性のイメージを、こうして「自由」のイメージとだぶらせること自体はめず

ポール・エリュアール(1930年代)

ヌッシュの肖像（ピカソ、1930年）

らしいことではないが、Nusch→Libertéへの変換の過程は、この作品全体の、いわばトポロジックな意味を大きく変化させることになった。そして、この変化は言語の内容ではなくて形態のみによって媒介されている。つまり、この語は、詩人の愛する女性への「ただひとつの想い」という私的状況（エリュアールの言葉では「内的事情」）を一次的な内容としつつも、「自由」と題されることで、それが発表された一九四二年春という時間的場においては、「政治的」状況（エリュアールによれば「外的事情」）の内側へと移行することになり、「レジスタンスの詩」という二次的内容を獲得するのだが、この移行は、作品の「思想」の変化を伴うわけではなくて、ただ「自由」という題名の選択によって媒介されているのである。したがって、「形式的」には、「きみの名」はヒトラーであってもスターリンであってもいいわけで、それぞれの場合に応じて二次的内容が変化するだけだ、ということになる[11]（そのことによって詩の「価値」がまったく変わってしまうのはいうまでもないが、それはまたべつのことであって、ここでは言語の形態的可能性について問題にしている）。

いずれにしても、エリュアールがこの作品でおこなった操作にふくまれる意図性は、ブルトンが強調している、イメージ形成過程の偶然性とは異質のものであることは否定できないだろう。むしろ、エリュアールの操作は、この点で（この点だけにおいて、ともいえるが）すでに見た「全体主義的」と「国家」を意図的に結びつけたムッソリーニのそれに近いということもできる。といっても、エリュアールとムッソリーニの言語の「内容」が似ている、などと考えているのではないが、かれらの言語操作が、次元の異なるふたつのものの意図的接近という共通項をもっていることはみとめてもよいだろう。この種の操作は、エルンストのコラージュやピカソのパピエ・コレなどに見られるように、今世紀の造形芸術の特徴のひとつとなっているが、言語の領域でも、もちろんおこなわれているのだ。

ところで、言語が意味、あるいは「思想」を運ぶたんなる手段ではなくて、抽象絵画における色や線のように、それ自体ひとつの存在であることを主張したのがダダイストたちであったことは、すでに一九二〇年にジャック・リヴィエールが指摘しているが[12]、じっさい、詩的言語においては「そこではすべてが許される」という言語の特性がよりはっきりとあらわれていることは、ダダ、シュルレアリスムを中心とする二〇世紀の詩的言語の実験を想起すれば明らかになるだろう。そして、全体主義的言語が、現実には特殊な利益の代表者にすぎない「国家」に「全体（主義）的」という表現を接近させることによって、いわば「超現実的」な全体性を獲得しつつ、圧倒的多数のふつうの人びとに受容されていった歴史をふりかえるとき、全体主義的言語のシステムが、少なくともその起源と形態において、同時代の詩的言語の試みと何ものかを共有していた、と考えることができる。[13]この「何ものか」が何であったのかを明らかにすること、それは全体主義的言語と詩的前衛たちの言語を突出した部分としてもつ二〇世紀の言語過程の「形態的側面」からの分析をつうじた批判となるはずである。

いちおうの「問題提起」というかたちでおこなったこのきわめて不十分な素描によって私が感じていることは、ファシズム＝全体主義が、たとえばボードリヤールがいうような「レトロな美学」[14]に依拠していたというよりは（そのことはやはり確認しておかねばならないが）、むしろいままでは、未来派、表現主義、ダダなどのアヴァンギャルド[15]と出生を共有していたという事実にもっと具体的な視線がむけられるべきではないのか、ということだ。なぜなら、言葉の上ではすべてが可能だとしても、言葉の世界内の事件にすぎないかぎり、それはたんなるゲームでしかないが（とはいえ、ゲームであること自体がひとつの価値を生じさせることにはなる）、言葉が権力＝法となるとき、それは新しい現実となってわれわれを拘束することになるからであり、二〇世紀の言語のさまざまな実験のなかで、全体主義だけがみずからを政治権力として確立することに成功したという歴史は、現在のわれわれ自身の言語状況とも、おそらく重なるものでもあるからだ。

ジョルジュ・バタイユの眼球(1)

一九七〇年に、『バタイユ全集』の第一巻がガリマール書店から出版されたとき、ミシェル・フーコーは全集「刊行の辞」のなかで、「ジョルジュ・バタイユは彼の世紀でもっとも重要な作家のひとりであり（……）、われわれが現在たどりついた地点の多くはジョルジュ・バタイユに負うものである」と書いた。これは、よく知られていることだが、いったいどのような意味でバタイユが二〇世紀最大の作家のひとりなのか、フーコーは、少なくともこの文章では多くを語っていない。じっさい、『全集』そのものがいまなお刊行中であり、その著作の全貌が死後二十年以上もたってようやく明らかになりつつあるこのひとの仕事の真の深みと射程は、これから人びとに知られることになる、ともいえるのであって、たとえばフーコー自身やジラール、ボードリヤールらの思想家との関連からバタイユを読みなおす努力は、バタイユとわれわれの時代との関係づけにおいて、大きな価値を持つだろうと思われるのだが、そうした「重い」課題はひとまず措いて、とにかく、バタイユがどのような時間を生きたのかについて、ごくかんたんに見ていくことにしよう。

一八九七年の秋にフランス南部ピュイ・ド・ドーム県のビヨンで生まれ、一九六二年の夏にパリで死んだこの特異な作家の、六十五年の生涯をたどってみるとき、われわれは、そこに「表と裏」ともいうべきある種の二重性を発見することになる。表面的には、一九一八年に国立古文書学校（Ecole des chartes）に首席で入学し——ジラールと同窓というわけだ。もちろん、ジラールのほうがずっと後輩だが——、卒業後は国立図書館（B・N）の「賞牌部門」に二十年間にわたって勤務して、肺結核のため第二次大戦中と戦後しばらくのあいだ、ロマネスクの教会で名高いヴェズレーに移住し、一九四九年からは再びカルパントラとオルレアンで図書館勤めをつづけた、という彼の一生は、社会的な事件や

晩年のジョルジュ・バタイユ

冒険からはほど遠い、静かなものだったように、人びとの目に映ることだろうが、おなじバタイユが、一九二五年頃からすでにシュルレアリスムと接触して独自の立場から《Documents（ドキュマン）》誌を主宰したこと、三〇年代に入ると「民主的共産主義サークル」の機関誌《Critique sociale（社会批評）》に寄稿し、みずから反ファシズム組織として「反撃《コントル・アタック》」グループを結成し《Cahiers de Contre-Attaque（反撃手帖）》を発行したこと、おなじ頃、カイヨワやレリスとともにCollège de sociologie sacrée（聖社会学研究会）なるグループを結成し、雑誌《Acéphale（無頭人）》を発行して、秘密結社的な運動をおこなったこと、そして第二次大戦後も書評誌《Critique》を編集し、知の（いや、彼自身の好む言葉によれば、むしろ「非・知」の）オルガナイザーとして隠然たる影響力を持ちつづけたこと、などを知るとき、バタイユが、「世捨て人」的な静けさの時間というよりはむしろ「二〇世紀の知的冒険者」としての時間を生きた、ということがわかる。ひとことでいえば「すごく怖い人」というのが、バタイユについての個人的な印象である。

＊

ところで先ほども触れたように、バタイユは、ブルトンらのシュルレアリスト・グループとつきあいがあったわけだが、バタイユとブルトンは、さまざまな点でじつに対照的な人間であって、二人の差異をはっきりさせることで、彼らがそれぞれどんな存在だったかがわかってくるような仕組みになっている、と思えるようなところがある。バタイユを怖い人だと思ったのも、彼のブルトンにたいする批判を読んでのことだったので、まずこの二人の「関係」について、すこし述べることにしよう。

バタイユがシュルレアリスムと出会ったのは、一九二四年、つまりブルトンの『シュルレアリスム宣言』が出た年の暮れのことで、B・Nの同僚ジャック・ラヴォーを通じてミシェル・レリスと知りあったのがきっかけとなっている。バタイユが、レリスに「『宣言』は読むに耐えないな」というと、レリスは「そうかもしれない。でも『溶ける魚』はね……」と答えた、ということだが、シュルレアリスム、とりわけブルトンにたいする彼の印象は、はじめからあまり良くなかったようで、やがて、レリスを介してブルトンとつきあうようになってから、バタイユはこんなことをいっている。

——アンドレ・ブルトンは、自分の話を聞く者たちには沈黙を要求するが、彼のほうは口を閉じることがない。だから、私は黙っていなければならないばかりでなく、計算された、気取りのある、たくみにすこしずつ大きくなるブルトンの声だけを聞かされるはめになった。

とはいえ、最初のうちは、ブルトンたちのグループも、バタイユを歓迎していたので、彼は《Révolution surréaliste（シュルレアリスム革命）》誌の六号に中世のナンセンス詩《Fatrasies（ファトラジー）》の現代語訳を掲載し、ブルトンにほめてもらったりしているが、バタイユのブルトンへの違和感はその後しだいに大きくなってゆき、ついに一九二九年三月一一日にモンパルナス近くのバール・デュ・シャトーで開かれた政治的集会のさいに、二人の対立が表面化する。ブルトンが招集したこの会合は「トロツキーに課せられた最近の運命について」というテーマでの討論を目的としたものだったが、バタイユは、「小うるさい観念論者たちが多すぎる」と書いた手紙を寄こしただけで、集会をボイコットし、おなじ年の四月に雑誌《Documents》を刊行して、レリス、マッソン、クノー、デスノスらとともに反ブルトン・グループを結成し、パンフレット《Un cadavre（屍体）》を発行する。五年前のアナトール・フランス批判の文書と同一の表題をあえて選んだのだ。

これにたいして、ブルトンは一二月に発表した「シュルレアリスム第二宣言」で、バタイユを激しく攻撃し、彼が《Documents》誌上に掲載したいくつかの小論を批判して、「ジョルジュ・バタイユ氏はもっとも卑俗なもの、もっとも堕落したものしか認めようとしない」と書くことになる。

このブルトンによる批判にたいするバタイユの反論が「《老練なもぐら》と超人および超現実主義者なる語に含まれる超という接頭辞について」（傍点は原文による）という長い

題の、それほど長くはない文章である。この文章は、はじめ《Bifur（ビフュール）》誌に発表されるはずだったが、同誌が廃刊になったため日の目を見ず、その後、「反撃」グループにブルトンも参加することになったため、バタイユも発表を見合わせていたので、彼の死後、ようやく一九六八年になって《Tel quel（テル・ケル）》誌の三四号に掲載された。バタイユとブルトンの対立は、「反撃」グループでのこの共闘の時期を除いて姿を消すことはなく、戦後も、たとえばブルトンが「今日もっとも明敏で、もっとも大胆な精神の持ち主」とバタイユを呼んだように、おたがいにかつてのような非難を浴びせあうことこそなかったが、言葉のうえでの評価はあたえあっていても、二人の描いた軌跡は結局異質なものだった、といってよいだろう。

バタイユとブルトンの差異、バタイユの側からすればブルトンとの違和感を、おそらくいちばんよく説明しているのは、あの「老練なもぐら……」と題された一文である。この文章は日本語に訳されているし、いまではかなりよく知られているものなので、こまかい引用は省略するが、ここでバタイユは、シュルレアリスム（つまりブルトン）と自分の関係をあきらかに意識しながらも鷲とモグラ、高いもの（太陽）と低いもの（地下）を対立させて、こう書いている。

——鷲という概念は、もっとも男らしいものだ。鷲は太陽の輝く空の晴れやかな地帯にまでかけあがるだけでなく、そこに支配者の威信を体現しつつ、永久に位置するのである。

――天空をつらぬいて、天空とその雷火への挑発的敬意をあふれさせて語るブルトン、あまりにも低いところにあるこの現世への嫌悪にあふれて発言するブルトン（……）。

いささか図式的になるが、ブルトンは、光と太陽へ、あの「至高点」へむかって上昇する鷲であり、自分は低いもの、汚れたものに、地下の闇にむかおうとするモグラだ、とバタイユはいいたかったのだ。「シュルレアリスムは、しかし、夜と夢の世界をめざすのではないのか」と反論するひとがいるだろうが、ブルトンにとって、「夜」とは、虚無の「闇」ではなく、『宣言』で美しくも語られている「稲妻のきらめく夜」であり、「夢」にしても、無意識の世界を分析するための生産的な装置だったけれども、バタイユの「夜」は、のちに触れるように「死の暗闇」であり、稲妻という言葉も、彼にとっては、たとえば「雨の日に田舎の洗濯場のトタン屋根の上に置き忘れられていた素焼きの便器」（『眼球譚』）を想い出させるだけなのだ。

こうして、モグラと鷲の差異のうちには、バタイユとブルトンとの差異のほとんどすべてが存在している、とさえいえるが、光と闇のこの対立は、われわれをもうひとつの問題へとつれてゆく。それは、バタイユにとって「見ること」とは何だったのか、という問題である。

*

バタイユがわれわれに残した言葉を読んでいくとき、視力をあたえられた唯一の器官である眼球に、彼が異様ともいえる関心を持ちつづけていたことに気づかされる。「見ること」あるいは「見ることの拒否」というテーマは、とりわけ初期の作品に、はっきりと表われているが、それがいちばん強く読みとれるのは、もちろん一九二八年にロード・オーシュの偽名で発表された第一作『眼球譚』である。

「私」とシモーヌの性的ゲームを軸として、スケープゴートともいうべき少女マルセル、闘牛士グラネロ、僧侶ドン・アミナドが、イギリス人のサー・エドモンドの立ち会いのもとに、「供犠」としての死をむかえる、というような構造を持つこの作品は、作者自身によって「エロティックな作品」と呼ばれているが、ロラン・バルトがすでに指摘しているとおり、その真の主人公は「眼球」そのものであって、バルトが『眼の隠喩』で語っている言葉を借りるなら、『眼球譚』は「シモーヌやマルセルや語り手の物語ではなくて、正真正銘のモノ（objet）の物語」なのである。

もっと正確にいえば、この作品は「眼の変奏としての」（バルト）白くて丸い objets の物語になっているわけだが、それらは、眼球でない場合には、眼球を想起させるモノ、たとえば、猫のミルク皿、玉子、闘牛の睾丸などで、いずれも「白くて丸い」という点では眼球に似ているが、「見る」ための器官としての眼球をかたどっているとはいえない。なぜなら、そこには「瞳」がないのだ。こうした白い球体は、むしろ剔出されて、もはや見ることから切り離された眼球を思わせる。それらが眼球そのものである場合でも、「白くて丸い」モノは「見る」機能をすでに失っている。それらは——

● 首をつって死んだマルセルの大きく見開かれた眼球
● 闘牛に右目を突かれて死んだグラネロの、眼窩からとびだした眼球
● 首をしめられて死んだドン・アミナドのくりぬかれた眼球
● 「私」の盲目の父の放尿中の白い眼球

などであり、最後のそれをのぞけば、すべて死体の眼球で、「父」のそれも、もはや何も見てはいない。

こうして、バタイユが彼の最初の作品で描いている「目」は、「見る」ための器官としての働きを持たなくなった「目」だ、ということがわかる。ただひとつ、「見ている」目が出てくるが、それは、「私」とシモーヌの性戯を「見ている」サー・エドモンドの「赤

い目」で、この「目」は、行為者の目ではなく、世界と関係を持つことをもはや放棄した者のそれなのだ。

さらに特徴的なのは、猫のミルク皿、玉子、闘牛の睾丸、それにドン・アミナドの眼球などの「白くて丸い」モノは、いずれもシモーヌによって、性的遊戯のために用いられていることである。つまり、シモーヌは、それらを自分の膣の内部に吸いこませることで、快感を得ようとするのだが、本来「光」を見るべき眼球が、膣の原初の暗闇のなかに吸いこまれる、というイメージは、バタイユの根源的な立場を物語っているように思われる。

西欧文明の文脈において、「見ること」とは事物に意味をあたえることにほかならないが、バタイユはあのように数多くの「見ること」を拒否する眼球を描くことによって、このような意味生産の装置そのものを否定したのではないか、と考えられる。ジャン・ボードリヤールは、『誘惑について』(一九七九年)のなかで、「私の肉体のすべてが顔だ」と語ったインディアンの例をあげて、「意味の文化」である西欧文化と、「外観の文化」であるそれ以前の文化との差異を指摘しているが、じっさい、西欧近代の知は、肉体のうちで、視線を送る器官を持つ唯一の部分である顔だけに、主体の表現力を行使する特権をあたえることで、意味の生産と蓄積のシステムをつくりあげたといえるだろう。このことについては、あとでもう一度触れたいが、『眼球譚』における「見ること」のテーマは、あきらかに光の源泉である「太陽」の問題に結びついているので、つぎにバタイユと「太陽」というテーマについて、考えることにしよう。

『太陽肛門』と『腐った太陽』のなかで、バタイユは、太陽についておよそつぎのようなことをいっている――人間の目は、太陽にも、交接にも、死体にも、暗闇にも耐えることができない。なかでも太陽は、直視することができないために、もっとも高揚した、もっとも抽象的な概念となっている。しかしあえてそれを直視しようとする者にとって、太陽はその意味を変える。「光のなかに立ち現われるのは、もはや生産ではなくて、消耗であり燃焼である」。つまり太陽は、射精する男根であり、発作的に泡を吹き出す唇であり、さらには切断され、血を噴出する首そのものなのだ、と。

切断された首という太陽のイメージは、バタイユ自身が引用しているように、アポリネールのあの名高い「太陽　切断された首」(le soleil cou coupé)を連想させないわけにはいかないが、バタイユはアポリネールの詩篇「ゾーン」最終行からこのイメージを借りてきたというよりもむしろ、古代エジプトにすでに存在した、太陽の擬人化としての、首を持たない、無頭の巨人アセファル (Acéphale) のことを考えていたことは、たとえば、彼の「低俗唯物論とグノーシス派」のようなテクストに、はっきりと書かれている。この無頭の巨人は、そのままかれの編集した雑誌のタイトルになっていることからもうかがえるように、バタイユの思想を表わす形象のひとつである、といえるだろう。頭をもたず、それゆえまなざしをもたない巨人アセファルにおいて、主体=「私」《moi》は絶対的に失

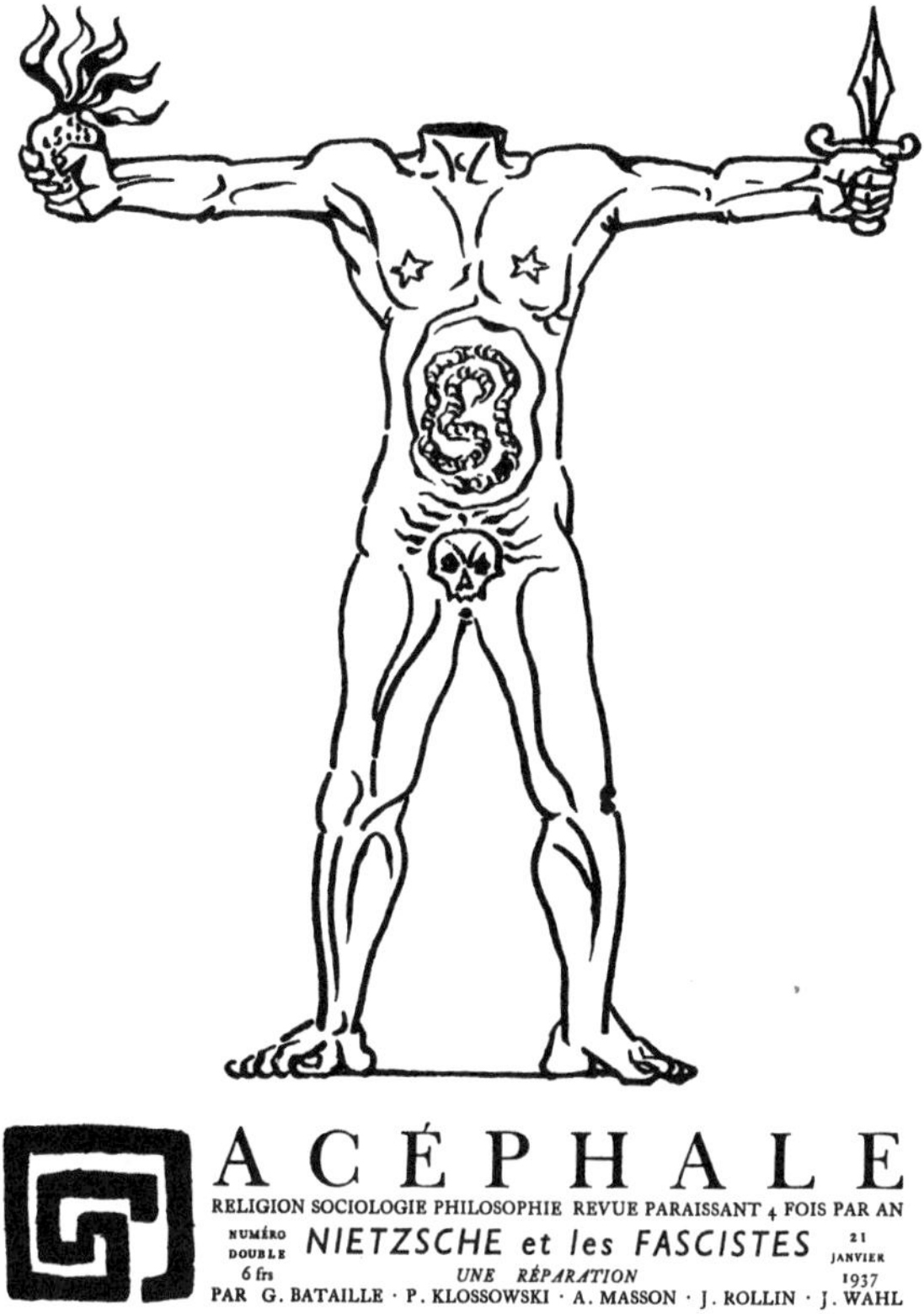

『アセファル』表紙（1937年）

われており、この喪失によって、巨人は聖なるものとなるのだ。「アセファル、それは《私》以上に《私》なのだ」とバタイユは強調している。

したがって、バタイユにとって太陽は、光＝生産＝意味の生産の系列ではなく、むしろ夜＝消尽＝意味の喪失の系列に属していることになる。いうまでもなく、彼は『呪われた部分』などで、地上の生命活動の源泉としての太陽エネルギーという「贈与」についての理論を展開しているわけだが、その場合でも、太陽はやはり、ありあまるエネルギーを地球へ暴力的に噴出する存在なのであって、無頭の巨人と異質のイメージをあたえられているわけではない。『太陽肛門』の終わりのほうで、彼はこう書いている。

——太陽はもっぱら夜を愛し、地球の方へそのきらめく暴力といまわしい男根をむける。(……)太陽の環は一八才の肉体の汚れのない肛門であり、肛門は夜にもかかわらず、それに較べられるほどまぶしいものは、太陽をのぞいてはありえない。(生田耕作訳)

さて、『眼球譚』と『太陽肛門』の世界が「見ること」を放棄して、暗闇へむかうひとつの意思の表現であったとすれば、『大天使のように』は、こうした世界像の詩的表現だということができる。バタイユの詩は、彼のほかの仕事ほどは知られていないようだが、彼の本質は詩人だと考えられるので、バタイユの詩を注釈ぬきでふたつ読んでみることにしよう。最初は、『大天使のように』のなかの「墓」と題された詩篇の一部、つぎは、『大天使のように』の最終稿に入らなかった一一の詩篇のひとつで、無題の詩である。どちらも、原テクストと、いちおうの訳を掲げておく。

l'univers m'est fermé
en lui je reste aveugle
accordé au néant

le néant n'est que moi-même
l'univers n'est que ma tombe
le soleil n'est que la mort

mes yeux sont l'aveugle foudre
mon cœur est le ciel
où l'orage éclate

en moi-même
au fond d'un abîme
l'immense univers est la mort
《le tombeau IV》

宇宙が私には閉ざされ
そのなかで私は視力を失ったままだ
虚無とひとつになって

虚無は私自身にほかならず
宇宙は私の墓にほかならず
太陽は死にほかならない

私の目は盲いた雷
私の心臓は
嵐の吹き荒れる空

私の内部の

深淵の底で
果てしない宇宙は死そのものだ

「墓」IV

bande-moi les yeux
j'aime la nuit
mon cœur est noir

pousse-moi dans la nuit
tout est faux
je souffre

le monde sent la mort
les oiseaux volent les yeux crevés
tu es sombe comme un ciel noir

《Onze poèmes retirés de *l'Archangélique*》

目隠しをしてくれ
私は夜を愛する

私の心臓は黒い
押してくれ夜のなかへ
すべては偽りだ
私は苦しむ

世界は死の匂いがする
鳥たちは目をつぶされて飛び
おまえは黒い空のように暗い

「『大天使のように』から取り除かれた一一の詩篇」

見ることの否定、それはバタイユにおいては、こうした死の暗闇を出現させるわけだが、彼の場合「死」とはたんなる生の喪失ではない。「死と性欲は、自然が存在の底知れぬ豊饒を祝う祭りの極期でしかなく、両者とも存在それぞれに固有な持続の欲望に逆らって、自然がおこなう無制限の浪費の意味をもつのだから」、死と性欲を区別することはできず、それらは人間的時間の流れのなかで、祝祭としての、つまり豪奢な消尽としての役割を担っているのだ、ということを、バタイユは『エロティシズム』で書いている。

「生」の直線性が「死」によって断たれるのだとすれば、生とは非連続的なものでしかないのだが、そうではなくて、生のあとに死がやってくることによって、個体は連続性と存在の円環性を獲得する。だから死は、エロスと同じように、節約と蓄積と合目的性の彼方にあるものなのだ。死の暗闇は、こうして、「見ること」による意味の蓄積を終わらせる「非・知」(non-savoir) の空間へとわれわれを導くことになる。

＊

バタイユは、一九五一年から五三年にかけて、non-savoir についての講演を数回おこなっているが、そこでは非常に刺激的なことがらが語られていて、バタイユのラディカルさに、いまさらのように気づかずにはいられない。

活字にされているのはかなり長い文章なので、われわれと当面関係のある個所についてかんたんに触れておこう。まずバタイユは、世界の認識 (connaissance) という問題を問いなおそうとする。認識は、認識された事物のある程度の安定性を必要とする以上、世界を構成する事物を前にしたひとは、ふたつの領域を前にしていることになる——認識された事物の領域と未知の事物の領域、ということだが、よく知られたものの領域は、もちろん安定した領域で、そこでひとは自分を失わずにいられる。ところが未知のものの領域は不安定な領域であって、そこに迷いこんだひとは、自分を失う危険性をつねに感じないわけにはいかない。知 (savoir) の世界は、結局、この安定した意味の領域を拡大することを目的としているわけだが、われわれの宇宙には、当然これとは異なる非・知（non-savoir）の世界も存在している。つまり、そこでは思考が死滅し、存在あるいは宇宙がjeu（遊び、賭）となるような世界だ。このjeuとは何かといえば、それは「定義しえないもの」、思考によって考えられないものなので、jeuこそが知を敗北させる非・知なのだ、ということになる。「私は臆病者のように目を覆い、姿を隠す者のように、本心は恐怖のために錯乱に陥っている者のように、こう考えている」とバタイユは語っている。

知を敗北させる非・知の側に立とうとするバタイユの意思の根底には、精神、あるいは知性と呼ばれるものへの不信、あるいは敵意のようなものが読みとれる。それと同時に、人間がまだそのようなものを知らなかった時代への、こういってよければ、一種のノスタルジーさえ感じられる。

この点については、ひとつのエピソードがある。「シュルレアリスムの政治的体験」でも取り上げたが（二二七ページ）、初期シュルレアリスムの宣言的文書に「一九二五年一月二七日の声明」という、アルトーによって執筆された短いテクストがある。バタイユに伝えられた最初のシュルレアリスムの文書だったが、これをパリのカフェで読んだバタイユは、「シュルレアリスムは、精神およびそれに類似するすべてのものを全面的に解放する手段である。それはみずからに立ち帰る精神の叫びであり、そのもろもろの障害を絶望的に粉砕する決意に燃えている……」という部分（傍点は筆者）にすっかり同感した、といっている。しかし、すぐあとで、彼は自分の誤読に気づいた、なぜならバタイユは「みずからに立ち帰る（qui retourne vers lui-meme）精神」のところを「みずからに敵対する（qui *se* retourne *contre* lui-meme）精神」、と無意識のうちに読んでしまっていた、というのだ。「《精神》にたいする私の憎悪はそれほど大きかったのである」と彼はのちに回想している。

バタイユの、こうした態度は、「ぼくは頭脳の引き出しを破壊する」と叫んだダダイスト、トリスタン・ツァラとどこか共通しているところがある。これはバタイユ自身が認めていることで、一九六二年の死の直前におこなったマドレーヌ・シャプサルとの対話のなかで、彼はアンドレ・ブルトンとの違和感について触れて「シュルレアリスムと私のあいだに困難が生じたのは、私がシュルレアリストたちよりずっと多くダダだったからです。あるいは少なくとも、彼らがもうダダでなくなったときにも、私がダダでありつづけたからです」と語っていた。

もっとも、バタイユが「ダダ的」といっているのは、言語の構造そのものの解体をめざすツァラたちの試みのことではなくて、発生状態の言語への回帰の冒険とでも名づけられる、あるいはキリスト教神秘主義者のアビラのテレジアやファン・デ＝ラ＝クルスのトランス体験にも通じる状態のことで、そうした冒険や体験によって、意味と理性のシステムを狂わせようとする意思表示をダダと呼ぶなら、バタイユは（ツァラとともに）あきらかにダダだったといえるだろう。そして、『眼球譚』の、意味を作る行為としての「見ること」の拒否から、「非・知についての講演」に表明された反・思考への意思にいたるまで、バタイユの言語過程に一貫しているのは「精神」と「肉体」を対立させる二分法を、きっぱりと拒否する態度なのだ。

＊

ところで、バタイユはなぜあれほど「見ること」にこだわりをもち続けたのだろうか。考えてみれば、人間にあたえられたさまざまな感覚のうちで、視覚はその他の感覚とは異なるきわだった特徴をもっている。というのも、われわれにとって「見ること」とは視覚の対象に意味を付与することにほかならないからだ。未知のものを目にするとき、われわれはそれが何であるのかをまず最初に知ろうとする。つまり視覚は、対象と自己との関係を解釈するという知的作業と分かちがたく結びついている。

このことをめぐって、アンドレ・ブルトンは実験心理学の分野で image eidétique（直観像）と呼ばれるものを知的な視覚に対置するという興味深い試みについて述べたことがあった。image eidétique とは、ある対象を一定の時間見つめた後で目を閉じた直後に浮かんでくるイメージのことで、そこでは見る主体の意識的操作ができるかぎり押さえられている。たとえば、Fという図形を見せられたひとは、それがアルファベットの六番目の文字であることを解釈してしまえば、いくら目を閉じていても、FはFにしか見えないだろう。ところが、この種の解釈がやってくる前に目を閉じた場合（もしそれが可能だとして）浮かんでくる映像はFであったり、ꟻであったり、さまざまに変化する、というのだ。そしてブルトンたちシュルレアリストが熱中したécriture automatique（自動記述）を視覚の領域でおこなっているのが、このimage eidétiqueである、とブルトンはいっている。したがって、この場合には、視覚が意味づけの作用から切り離されることもありうるわけだが、逆にいえば（écriture automatiqueもそうだったが）、そのような意識的な実験によらなければ視覚が意味づけの作用から解放されないことは、「見ること」があくまでも意味につきまとわれた主体の行為だ、ということになる。

この種の考察からも、すでに述べてきたように、バタイユの、視覚の器官としての眼球へのこだわりには、意味のシステムを構築する「見る行為」への根源的な批判がこめられていることがあらためて確認される。

これにたいして、その他の感覚、聴覚や嗅覚などは、われわれを意味のシステムが成立する以前の世界へと連れもどす働きをもっているように思われる。あるひとにとっては、ある音や匂いが、ときとして意味（の担い手である言語行為）が発生する以前の無意識的記憶に結びつくことがありうるし、それは、視覚的記憶よりもっとしつこく、そのひとにこびりついていることもある。

考えてみれば、人間は母親の身体から切り離されて生まれてくる以前に、すでに一定の時間、彼女の胎内の暗闇での生を体験しているわけで、人間という生物にとってもっとも原初的な感覚は、聴覚なのか、あるいは嗅覚なのか、それともそうした諸感覚が分離する以前の何らかの原始的感覚なのかは、ただちに断定できないにしても、少なくとも視覚でないことだけはあきらかだ。夢野久作の『ドグラ・マグラ』（一九三五年）の最初の章に、たしか「個体発生は系統発生をくりかえす」という一九世紀ドイツの動物学者ヘッケルのテーゼをめぐって、「万有進化の実況」としての「胎児の夢」の話がでてくるが、胎児が夢を見るとすれば、そのイメージは先ほど引用したバタイユの詩の、目隠しをして暗闇のなかに入っていくイメージに、おそらくは重なるものとなるはずである。

もっとも、胎児の場合には、もちろん「自己」という意識は存在しないわけだから、単純な比較はできないが、意味を形成する行為としての見る行為を発生させる視覚が成立する以前の世界が、バタイユの背後に潜んでいるような気がしてならない。

もちろんバタイユ自身が胎児の夢の話をしているわけではないとしても、ここで強調しておきたいのは、肉体にたいする精神の、非・知にたいする知の、他の感覚にたいする視覚の優位性を自明の前提としているかに思える現在のわれわれの社会に、根源的な異議申し立てをつきつけるためには、そうした二項対立を越えたところで、人間をひとつの全体性としてとらえなおす必要があるだろう、ということなのだ。

人間についてのこの視線は、フーコーが「外の思考」と呼ぶであろうものにつながってゆくだろう。彼はすでに一九六三年に「バタイユの言語は自分自身の空間の中核部において絶えず崩壊し、手を伸ばしてこの言語を支えていようと試みた執念深い眼に見える主体を、恍惚の無生気のうちに裸のまま置きざりにし、そしてそれがもはや述べることのできないものの砂漠の上に力つきて、まるでこの主体によって棄て去られたかのようなみずからを見出すのだ」（豊崎光一訳）と書いていた。

フーコーもいうように一八世紀末以来、ヨーロッパ文化の思考形態を支配していた、労働する人間、生産的人間という概念をくつがえす、消耗、過剰、侵犯などのカテゴリーの再発見は、二〇世紀という時代のおこなった大きな仕事なのだが、この作業がバタイユの存在なしには考えられないことを想いおこすだけでも、冒頭に引用したフーコーの「われわれが現在たどりついた地点の多くはジョルジュ・バタイユに負うものである」という評価の深さと確かさを知ることができる。

バタイユへむけられている人びとの関心の高まりが知的好奇心のあらわれだけに終わらないためにも、いまわれわれは、バタイユの思考の方向をたしかめながら、かれの価値を真に「発見」しなければならないだろう。

レーモン・ルーセルの世界——『黒人たちの間で』と『シックノード』[1]

レーモン・ルーセルは一八七七年一月二〇日パリで生まれ、一九三三年七月一四日シシリー島のパレルモで死んだ。[2] 彼の死の二年後の一九三五年には、まず『NRF』誌の四月号に『私はいかにして私の書物のいくつかを書いたか』の最初の部分が、ミシェル・レリスの「レーモン・ルーセルに関する資料」を付して掲載され、次にその全部がルメール書店から出版された。人びとがルーセルのあの独特な「手法」(procédé) の詳細を知ったのは、この書物によってである。その冒頭で、彼はこう書いている。

「私は、私の書物のいくつか(『アフリカの印象』、『ロクスソルス』、『額の星』、『太陽たちの塵』)をいかなる方法によって書いたかをつねに説明しようとしてきた。[3]

そこでは、非常に特殊な手法が問題とされているので、この手法を明らかにすることが私の務めであるように思われる。なぜなら、私は、未来の作家たちがそれを有益に発展させることができるだろうと感じているからだ。[4]」

そして、「とても若い頃から、私はすでにこの手法を用いて数ページの短篇を書いていた」とルーセルはいい、彼の手法を具体的に紹介している。それは、まずほとんど同一の綴りをもつ二つの語を選び、それらをもとにしてやはりほとんど同一の語の集合からなる二つの文または語群(だが、それらの意味はまったく異なる)を作って、その一方で始まり他方で終るような「物語」を考え出す、というものである。この手法にもとづいて、ルーセルはおそらく一九〇〇年の前後数年間に、彼のいう「数ページの短篇」を十七と、もう少し長い作品を三つ書いている。『黒人たちの間で』(《Parmi les noirs》)をはじめとする『私はいかにして……』の出版まで公表されなかった短篇群と、『シックノード』(《Chiquenaude》——一九〇〇年発表)、『ナノン』(《Nanon》——一九〇七年発表)、『ブルターニュの民話の一ページ』(《Une page du Folkore breton》——一九〇八年発表)が、それらだ。『黒人たちの間で』の執筆時期については確定できないが、ルーセルが「この手法によらない作品」としている『代役』(《La Doublure》)を出版したのが一八九八年であり、彼の「手法」の最初の集大成である『アフリカの印象』(《L'Impression d'Afrique》)が一九一〇年に出版されていることから、また『私はいかにして……』で『黒人たちの間で』の「十年ほど後」になって『アフリカの印象』が書かれた、と述べられていることから、この作品が少なくとも一八九八年から一九〇〇年の間に書かれた、とはいうことができるだろう(5)

レーモン・ルーセル（『ビザール』誌表紙、1964年）

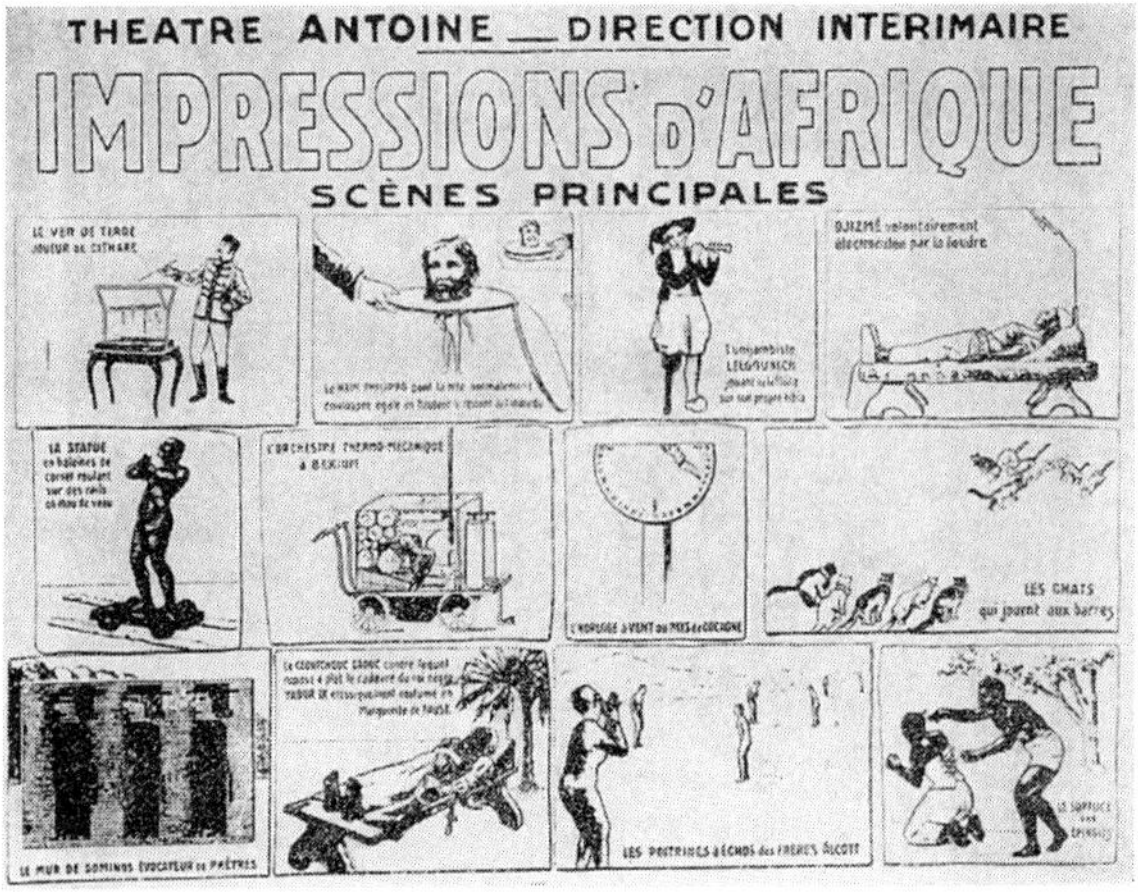

「アフリカの印象」舞台スケッチ

（それ以外の十六の作品も、ほぼ同じ時期、つまりルーセルの二一〜二三歳頃に書かれたと考えられる。これらのテクストは『わがうら若き日の文章、起源の文章』と題されているのだから）。

ところで、われわれはここでレーモン・ルーセルの生涯と作品に深く入りこんで何ごとかを語ろうとしているわけではない。アンドレ・ブルトンによって「ロートレアモンとともに近代（temps modernes）最大の催眠術師である(6)」と評されたこの作家の言語の特性を、彼の手法によって出現したいくつかの作品において考えてみることが、本稿の（おそらく到達困難な）目標である。そのために、われわれは『黒人たちの間で』と『シックノード』を選ぶことにしよう。なぜなら、前者は「手法」の（生前に発表されなかった）最初の実例であり、後者は発表された最初の実例だからだ。もっとも、これらの作品については、すでにミシェル・フーコーが二十年以上も前に見事な分析をおこなっているわけで、[7] 以下の文章がフーコーの論考と重なる部分のできるかぎり少ないことを願わずにはいられない。

*

『黒人たちの間で』は、要約すればおよそ次のような物語である[8]——最初に登場するのは、「古ぼけた撞球台のクッションの上に書かれた白墨の文字（les lettres du blanc sur les bandes du vieux billard）」を眺めている「私」だ。「私」は少し前に友人の作家のバランシエから一冊の本を寄贈されたのだが、それは『黒人たちの間で』と題された作品だった。「私」は、この作品のあらすじをまず紹介する。それは、コンパスという名の白人の船長が嵐に襲われてアフリカの海岸に流れつき、トンボラという老いた黒人王の部族に助けられ、黒人たちと生活をともにするが、彼らが人喰いの恐しい略奪者であることを知り、なんとか脱走しようとして妻へ手紙を書く、という話である。そして結局コンパスは、白人の旅行者と出会って無事救出されるのである。

この物語を読み終えた「私」は、友人のフランボーから田舎の別荘への招待を受け、彼の屋敷でバランシェと再会する。「私」はそこに一週間ほど滞在するのだが、ある雨降りの日の午後、主人のフランボーは十名ほどの客人たちに謎解きのゲームを提案する。それは、ある人に何かの問いを書いた紙をわたし、その人は問いへの答えを謎のかたちで示して、他の人びとがその謎を解く、というゲームである。

はじめにデバラという画家が指名され、その謎をボッス夫人という画家が解く。そして、彼女の謎を解いた「私」は、新たな問いを示される。それは「今年出版された一番感動的な作品は何か」という問いで、「私」はすぐにバランシェの『黒人たちの間で』のことを思い浮かべるのだが、答えを謎にするのにしばらく迷ったあげく、ビリヤード台のクッションの四つの辺の上に、矢印の順にそれぞれ次の文字群を白墨で書くことにする——

LEEBCLASIPA
ETSLSENDEIR
STDAUSDUULD
LRUNRBEVXL

ここで、再び最初の場面に戻るわけだ。やがて、謎はバランシェによって解かれる。すなわち、撞球台上の奇妙な四つの語を、左から右へ（LEEBC……）ではなく、上から下へ（LESLE……）一文字ずつつなげていくと、les lettres du blanc sur les bandes du vieux pillard（年老いた略奪者の部族についての白人の手紙）という語群が得られ、これはバランシェの『黒人たちの間で』のことを指しているのである。こうして、物語は終る。したがって、この作品は、billard（ビリヤード台）と pillard（略奪者）という、一字しか違わない語から、ほとんど同一の二つの語群を作り、それらを最初と最後にもつ、という構造になっているのであり、ルーセルの手法がそのまま実践されていることがわかる。このこと自体は、すでに見たように、ルーセル自身が『私はいかにして……』で詳細に述べていることだし、フーコーをはじめとして多くの人びとによって語られているので、ここでは「手法の謎解き」以外のいくつかの点について触れておきたい。

　物語を要約しただけでもわかるように『黒人たちの間で』は奇妙な作品である。なぜなら、これは『黒人たちの間で』という作品そのものではないのだ。『黒人たちの間で』は、バランシェという作中人物が「私」に送ってきた書物の題名なのであって、先ほど要約したテクストは、この架空の、現実にはおそらくまだ書かれていない作品のあらすじと、それにまつわる雨の日の午後のエピソードにすぎない。だから、ここでは時間が逆転していることになる。作品は（まだ）存在していないのに、その要約は完成しており、しかもこの不在の作品は「その年に出版された一番感動的な作品」という「私」の評価さえ、すでに獲得しているのである。

『黒人たちの間で』で語られている黒人略奪者トンボラと白人船長コンパスの物語は、やがて『アフリカの印象』の、あのタルーとカルミカエルの物語として完成されるわけで、ルーセル自身もいうように、前者は後者の「胎児」[9]（embryon）となっているのだが、それが同様の手法による他の十六編の小品とともに発表されるのは、著者の死の二年後なのである。つまり、これらの短篇は、フーコーが指摘したように[10]、ルーセルの言語活動の最初と最後に嵌めこまれているのだ。『黒人たちの間で』について見れば、これらの重層的なテクストは、次のような順序になっている。

1　『黒人たちの間で』（草稿、一九〇〇年頃）

2　『黒人たちの間で』のなかで要約されている作品＝《黒人たちの間で》（＝『アフリカの印象』）の完成と出版（一九一〇年）

3　『黒人たちの間で』（『私はいかにして……』中の活字化されたテクスト、一九三五年）

そして、この「胎児」が『アフリカの印象』の後から、『私はいかにして……』の死後出版というかたちで再び姿を見せることを「計画」しておいたルーセルの意図のうちには、フーコーもいうように彼の「手法」が作用していると考えられるのである。

(彼の「手法」の最初の実例が、白人と黒人の物語であることは、ルーセルの情熱の巨大な二つの対象——ピアノとチェス——と関係がないとはいえないだろう。ピアノの白鍵と黒鍵、チェスの白と黒の駒のイメージが、彼に『黒人たちの間で』を着想させたのではないだろうか。また音楽用語では noir (黒) が四分音符、blanc (白) が二分音符であることも、同じ方向の連想を可能にしている)。

もう一つ気になるのは、『黒人たちの間で』の登場人物の名まえは、すべて固有名詞ではないという点だ(そして、「私」は名まえをもたない)。バランシェは「時計の振子」、フランボーは「炎」、デバラは「物置小屋」、ボッス夫人は「こぶ」、コンパスは「羅針盤」で、黒人王のトンボラさえ「福引」のことなのだ。もっとも、これはこの作品にかぎったことではなく、『私はいかにして……』に収められた同じ手法によるテクストのほとんどすべてに共通している特性である。[11] つまり、これらのテクストは、ほとんど同一の二つの文や語群を最初と最後にもつばかりでなく、登場人物の名まえも、固有の人物を指示する普通名詞が用いられているという構造になっており、言語はつねに二重の相のもとにおかれている。

これらの人物と普通名詞との組み合わせに、イメージの多重化以上の象徴性を見ようとするのは行きすぎかもしれないが、たとえば『黒人たちの間で』の作中の物語の作者バランシェの名が「時計の振り子」の意であり、しかもそこでは要約しか出てこないこの物語がじつは後にルーセル自身によって書かれ（『アフリカの印象』）、すでに見たように彼の死後に再び最初の要約が発表されるという、いわば振り子状の往復運動をすることを思えば、このネーミングにあるいは特別な意味を付与することもできるのではないだろうか。

ところでルーセルはなぜ billard という語を選んだのだろうか。『黒人たちの間で』では、バランシェと友人のゴーフルという男がビリヤードをする場面が出てくるが、この場面が語の選択を説明するかもしれない一つの方向を示している。彼らは三つ球のキャロムをやろうとして、謎解きゲームの開始によって中断されてしまうのだが、三つ球のキャロムでは競技者Aは手球（白球）を用いて、台上に置かれた赤球を突き、この赤球がやはり台上の競技者Bの白球に命中することでポイントを得る。つまり——

白球A——→赤球——→白球B

の順になっているのであり、最初と最後は形態としてはまったく（あるいはほとんど）同一の白球だが、それらの意味作用はまるっきり異なるのである。[12] この手続きが、そのまま彼の「手法」になっているといってもよいのではないだろうか。billard が pillard に、

bの文字が一八〇度回転してpの文字に変わってゆく過程でなされているのは、語と語の玉突きにほかならないのだから。

ルーセルの「手法」とビリヤードとの暗示的関係は、これだけで終るわけではない。『黒人たちの間で』の最後の奇妙な文字の集合体から「意味」が突然立ち現われてくる仕掛けについて考えてみよう。

テクスト上では、これらの文字をバランシェがノートに書き取って縦方向に読んでゆくことで、最後の文ができあがるのだが、「私」がそれらをビリヤード台に書きこんでゆく作業は、そのような直線的なものではなく、台の第一の辺に最初の文字を、第二の辺に第二の文字を、というふうに台の周囲を（十周と四分の三）回る円環的なものである。これらの文字を解読する操作も、したがって書きこみの場合と同じ回転運動となり、「意味」を発見するためには書きこみに要したのと同じ回数だけビリヤード台の周囲をまわらねばならないのだ。語の直線的な配列を螺線状に変換する、ルーセルのこの装置については、やはりフーコーがすでに指摘しているので、[13] この装置がなぜビリヤードをめぐって機能することになったか、という問題に触れてみたい。

白球──→赤球──→白球という、三つ球のゲームの球の軌跡は、これらの三つの球を一直線に結ぶ一次元的なものではない。球は、台の四つの辺で何度も反射されてぶつかりあい、台上の二次元平面（実際には三次元空間）に無限の軌跡を描く。つまり、各辺に書かれた四つの文字群を、一辺から一つずつ標的として、球が台上を十回と四分の三周することで、「私」の謎が解けるのであり、そのときビリヤード台（縦横の比は二対一）の上には次頁のような図形が描かれていることになる（この図形を仮に「ルーセルの四角形」と名づけることにしよう）。

このように考えるなら、ルーセルの「手法」とビリヤードが、『黒人たちの間で』という作品においては、けっして偶然的とはいえないある種の相関関係を内包している、というよりはむしろ、『黒人たちの間で』の着想を、ルーセルがビリヤードから得たであろうことは、ほぼ確実であるように思われてくる。彼は三つ球のキャロムから billard→pillard の変換装置を考案したのであり、この装置は、b→p への変換の過程でビリヤード台上に十と四分の三の四角形を描く球の軌跡によって、新しい「意味」を出現させるのである。

したがって、ひとたび球の運動が開始されると、「意味」の生成は自動的におこなわれるわけで、「書く主体」は台の周辺に文字群を配列するだけでよいのだ。もちろん、この配列には彼の「意図」が働いている以上、こうした作業をたとえばブルトンたちが試みた自動記述のそれと同一視することはできないにしても、ルーセルの言語ゲームが固有の「ゲームの規則」を伴って自動的に展開されることとは、「書く主体」による言語の支配に一定の制限を設けることになるのであって、そこには『黒人たちの間で』の執筆から十数年

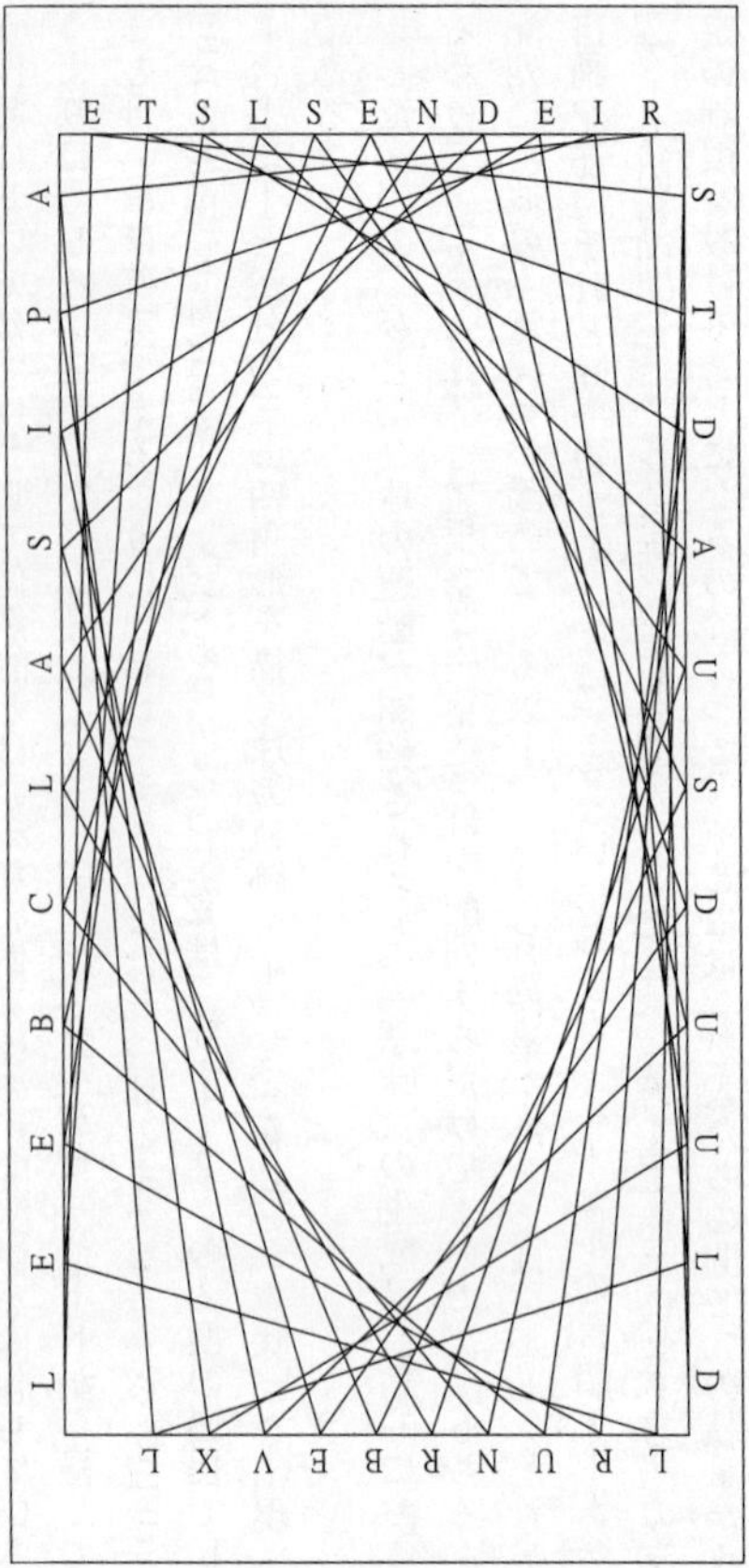

ルーセルの四角形

後に全ヨーロッパ的な規模で繰り広げられる、言語をめぐるアヴァンギャルドたちのさまざまな実験が、あらかじめ予告されているとさえいえるのである。

*

このへんで『シックノード』に移ろう。これは、要約すれば次のような作品である。ある晩、「私」は『赤い踵の盗賊』(《Forban talon rouge》)という題の戯曲の「再演」を見に、劇場に来ている。なぜ「再演」かというと、旅行のために初演を見られなかったからだ。「私」は戯曲中の挿入歌の歌詞を作ったのだが、あいにく有名な役者のカドラン(=時計の文字盤の意)が病気になり、この歌は「代役」(doublure)によって歌われることになる(Les vers de la doublure dans la pièce du *Forban talon rouge*。〔『赤い踵の盗賊』の劇中の代役の歌詞〕)。この見知らぬ「代役」はメフィストフェレスの役を演じるが、メフィストはどんな剣をもはねかえす魔法の衣裳を身につけていて、相手かまわず決闘を挑んでも一度も負けたことがなかった。度重なる使用のためにこの衣裳がいたんでくると、メフィストは地獄に置いてある「予備」(rêserve)の布でつぎをあてていたので、彼の魔力は衰えを知らない。そして、勝利がつねに確実なので、彼は決闘の前に、こんな歌詞ではじまる歌(「私」が作詞した歌)を歌うのである――

おれさまが全身にまとっている
この真紅の衣裳を刺し通せるなどと
ほざいている愚か者はどこのどいつだ?

「私」は一階のボックス席から劇の進行を見守っているが、三幕目に入ると物語は急変して、バナッシュ（＝羽根飾りの意）という女たらしの盗賊が登場する。金持ちの貴族に闘いを挑んでは、財布をまきあげる男だ。彼の「代母」(marraine) はシックノード（＝指ではじく動作、爪はじきの意）という名の年老いた妖精で、パナッシュが危険な目にあいそうになると必ず助けにやってくるのである。

ある晩のこと、メフィストはパナッシュの家の前を通ると、入口に盗賊の美しい情婦フォワール（＝縁日の祭の意）の姿をみとめる。パナッシュは仕事に出かけていて留守だったが、フォワールは、彼と同じ赤い服を着たメフィストが気に入り、留守の亭主の「代役」をつとめさせようと (afin qu'il remplaçât son amant absent) 屋敷の内へ迎え入れる。二人は楽しげに食事をするが、食事が終るとメフィストは急に大胆になり、フォワールをベッドへと誘う。

ここで、舞台は暗くなり、シックノードが登場する。この「危険」な情況をマジック・ミラーで見ていた彼女はパナッシュに知らせようと思うが、メフィストのあの魔法の衣裳のことをあらかじめ聞いていたので、ベッドのそばにしのび寄り、彼が脱ぎ捨てていた衣裳をそっと引き寄せ、用意しておいたフランネルの布を裏地に縫いつけようとする。この布は虫食いの穴だらけで、魔法の衣裳の裏地になれば、剣の一撃を容易に通してしまうのだ。そして、シックノードは妖精たちを呼び出して、この作業にとりかからせ、（この劇が上演された場合には）舞台の上では杖ほどもある巨大な針をもった踊り子たちの優雅なバレエが繰り広げられる。仕事が終ると、妖精たちは退場し、シックノードもパナッシュを探しに立ち去る。

やがて、午前三時を告げる鐘が鳴り、目を覚ましたフォワールは、情夫の帰宅を恐れてメフィストを急がせるが、二人が別れを惜しんで抱きあっているところに、シックノードに導かれたパナッシュが登場する。そして怒りに燃えた情夫と悪魔との決闘がまさに始まろうとした時、シックノードは二人の間に割って入り、パナッシュの剣のほうが長いという口実で、彼の剣を毒を塗った別の剣ととりかえる。何も知らないメフィストは例の勝利の歌を歌い、闘いが開始される。はじめのうちは、二人は互角に剣を交わしているが、結局パナッシュの一撃が虫食いの裏地を通って悪魔の太腿を貫き、メフィストはその場に倒れ、毒が回って死んでしまう。パナッシュは剣を投げ捨てると、不貞を働いたフォワールに別れを告げて退場する。フォワールはなんとかして彼を引き戻そうとするが無駄とわかり、気を失って倒れてしまい、舞台は沈黙に包まれる。

しばらくして、シックノードはおもむろに立ち上がり、死者の傷口を調べて、穴のあいた布地を引きちぎる。それは妖精たちが縫いつけたあのフランネルだった。彼女はこの布をしばらく見つめてから、ずたずたに引き裂いて放り投げる。すると、それは無数の小さな蝶になって飛びまわる。それから、シックノードは「私」の作ったあの勝利の歌を皮肉っぽく歌い終ると、蝶の群れを指さしながら、歯の抜けた口を開いてゲラゲラ笑い、最後にこう叫ぶのである——

「丈夫な赤いパンタロン（fort pantalon rouge）の裏地を食いちぎった虫たちよ！」（Les vers de la doublure dans la pièce du fort pantalon rouge !）

この作品は、『黒人たちの間で』が『私はいかにして……』の発表まで活字化されなかったのとは異なり、一九〇〇年に（彼のその他の著作の多くと同様に）ルメール書店から自費出版されていて、ミシェル・フーコーは「この時期の全作品中で、『シックノード』だけがルーセルに満足を与えた」[14]と書いている。

『黒人たちの間で』（A）と『シックノード』（B）はほぼ同じ時期、つまりすでに述べたように『代役』[15]の発表後一、二年の間に執筆されたはずで、b→pの変換装置さえも共有している。もう一度、それぞれの最初と最後の部分を引用しておこう——

A ① Les lettres du blanc sur les bandes du vieux billard.
② Les lettres du blanc sur les bandes du vieux pillard.

（《Parmi les noirs》）

B ① Les vers de la doublure dans la pièce du *Forban talon rouge.*
② Les vers de la doublure dans la pièce du fort pantalon rouge.

（《Chiquenaude》）

しかし、すぐに気がつくようにAとBの構造はけっして同一ではない。A①とA②との差異は billard／pillard という単語のレベルのそれで、B①とB②との差異は Forban talon rouge／fort pantalon rouge という語群のレベルのそれだからだ。いずれの場合にも、差異は音声的な反復から生じていて、「ビヤール」が「ピヤール」に、「フォルバン・タロン・ルージュ」が「フォル・パンタロン・ルージュ」に変換され、この音声的変換が意味の場面の転換をもたらすわけだが、Aの場合には、差異は、単語の内部に限定され、反復される語群の構成を変更しないのに対して、Bの場合には、それは語と語の間の仕切り壁を移動してしまう（For(t)/b(p)an/talon/rouge）[16]。それゆえ、『シックノード』では、語群を横断する音声的横すべりがそのまま意味の横すべりに移行するという「見世物＝手品」的要素が、「手法」をいっそう鮮かなものにしているのである[17]。

次に、この作品を取り上げる時に避けることのできない《二重化＝dédoublement》の操作について考えてみよう。フーコーから寺山修司まで、多くの人びとがこのことを指摘しているが、それは次のような仕組みになっている。すでに要約したように、まず「私」

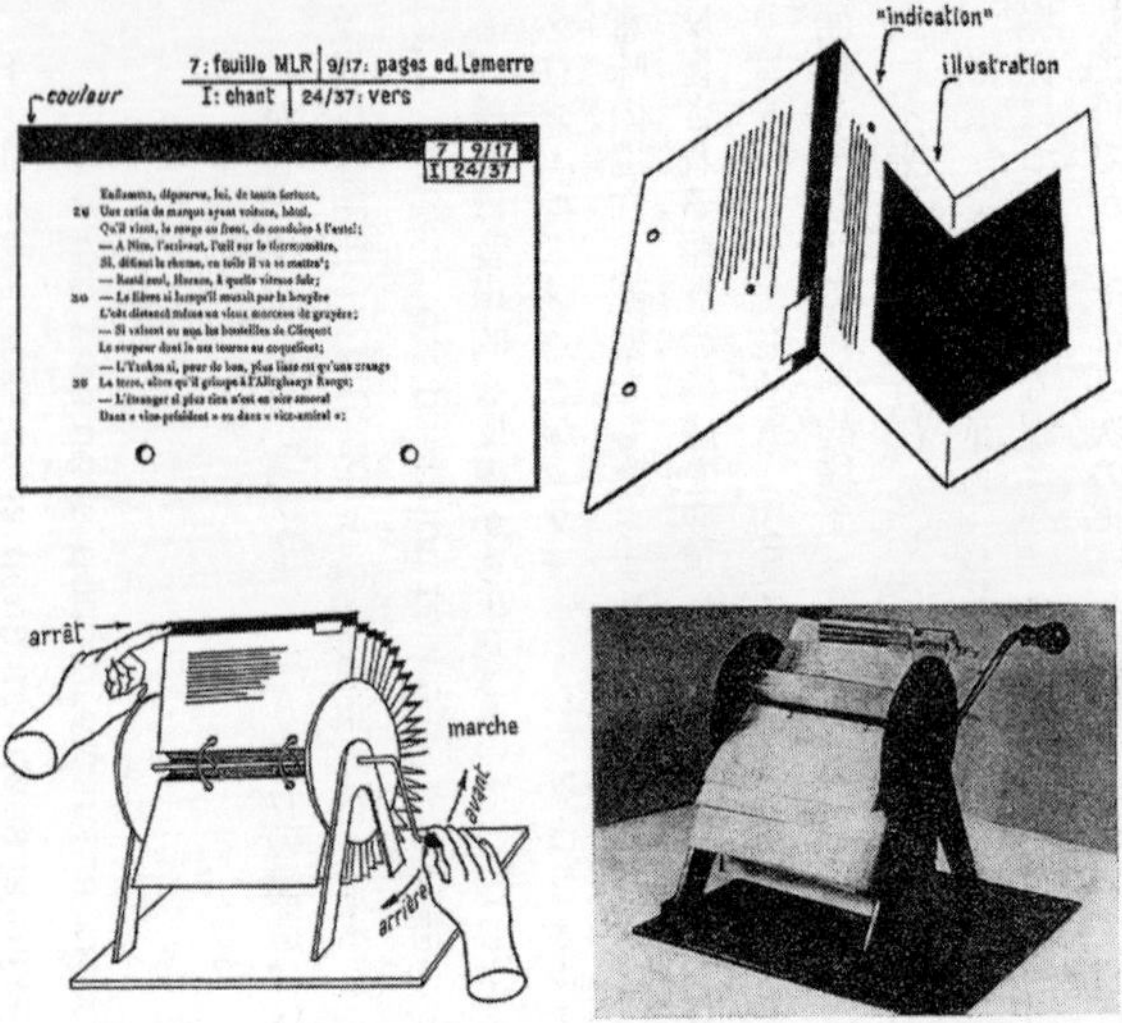

ルーセル『新アフリカの印象』解読機（ファシオ製作、『ビザール』誌より）

が見ている戯曲『赤い踵の盗賊』は、初演ではなくて「再演」であり、「私」が書いた歌を歌うのは「無名の代役」である。そして老いた妖精シックノードは盗賊の「代母」で、メフィストは盗賊の「代わり」にフォワールをベッドに誘うのである。つまり、『シックノード』は——

（現実世界ではない）演劇的世界の、（初演ではない）再演において、（有名な俳優ではない）無名の代役が演じる、主人公の盗賊の「代わり」のメフィストが、盗賊の（実母ではない）代母の策略によって、彼の魔法の衣裳に縫いつけられた（表ではない）裏地のために魔力を失い、（盗賊が最初にもっていたのではない）代りの剣で盗賊に殺される、という舞台上の場面を見ている「私」の物語

——だということになる。

寺山修司は「玉突き男ルッセル[18]」という短文でこの二重性について「これは、ルッセル〔ママ〕の文体が重層的に挿入とカッコによってふくれあがってゆくことと、彼のテーマの重層性とが、結合すべき必然をしめしている」といい、ルーセルの作品全体が「すべて代用品、イミテーション、にせものばかりによってできあがっていることがわかる」と述

べ、さらにフーコーの分析を紹介しながら「すなわち《代役》は、ほんものの分身ではなく、その反復による差異への食いこみであると解するならば、ルッセル自身はかぎりなく反復し、差異に帰着するという、円環的なゲームに熱中し、いつのまにか《代役》を介して自己を多重化（……）しつづけた」と書いている。[19]

このような見方（もっとも、それはほとんどフーコーにもとづいているが）は、ルーセルが企てた言語操作について多くの人びとが共有できるものだ。じっさい、そこで問題となっているのは、現実と鏡像、ほんものと分身といった古典的な二項対立ではない。そのような対立は、世界を主体と客体とに分かち、「私」はあくまで「語る主体」としてこの区切りの線のこちら側にとどまるという理性的意思表示を反映している。だが、ルーセルの「代役」[20]は、もはや「オリジナル」の影ではなく、彼の世界では、主体の側にあくまでも正統性を保障するあの区切りの線は、はじめから不在なのであって、「私」はもはや物語の管理者ではない。「物語」は、微小な差異の反復によって自動的に進行してゆき、「語る主体」は、そこでは限りない分裂を繰り返すのだ。

この意味で、『シックノード』は奇妙な作品である。すでに見たように、それはAではないA′・BではないB′・CではないC′等々の語群によって構成されているのだが、A・B・C……は反復されてA′・B′・C′……に差異化されることによって、その現実性を失ってしまう。この作品中の戯曲の上演が la représentation de la représentation つまり「上演の再演」であるように、『シックノード』全体が la représentation de la représentation つまり「表象＝再現前の再現前」となっていて、そこでは『黒人たちの間で』と同じように、すべてが二重の相のもとにおかれている。

だが、それは現実が鏡によって反映される場合（このとき、一方は実物であり、他方はあくまでも虚像だ）とはべつの操作であって、ルーセルの鏡の中の虚像が反復するものは、それ自体一つの虚像でしかないのである。だから、それらの虚像は現実に根拠をもつ存在の影なのではなく、根拠をもたない影の影となっているわけだ。

＊

『黒人たちの間で』と『シックノード』をめぐって述べてきた以上のいくつかの点については、しかしながら何らかの断定を下すことはおそらく不可能であって、いまのところ、ルーセルのテクストはそのように多重化された言語によって書かれている、というほかはない。このことは、だが、それらのテクストがどのようにも読めるものだということではない。多層化された意味のネットワークがつくりだす彼の世界に、ルーセルはただ一つの読み方しか用意しなかったはずだ。だからこそ、彼の「物語」は巨大な謎となっているのである。

アンドレ・ブルトンは、ジャン・フェリーの『レーモン・ルーセル研究』(一九四八年)への序文で、ルーセルの世界は「私にとって何よりもまず一つの完全な世界であった」と書き、そのすぐ後で「完全な世界というのは、みずからの精神の傾斜面だけをどこまでもたどっていこうと決意した一人の男によって、その部品のすべてが造りなおされた世界のことだ」といっている。[21]

たしかに、ルーセルは彼の「手法」と「物語」によって、世界と言語を彼だけのために造りなおしてしまった。ルーセルの言語は、一つの閉ざされた円環を構成している。だがこの言語は、メビウスの環になっていて、表側の意味をたどって円環を一周するうちに、ひとはいつのまにか裏側の意味の上を歩いているのである。いや、それはもう意味でさえないだろう。ルーセルの「完全な世界」は意味の「外」に接続しているのだから。

意味の外へ――ひとつの透視図として

これまで見てきたように、二十世紀はじめのヨーロッパに出現した「前衛的」芸術運動は、未来派にせよ、ダダにせよ、あるいは初期シュルレアリスムにせよ、「理性的主体」からできるかぎり遠ざかることをめざしていた、といえるだろう。これらの動きだけではない。バタイユの場合にも、ルーセルの場合にも、彼らの視線は、あきらかに「非・知＝狂気」のほうにむけられていた。二十世紀の「新しさ」を、それが閉じられようとしていた時点でもう一度確認しておくために、われわれは、こうした「出来事」に接近してきたのだが、われわれのまえに立ち現われた人びとが、この種の非理性的な発想を共有していたことは確実であるように思われる。

ここで、再びマリネッティのテクストに少しだけ立ち戻ることになるが、一九一二年の「未来派文学の技術的宣言」で、彼はこう断言していた。

「文学中の《私》を破壊すること。図書館や美術館によってすっかり傷めつけられ、おそるべき論理と知恵に服従している人間など、もはやまったくなんの価値もない。だから、この《私》を文学のなかで廃絶し、物質にとってかわらせるのだ。」

この言葉が、十九世紀のヨーロッパを支配した、あの「主体＝個人」という概念にたいしてむけられていることは、いうまでもない。たしかに、ジャン＝イヴ・タディエも指摘するような、「十九世紀のすべてが、第一人称で語っている。あらゆる文学的ジャンルにおいて、一切の流派をこえて、そして外見はもっとも反ロマン主義的な反応にいたるまで、主体は、他のいかなる時代にもなかったほどはっきりと、その姿を現わしている」（『十九世紀文学生活入門』一九八四年）という事態が、その反動として、二〇の世紀のアヴァンギャルドの、すでに見てきたような企てを生じさせたのである。

そして、西欧近代の、この巨大な物語装置は、たとえばマルクスが「『経済学批判』への序説」中のつぎの個所で説明しているような過程をへて出現したといってよい。

「われわれが歴史を遠くさかのぼればのぼるほど、ますます個人は（……）独立していないものとして、あるより大きな全体に属するものとして、現われる。すなわち、最初はまだまったく自然的な仕方で家族のなかに、また種族にまで拡大された家族のなかに現われ、のちには、諸種族の対立や融合から生ずる種々の形態の共同体のなかに現われる。一八世紀に《ブルジョワ社会》ではじめて、社会的関連の種々の形態が、個人にたいして、その個人的な目的のためのたんなる手段として、外的な必然性として、相対するようになる。しかし、このような立場、すなわちばらばらな個人の立場を生みだす時代こそは、まさに、これまでのうちでもっとも発展した社会的な（この立場から見れば一般的な）諸関係の時代なのである。」（邦訳は岩波文庫版による）

この「ばらばらな個人の立場」は、おそらく数度の市民革命をへて「社会的な諸関係」を高度に発展させることができた一九世紀後半のフランスにおいて、もっとも強調されることになるだろうが、それと同時に、この「個人」と、それを支えてきた「理性への信頼」にたいする懐疑と批判もまた、開始されることになるだろう。ギュスターヴ・ル・ボンは、『群衆の心理学』（一八九五年）で、こう書く。

「理性は、人類にとってあまりにも新しいことがらである。それはまた、あまりにも不完全なので、無意識の諸法則をわれわれにあきらかにすることも、とりわけ無意識にとってかわることもできない。われわれのあらゆる行為において、無意識の占める部分は巨大であり、理性のそれはあまりにも小さい。」

ブルトンが、一九二四年の『宣言』であたえたシュルレアリスムの定義――「理性によってなされるいかなる管理も不在であるような、思考の書き取り」――が、すぐあとに続いてもおかしくないほどの、この言葉は、ファシズムの知的起源となるだろう、十九世紀末の知識人の新しい世代によって共有される。ゼーフ・ステルネルがいうように、「じっさい、一八九〇年の世代の人びとにとって、ル・ボンであれ、バレスであれ、ソレルであれ、ヴァシェ＝ド＝ラプージュであれ、個人はそれ自体としての価値をもたず、集団とは、それを構成する個人のたんなる数的総和とはけっして考えられていなかった」（『革命的右翼』一九七八年）以上、彼らは、この時代の「理性的個人主義」にたいして、さまざまなかたちで、はげしく抵抗することになる。

これらの知識人たちがめざしたのは、そうした個人と共同体との関係の逆転であって、だからこそ、たとえばル・ボンのムッソリーニへの「影響」が問題にされうるのだが、彼らの「抵抗」はまた、われわれの対象である人びとのそれと重なりあうものでもあった。とりわけ、アヴァンギャルド諸派の場合、彼らは、「ばらばらな個人」としてではなく、「集団」として行動することを望んだからこそ、「宣言」という表現形態を選んだのであり、この形態は、十九世紀的な「私」を極小化する装置として、そこでは機能していたのである。そして、このロマンティックな「私」にたいして、一九二〇年冬のパリで、ツァラは、もう視線は、いらない！　もう言葉は、いらない！
何も見るな！　何も語るな！
なぜなら私はカメレオン、都合のいい態度に変化して、そこに浸透する……

という叫びを投げつけるだろう（「マニフェスト・トリスタン・ツァラ」）。

ダダの、こうした発想のうちに、われわれは、ジャン＝フランソワ・リオタールが「ポストモダンの条件」として指摘している、「自己正当化のための言説」の不在の、戯画化された形態を早くも発見することができる。すでに見てきたように、ダダにとって、「言葉」は、もはや何らかの「思想」の媒体ではありえなかったし、ツァラも「もう言葉を信じてはいけないのだろうか？　いったい、いつから言葉は、それらを発する器官が思考し、希望するのと反対のことを、表現するようになったのだろうか？」と問わずにはいられなかった以上、かれの冒険は、二〇世紀がはじまって間もない時点で、すでに、その前の世紀が構築した「大きな物語」を失効させる企てとなっていた、といえるだろう。「帽子のなかの言葉」は、それゆえ、言語が「手段ではなく存在として」、意味作用の関係性の外側でも成立しうることを示す試みだったのである。

こう考えるなら、一九二一年五月一三日にパリ・ダダ・グループによって開催された「モーリス・バレス裁判」という事件は、ツァラのこうした意思表示が、意味の内側にとどまろうとするブルトンたちと激しく対立した出来事と見なすことができる。

裁判長ブルトン、検事リブモン＝デセーニュ、弁護人アラゴン、スーポー、証人ツァラほか多数の参加によって、バレスの姿をしたマネキン人形が「精神の治安壊乱」の罪状で裁かれる、というこのパフォーマンスは、ブルトン自身が後で語っているように、パリ・ダダの活動の「根源的な見直し」の必要を感じていたブルトンとアラゴンによって企画されたものであり、スーポーの回想によれば、他のメンバーはあまり乗り気ではなく、とくにツァラは強く反対したという。たしかに、それは、ダダのイヴェントにしては、ひどく真面目な催しであり、起訴状の朗読、証人喚問、論告、口頭弁論などの通常の裁判の手続きは、すべてきちんと踏まれていたし、それらの内容も、パロディ的なものというより、バレスの「犯罪性」を真剣に問い直そうとするものだった。

このことは、ブルトンとアラゴンのバレスへの「関心」の大きさを考えれば、当然ともいえるのであって、「裁判」のわずか二カ月ほど前に、『文学』誌でなされた著名人の「人気投票」では、バレスにたいして、ブルトンは十三点、アラゴンは十四点（二十点満点）を与えている。サドには、それぞれ十九点と十七点、レーニンには、十二点と十三点をつけているのだから、『自我崇拝』の著者へのかれらの評価の高さがわかるが、それればかりか、ブルトンは『磁場』を出版直後にバレスに贈呈し、また、ジャック・ヴァシェの『戦場からの手紙』への序文を依頼してもいるし、アラゴンは、この事件の二年後には、かれ

バレス裁判（左から三人目ブルトン、四人目ツァラ、1921年）

に会いにいくことさえするのだ（マルグリット・ボネによる）。

したがって、「バレス」という標的の選択は、ブルトンたちにとって、ある種の複雑さをもつ行為だったといってよい。それは、この名前が、同時代の若者たちをひきつけるカリスマ性を帯びていたというだけのことではない。『自我崇拝』において、たとえば、

「われわれのモラル、われわれの宗教、国民性についてのわれわれの感情、それらは、すでに崩壊したことがらであり、われわれは、そこから人生の規範をうけとることはできない。われわれの師たる人びとが、われわれの確信をつくりなおしている間は、さしあたり、われわれは、《自我》という唯一の現実に執着することにしよう。（……）

こうして、《自我》は、しだいに拡大されて、

無意識のなかに溶けこもうとしている。」

と書いていたバレスが、「愛国者同盟」の頂点に立つナショナリストになってしまったことのうちに、(少なくとも)ブルトンとアラゴンは、かれら自身の選択にもかかわる「危険性」を感じたのではないだろうか。ブルトンは、三〇年後に、こう語っている。

「提起された問題は、倫理的次元のものでした。(……)つまり、力への意志によって、自分の若い頃の思想とは正反対の体制順応主義的思想のチャンピオンとなった男を、どの程度まで有罪とみなしうるか、という問題です。補足的な問題としては、『自由人』の著者が、どうして『エコー・ド・パリ』紙の宣伝家などになれたのか、もし裏切りがあるとして、その代償は何か、そして、それにたいして、いかなる手段をわれわれはとりうるか、などです。バレスという個人的事例をこえて、これらの問題は、その後、長い間シュルレアリスムを揺り動かすことになります。」(「アンドレ・パリノーとの対談」)

一九二一年のこの出来事は、それゆえ、ブルトンたちにすれば、ダダという場面を利用して、バレス的な誘惑との絶縁を表明する機会となったわけだが、この時点ですでに、かれらにとっては、「ダダの季節」は終っていたといえるだろう。バレスの「裏切り」を問おうとする、やがてシュルレアリストと名乗るであろう若者たちが、もはや「私＝カメレオン」というノン・センスを共有しようとはしなかったことは、この日「ダダ的」だったのが、裁判長ブルトンの尋問をことごとくはぐらかし、最後には「ダダのシャンソン」を歌って人びとを驚かせたツァラだけだったことからも、あきらかだ。二人の間には、つぎのような言葉が交わされていた。

ブルトン（以下B）――あなたは、モーリス・バレスについて、何を知っていますか。

ツァラ（以下T）――何も知りません。

B――それでは何も証言することはないのですか。

T――あります。

B――それは何ですか。

T――モーリス・バレスは、私が、私の文学的経歴のなかで出会った、いちばん感じの悪い男です。（……）

B――あなたは、同時代の誰か、またはまったく別の人物にたいして、尊敬の念を抱いたことがありますか。

T――いいえ。だって、すべての人は馬鹿野郎ですから。（……）バレス氏は、その人生の擁護しうる行為にもかかわらず、今世紀最大の豚野郎です。

B――モーリス・バレスのほかに、大豚野郎の名をあげることができますか。
T――はい。アンドレ・ブルトン（……）。
B――証人は、まったくの白痴と見なされたいのか、それとも精神病院に入れられたいのか。
T――はい。私はまったくの白痴と見なされたいと思います。でも、私が人生をすごしているこの収容所から逃げだしたくはありません。（……）私の言葉は、私のものではありません。私は、すべての人の言葉をもっていて、それらをよくまぜあわせ、ちょっとしたブイヤベースをつくるのです。
B――結局、あなたは弁護側証人なのか。
T――そうです。バレスが低能なヨーロッパ世界の弁護側証人であるのと同じように。

この、「不条理」な対話は、一九二〇年代初頭のパリで繰りひろげられた「ダダ」と呼ばれる運動が、その後の、たぶんわれわれの時代にまでかかわる事態の展開を、萌芽的にふくんでいたことを知らせてくれる。ここには、二つの異なる「精神状態」が存在していた。もはや、すべてのことが語られてしまったという認識では一致していても、一方は、なお新しい表現の可能性を信じて、人間という小宇宙の未知の領域に旅立とうとする意識となり、他方は、言語による一切の「代理＝表象行為」に背をむけて、そのような行為によって成立している意味の世界の外部に、もう一つの世界(「反・世界」といってもよい)を見出そうとする意思となる。われわれの当面の対象に限れば、前者がブルトンを中心とするシュルレアリストによって、後者がツァラによって代表されていたことはいうまでもない。

バレスを「裁く」ことで、みずからの過去を「清算」し、新しい、より生産的な方向を見出そうとしたブルトンたちに、ツァラは、こうして、結局、かれらも裁かれる男と同じ言語空間に安住している以上、彼らの企てが「真面目」なものであるほど、それだけ滑稽なものとなるほかはない、といおうとしたのである。

とはいえ、現実において「滑稽」な役を引き受けたのは、もちろんツァラのほうであり、この日以後、彼はしだいに孤立するようになっていく。時代の場面は、あきらかに変わろうとしていた。人びとは無意味なパフォーマンスに退屈しはじめた。もっと「意味」のある何かを、人びとは待っている。ダダだけではない。「絶対的速度」を誇っていた未来派のレーシング・カーも、やがてファシズムという「イデオロギー」に追いつかれてしまうだろう。ブルトンは、『失われた足跡』(一九二四年)で、

「ダダは、じつに幸運なことにもはや問題にならず、一九二一年の五月ごろにおこなわれたその葬儀は、何の騒ぎもひきおこさなかった。ごく少数の葬列は、キュビスムや未

来派の葬列のあとをたどり、その肖像は、美術学校《ボザール》の学生たちによって、セーヌ河で溺死させられた。（……）ダダイスムは、その他の多くのことがら同様、ある種の人びとにとって、たんなる椅子の坐りかたにすぎなかった。われわれは、何ごとかを深く追求することをわれわれに禁じる、一種の精神的ものまねに服従させられ、われわれにとって一番大事なものを、敵意をこめて見つめざるをえなくなった。」

と述べ、「すべてを手放せ／ダダを手放せ／きみの希望と、きみの不安を手放せ（……）／そして、出発せよ」という、あのよく知られたリフレインによって、ツァラを沈黙させようとするのである。

したがって、二十世紀初頭のアヴァンギャルドたちが、「理性的主体」にたいする反抗をその出発点としていたとしても、かれらの反抗は、結局、後からやってきた「意味」のシステムの組織者によって回収されることになる。アポリネールが一九〇五年に書いたように、「秋が、秋が、夏を死なせてしまった」（「秋」、『アルコール』に収録）わけだ。ダダの場合、暗殺者、いや死刑執行人の役は、シュルレアリストたちによって演じられたのだが、シュルレアリスムも、一九二四年に創刊された機関誌『シュルレアリスム革命』を、二九年には『革命に奉仕するシュルレアリスム』に変更することで、運動の持続性を維持したように、一九三〇年代には、「政治的なもの」にたいして、みずからの正当性を主張することなしには、ほとんど存在できないという状況をむかえるだろう。そして、彼らの運動は、一九三一〜三二年の「アラゴン事件」によってアラゴンを失い、三五年の「文化擁護のための国際作家会議」によってクルヴェルを失い、三八年のブルトンとトロツキーの宣言「独立革命芸術のために」によってエリュアールを失ってしまう。

ここまで来ると、われわれは、当面の対象である時代と人びとから少しばかり離れすぎてしまったようだ。これらの出来事については、他の機会にまた取り上げることにしたいが、最後に、もう一度、つぎのことを確認しておこう。

それは、われわれが、チューリッヒとパリのダダを中心にしてたどってきた、二十世紀はじめのある種の精神状態のうちに見出された「意味の外」へむかおうとする意思は、そのような時間と場面に限定されるものではない、ということだ。すでに触れたように、バタイユは、ファン・デ＝ラ＝クルスやアビラのテレジアの非合理的体験のうちに「ダダ的なもの」を見ていたし、ツァラによる「意味の伝達手段としての言語」の拒否には、ジャン＝ジャック・ルソーが『言語起源論』で想定している、欲求ではなくて情念を表現するために生まれた、叫びや泣き声に近い、人類最初の言語を想起させるものがある。

あるいは、こういったほうがいいかもしれない――ダダは、さまざまな人間的営みのうちに存在していた、結局は狂気かトランス状態にたどりつくほかはない、非理性的なものの表出の諸形態を、それらが、すでに人びとの視野から消え、あるいは、遠い場所に閉じ

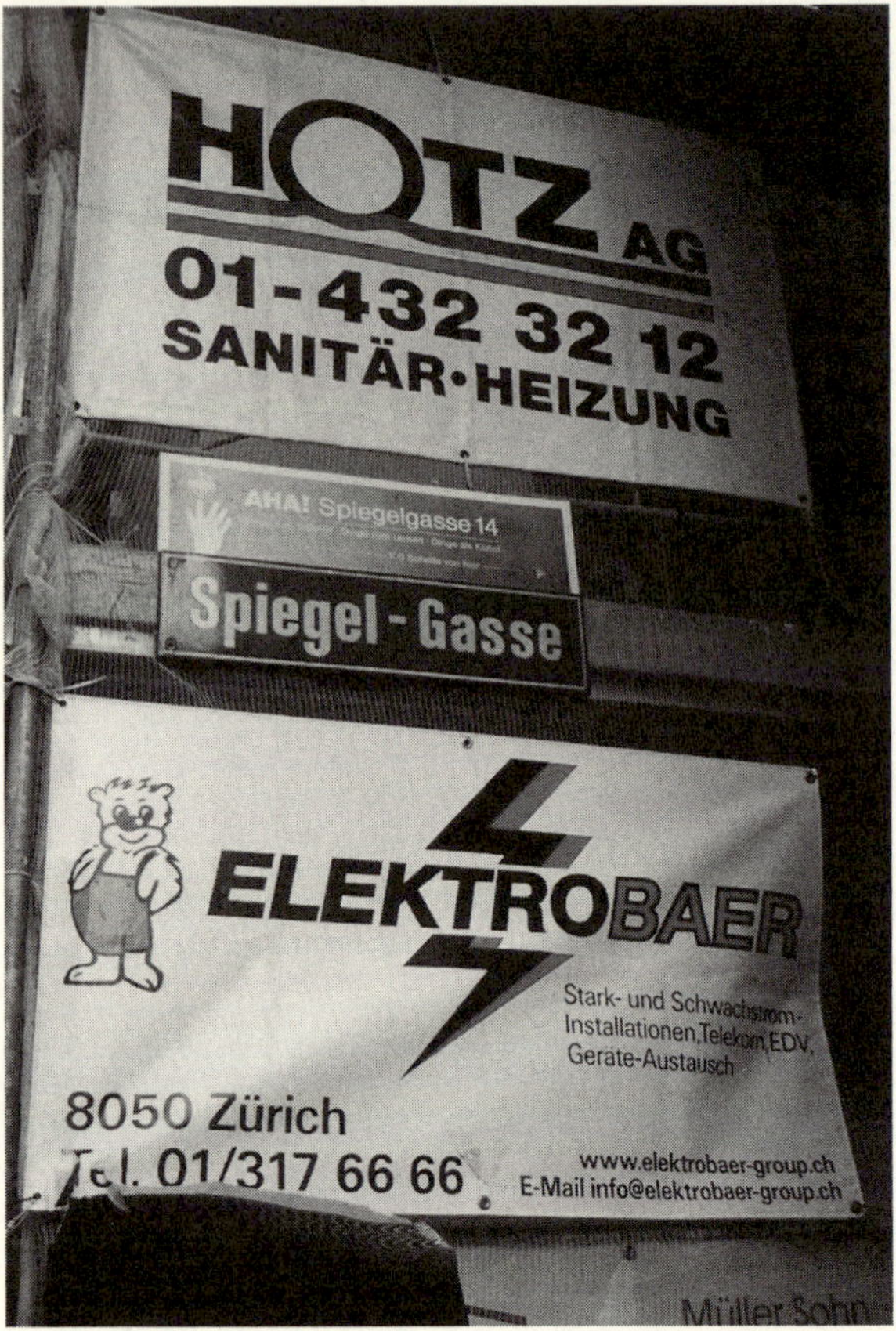

チューリッヒ・ダダ発祥地シュピーゲル・ガッセ（2003年）

こめられた時点で、再び演じて見せたのだ、と。そして、このことは、おそらく、すべての「創造的行為」がシミュレーションとして立ち現われる時代がやってくるであろうことを、すでに予感させるものでもあった。

「言語を、それが生まれ出る状態に還さなければならない」と、ツァラは、彼がひきおこした言語破壊の大騒ぎが収まってから三〇年も過ぎた一九五三年に、詩論「身ぶり、句読法、詩的言語」で書くだろう、まるで当時を思い出したかのように。だが、ダダが、あの原初の状態の演劇的再生＝プレイバックでしかなかったことを、その時、彼は感じていたのではなかったのだろうか。

〈注〉

プレイバック・ダダ

(1) ベンヤミン、ブーアスティン、ボードリヤールからの引用はそれぞれ、高木・高原訳、晶文社刊、星野・後藤訳、東京創元社刊、今村・塚原訳、筑摩書房刊、の邦訳書による――強調は原著者。

チューリッヒからパリへ

(1) *Ecrivains en personne* (10/18), p. 296.
(2) Tzara, *Œuvres complètes I*, p. 565.
(3) *Dada à Paris* (M. Sanouillet), p. 466. (ツァラとピカビア、ブルトンとの間に交わされた手紙はパリのサント・ジュヌヴィエーヴ図書館のジャック・ドゥーセ文庫に収められている)。
(4) ピカビア展（一九六二年、マルセイユ）カタログによる。
(5) *Rencontres* (G.-B. Picabia), p. 50.
(6) *391*（復刻版）p. 89.
(7) これはチューリッヒでの最後の「夕べ」となった。
(8) *Œuvres complètes I*, p. 567.
(9) *Dada à Paris*, p. 440.

(10) *Expressionisme, dada, surréalisme et autres ismes* (S. Fauchereau), p. 256.
(11) *Dada à Paris*, p. 489.
(12) 同上 p. 440.
(13) 同上 p. 442.
(14) 同上 p. 475.
(15) 同上 p. 476.
(16) 同上 p. 483.
(17) 同上 p. 486.
(18) 同上 p. 486.
(19) 同上 p. 487.
(20) 同上 p. 488.
(21) 同上 p. 490.
(22) 同上 p. 441.
(23) 同上 p. 447.
(24) 同上 p. 484.
(25) *Littérature*（復刻版）の各号参照。
(26) *Dada à Paris*, pp. 448-449.
(27) *Dada-Monography of a mouvement* (W. Verkauf), pp. 81-82.
(28) *Dada・Berlin 1916-1924"*（パリ市立近代美術館編）, p. 36.

(29) Fauchereau *Expressionnisme, dada, surréalisme et autres ismes*, p. 255.
(30) *Dada à Paris* p. 486
(31) 同上 pp. 451-452.
(32) 同上 p. 492.
(33) 同上 p. 494.
(34) 同上 p. 495.
(35) 同上 p. 452.
(36) 同上 p. 495.
(37) 同上 p. 494.
(38) 同上 p. 496.
(39) 同上 p. 453.
(40) 同上 p. 504.
(41) *Europe*, no. 555-556, p. 3.
(42) *Dada à Paris*, p. 454.
(43) 同上 p. 506.
(44) 同上 p. 505.
(45) 一月一七日という日付の正当性については、M・サヌイエが *Dada à Paris* で詳しく述べている（p. 140）。
(46) 同上 p. 506.

(47) *Anneau de Saturne* (G. Everling), pp. 96-97.

(48) *Dada à Paris*, p. 141.

(49) *Anneau de Saturne*, p. 99.

(50) これらのビラはツァラとエリュアールの共同作業によってつくられた。(*Documents DADA*, pp. 22-23)。

(51) *Documents DADA*, pp. 30-35.

(52) *Dada à Paris*, p. 147.

言語破壊装置としてのダダ

(1) Breton, *Entretiens* (1952), p. 59.

(2) Tzara, *Œuvres complètes I* (1975), p. 366.

(3) *Dissertation littéraire générale*, p. 245.

(4) たとえば *Europe* (sept.-oct. 1967) 所載の論文 "Les Dadaïstes, les surréalistes et la Révolution d'Octobre" (Roger Navarri) など。

(5) Lionel Richard, *D'une apocalypse à l'autre* (1976), p. 271.

(6) ベルリン・ダダについては多くのことが語られているが、ここではポンピドゥー・センターの「パリ・ベルリン展」のカタログと Jean-Michel Palmier, *Expressionnisme comme révolte* (1978) をあげておこう。

(7) Tzara, *op. cit.*, p. 360.

(8) *Anthologie de la nouvelle poésie française* (1927), p. 423.

(9) Tzara, *op. cit.*, p. 382.

(10) Henri Béhar, "Le collage ou le pagure de la modernité" in *Cahier du 20e siècle* No. 5 (1975), p. 51.

(11) Tzara, *op. cit.*, p. 382.

(12) cité par S. Fauchereau, *Expressionnisme, dada, surréalisme et autres ismes* (1976), p. 236.

(13) Michel Sanouillet, *Dada à Paris* (1965), p. 571.

(14) Jacques Rivière, "Reconnaissance à Dada" in *N.R.F.* (août 1920), p. 217.

(15) Aragon, *Les Collages* (1965), p. 143.

(16) Tzara, *op. cit.*, p. 94.

(17) *Ibid.*, p. 110.

(18) *Ibid.*, p. 106.

(19) Mary-Ann Caws, *The poetry of dada and surrealism* (1970), p. 99.

(20) Tzara, *op. cit.*, p. 156.

(21) 言語のコラージュの試みについては(10)のアンリ・ベアールの論文に詳述されている。

(22) Aragon, *op. cit.*, p. 144.

(23) Tzara, *op. cit.*, p. 344.

(24) Henri Béhar, *op. cit.*, p. 65.

(25) この催しについてはサヌイエの前掲書（*Dada à Paris*, pp. 173-178）に詳しい描写がある。この日会場で卵やトマトを投げた観客のなかにはピカビアに動員された連中がいたと思われるが、そうなるとこの大騒ぎも演出されたものということになる。

(26) Tzara, *op. cit.*, p. 149.

(27) René Lourau, "Le Manifeste Dada du 22 mars 1918" in *Le Siècle éclaté I* (1974), p. 28.（傍点は原文どおり。「三月二二日」はルローの誤記で、正しくは「七月二三日」。）

(28) Tzara, "Essai sur la situation de la poésie" in *Le Surréalisme au service de la Révolution* No. 4 (1931), p. 19.

(29) Tzara, *Œuvres complètes I*, p. 379.

(30) 「導かれた思考」と「導かれない思考」についてツァラは「詩の状況についての試論」ではじめて定式化しているが、これらの用語とその概念はC・G・ユングの『リビドーの変遷と象徴』（一九一二年）から借りてきたものである。

(31) Tzara, *Œuvres complètes I*, p. 357.

(32) Ribemont-Dessaignes, "Tristan Tzara, la poésie et la révolte" in *Critique* No. 28 (1948), p. 782.

(33) "Le Monde" (le 9 déc. 1977).

(34) 「帽子のなかの言葉」の方法はツァラの独創ではなくて、ルイス・キャロルがすでに同じ実験をおこなっていたというイザベル・ジャンの指摘がある (Isabelle Jean, *La Littérature enfantine*, 1977, pp. 81-82)。彼女はルイス・キャロルの次の「作詩法」を引用している。

まず文をひとつお書きなさい
それからそいつを切り刻んで

切りぬきを混ぜあわせてから取り出します
必ずあてずっぽうにやるんですよ！
言葉の順序はすっかり変わってしまいます……
（"Poeta fit, non nascitur." アンリ・パリゾの仏訳による）

ダダの作詩法を発表した一九二〇年の「かよわい愛とほろにがい愛についての宣言」で、ツァラはこの「アリス」の作者にひとことも触れていないが、キャロルの方法を知っていたのだろうか。もし知っていたとすれば「帽子のなかの言葉」は彼の得意のコラージュだということになるが、今のところそう断定する根拠はない。それに、二人の方法は微妙に異なっている。キャロルが自分で書いた文章を題材にしているのに対して、ツァラはすでに他人によって書かれて印刷された文章（新聞記事）を切りぬけといっているのである。いずれにせよ、言語から意味を追放しナンセンスをめざす作業は同じところに行きつくほかはないということを、二人の一致は示しているといえそうである。

スペクタクルとしてのダダ

(1) 山口昌男『仕掛けとしての文化』。
(2) H. Read, *Arp.*
(3) M.-A. Caws, "Quelques approximations de Tzara" in *Europe* Nos. 555-556.
(4) R. Caillois, *Les Jeux et les Hommes.* 引用は邦訳（清水・霧生訳、岩波書店）による。
(5) G. Bataille, *La Part maudite.*
(6) これは、ジャン・デュヴィニョーがバタイユについて述べた言葉である（引用は『スペクタクルと社会』〔渡辺淳訳、法政大学出版局〕による)。

(7) *Sept manifestes DADA.*

(8) 山口昌男、前掲書。

(9) *Chronique zurichoise, 1915–1919.*(テクストは Yellow Now 書店版)

(10) 山口昌男、前掲書。

(11) *Sept manifestes DADA.*

(12) *Documents DADA.*

(13) *Armand hanoux, Paris 1925.*

(14) デュヴィニョー、前掲書。なお、これはデュヴィニョー自身ではなくて、ギュルヴィッチの言葉である。

(15) この夜の事件のてんまつについては、サヌイエの『パリのダダ』に詳しいが、混乱を恐れたツァラが警官を呼んだことは、どう見ても、正当化しにくい行為である。

(16) フーゴ・バル『時代からの逃走』(土肥・近藤訳、みすず書房)。

(17) *Sept manifestes DADA.*

(18) J.-M. Palmier, *L'Expressionnisme et les arts, 1-Portrait d'une génération.* なお、パルミエによれば、イヴァン・ゴルは、ツァラが戦争にまったく無関心だったので、「あいつは汚い男だ」といっていたという。

(19) 一九一八年に、チューリッヒで「コレクシオン・ダダ」の一冊として発行。

(20) この詩集は、一九二二年にはもう原稿ができあがっていて、ツァラははじめガリマール書店から出版しようとしたが、うまくいかず、結局本文に記したように、ようやく一九二九年になって、クラ書店から刊行された。なお、その前年には、ブルトンの『ナジャ』が、ガリマール書店から出版されている。

(21) "Les Saltimbanques" in *De nos oiseaux*.（引用は初版本による、以下同じ）

(22) "Circuit total par la lune et par la couleur" in *De nos oiseaux*.

(23) Tzara, *Œuvres complètes, I* へのベアールの注。なお、この詩篇については、北海道大学の大平具彦氏の示唆に富む研究のなかでも触れられている（『フランス語フランス文学研究』（日本仏語仏文学会機関誌）二三号）。

(24) "froid jaune" in *Vingt-cinq poèmes*.（引用は一九四六年の *Vingt-cinq-et-un poèmes* による。以下同じ）

(25) ダダは、われわれの社会にもちこまれた「野生の思考」のようなものだ。この「集合的無意識」の顕在化が、ツァラの三〇年代以後の仕事のひとつの中心になる。

(26) カイヨワ、前掲訳書。

(27)(28)(29)(30) いずれも *De nos oiseaux* の中の言葉。

(31) "instant notre frère" in *Vingt-cinq poèmes*.

(32) *Sept manifestes DADA*.

(33) G. Bataille, "A. Breton, T. Tzara, P. Eluard" in *Œuvres complètes, I*.（傍点はバタイユ）

ツァラを葬った日

（資料）

J.-P. Curtay, *La poësie lettriste* (Seghers).

I. Isou, *L'Agrégation d'un nom et d'un messie* (N.R.F.).
I. Isou, *De l'impressionnisme au lettrisme* (Filipacchi).
M. Lemaitre, *Qu'est-ce que le lettrisme?* (Fischbacher).
M. Lemaitre, *Le lettrisme devant dada* (Centre de créativité).
"Considération sur la mort et l'enterrement de Tristan Tzara" (lettrisme, no. g).
Tzara, *Vingt-cing-et-un poèmes* (Fontaine).
Breton, *Entretiens* (N.R.F.).
Breton, *Manifestes du surréalisme* (J.J.P.).
R. Lourau, *Autodissolution des avant-gardes* (Galilée).

シュルレアリスムの政治的体験

(1) M. Nadeau, *Histoire du Surréalisme*, p. 90.
(2) Breton, *Position politique du surréalisme*, p. 86.
(3) シュルレアリストと『クラルテ』グループの出会いに触れている研究には，Nicole Racine, "Une revue d'intellectuels communistes dans les années vingt: "Clarté" (in *Revue française de science politique*, juin 1967), Jean-Pierre Bernard, *Le P. C. F. et la question littéraire*, 1972 (邦訳『フランス共産党と作家・知識人』杉村昌昭訳，柘植書房刊)，Marguerite Bonnet,"Trotsky et Breton" (in *Lénine*, 1970) などがある。

(4) この点については、ロジェ・ナヴァリの "Les dadaïstes, les surréalistes et la Révolution d'octobre" (in *Europe*, sept.-oct. 1967) に詳しい。

(5) Tzara, *Le surréalisme et l'après-guerre*, p. 52.

(6) *Littérature*, mars, 1920.

(7) もっとも、アラゴンとブルトンは当時創立されたばかりのPCFに入党申しこみに行ったが、まじめに受けとってもらえなかったという。また、パリ・ダダとはちがって、ベルリン・ダダは明らかに政治的側面をもっていた。

(8) Breton, *Entretiens*, p. 40.

(9) Aragon, *Pour un réalisme socialiste*, p. 50.

(10) PCFの党内闘争と文化問題の関係については、数多くの党史の他、"Le P. C. F. et les intellectuels: 1920-1939" (in *Revue française de science politique*, juin 1967) に簡潔にまとめられている。

(11) 『クラルテ』には、「新しい文化にむかって」(一九二三年八月一五日号)、「革命と文化」(同年一一月一日号) などのトロツキーの文章が掲載されている。

(12) cité par J.-P. Bernard in *P. C. F. et la question littéraire*, p. 83.

(13) *ibid.*, p. 83.

(14) *Documents surréalistes*, p. 198.

(15) V. Crastre, *Le drame du surréalisme*, p. 29 (傍点はクラストル)

(16) *ibid.*, p. 29.

(17) *Documents surréalistes*, p. 200.

(18) *ibid.*, p. 204.
(19) *ibid.*, p. 205.
(20) *ibid.*, p. 205.
(21) *ibid.*, p. 206.
(22) H. Lefebvre, "1925" in *N. R. F.*, avril 1967, p. 707.
(23) *Entretiens*, p. 117.
(24) *Documents surréalistes*, p. 208.
(25) Breton "La Dernière Grêve", *La Révolution surréalistes*, No. 2, p. 1.
(26) *Documents surréalistes*, pp. 218-219.
(27) *ibid.*, p. 218.
(28) *ibid.*, p. 219.
(29) P. Naville, *La Révolution et les intellectuels*, p. 19.
(30) Ph. Soupault, *Vingt mille et un jour*, p. 69.
(31) *Documents surréalistes*, p. 209.
(32) *ibid.*, p. 212.
(33) N. Racine, *op. cit.*, (in *Revue française de science politique*, juin 1967), p. 509.
(34) J.-P. Bernard, *op. cit.*, p. 86.
(35) *Documents surréalistes*, p. 50.
(36) cité par M. Bonnet in *Lénine* (1970), p. 253.

(37) *Entretiens*, p. 118.（カッコ内は筆者）
(38) M. Bonnet, *op. cit.*, p. 258.
(39) Breton,"Lénine: de Trotsky" in *La Révolution surréalistes* No. 5, p. 25.
(40) *ibid.*, p. 25.（傍点はブルトン）
(41) *Le drame du surréalisme,* p. 74.
(42) M. Bonnet, *op. cit.,* p. 257.
(43) この点についてはニコル・ラシーヌの前掲論文に詳しい（p. 512）。
(44) *Documents surréalistes*, p. 217.
(45) *ibid.,* p. 216.
(46) *ibid.,* p. 216.
(47) *ibid.,* p. 216.
(48) Crastre *op. cit.,* p. 74.
(49) *Documents surréalistes*, p. 217.
(50) *Entretiens*, pp. 119–120.
(51) N. Racine, *op. cit.*, p. 513.
(52) Crastre *op. cit.,* p. 44.
(53) cité par J.-P. Bernard, *op. cit.,* pp. 86–87.
(54) *ibid.,* p. 87.
(55) *ibid.,* p. 87.

(56) *ibid.*, p. 87.

(57) *ibid.*, p. 88.

(58) *ibid.*, p. 87.

(59) 新雑誌の題名については、クラストルの回想によれば、『戦闘』、『コミューン』、『蜂起』などさまざまな案のなかから、ブルトンの判断で『内乱』が選ばれたという。(Crastre, *op. cit.*, p. 92)

(60) J.-P. Bernard, *op. cit.*, p. 88.

(61) *ibid.*, p. 88.

(62) *ibid.*, p. 88.

(63) Crastre, *op. cit.*, p. 93.

(64) *ibid.*, p. 93.

(65) J.-P. Bernard, *op. cit.*, p. 89.

(66) *Documents surréalistes*, p. 240.（傍点はブルトン）

(67) H. Lefebvre, *op. cit.*, pp. 715-716.

(68) Crastre, *op. cit.*, p. 91.

(69) *ibid.*, p. 98.

(70) *Entretiens*, p. 121.

(71) *Documents surréalistes*, p. 237.

(72) Breton, *La clé des champs*, p. 46.

(1) langages totalitaires を慣習にしたがって「全体主義的(諸)言語」としておくが、これはあまり正確な訳語ではない。totalitaire (イタリア語の totalitario) という語は「全体主義」というイデオロギーに従属した語である以前に、それ自体としてすでに存在していたのだし、そのようなイデオロギーに限定しえない、もっと広い射程を(それが幻想でしかなかったとしても)もっていたのだから。

(2) Pierre Naville, *La Revolution et les intellectuels* (Coll. Idées). ナヴィルはフランス知識人の性格について、つぎのような興味深い指摘をしている——「フランスは、知識人が社会的諸条件からもっとも絶対的なかたちでつねに切り離されていた国だ。他のどこよりも、かれらはこれらの条件の外側で思考している。(……) 思想の運動は (……) 下に隠された社会的・経済的変革とごく目立たない絆でつながっていた。政治的・社会的集団の進展に先立っていたのは、たいていの場合イデオロギーの発展であった」。

(3) この問題については、本書の「シュルレアリスムの政治的体験」をも参照されたい。

(4) テクストは 10/18 版による。

(5) フランス語訳による。

(6) 長谷部文雄訳による。

(7) André Breton, *Manifeste du surréalisme* (Pauvert).

(8) Pierre Bourdieu, *Ce que parler veut dire* (Fayard). ブルデューはまた、つぎのように書いている——「言語は、集合的に認識されている、存在の表象を生産しつつ、存在にたいして働きかけるその力によって与えられる無限の生成能力ゆえに、絶対的権力が夢見るこの上もない媒体となっている」。

(9) プレイヤード版全集Iより引用（各連の頭の数字は筆者による）。

(10) "La poésie de circonstance"（プレイヤード版全集II）

(11) じっさいエリュアールは、たとえば一九五二年におこなったヴィクトル・ユゴーについての講演で「社会主義の国、すなわちスターリンの国では人類の希望の基盤が築かれつつあります」と述べている。その数カ月後にエリュアールは死に、翌年スターリンが死んで、「スターリン批判」が開始される。

(12) "Reconnaissance à Dada"（NRF誌一九二〇年八月号）。

(13) 一九二〇年の一二月にトリスタン・ツァラは「もはや語たちを信じてはいけないだろうか？ いったいいつから、かれらはかれらを発する器官が思考し、望むことの反対のことを表現するようになったのか？大きな秘密がそこにある。

思想は口のなかでつくられる。

ぼくはとても感じがいい。（……）

カナダ人のある偉大な哲学者はいった。思想（le pensée《ママ》）と過去（la passé《ママ》）もやはりとても感じがいいものだ」と書いたが（"dada manifeste sur l'amour faible et l'amour amer, IV"）、同じ年の四月六日にムッソリーニは「私は、政治、国家主義（……）を問題としない。（……）個人主義の瀕死の人間であるわれわれにとって、暗い現在にも、はっきりしない明日にも、残されているのは、（……）無政府主義の宗教以外にはない」（山崎功『ファシズム体制』）といっていた。ここでも、「思想は口のなかでつくられる」のだ。

(14) 「ファシズムの政治は、死の美学、すでにレトロ的な美学であって、それ以来、レトロ的なものはみなファシズムから、すなわちファシズムが歴史に登場した時点でさえ、すでにノスタルジックであったワイセツ性と暴力、すでに反動的で、すでに乗り越えられていた暴力と死のシナリオから、発想を得るほかはなくなっている」(J. Baudrillard, *Oublier Foucault*〔邦訳、塚原訳、国文社刊〕)。

権力とファシズムの関係を考えるときこの視点は否定されるべきではないだろうが、ファシズムを暴力とワイセツ性という現象と見なすだけでなく、言語行為としてその内側から分析する必要がある、ということだ。

(15) この点で、シュルレアリスムはその他の——イズムと異なる面をもっている。M・サヌイエは、シュルレアリスムを「ダダのフランス的形態」と規定したが、注(2)に引用したナヴィルの言葉にもあるような「フランス知識人の特殊性」を視界内に入れておくべきなのかもしれない。

ジョルジュ・バタイユの眼球

(1) 本稿は第三〇回早稲田祭の企画として、早大フランス文学研究会の主催で一九八三年一一月六日におこなわれたシンポジウム「聖性と暴力——バタイユとジラール——」での報告に大幅に加筆したものである。このシンポジウムでは今村仁司氏と筆者が報告をおこない、その後で報告の内容をめぐっての討論がなされたことをつけ加えておく。

ところで、本文ですこしだけ触れておいたバタイユとダダとの関係について、ここで補足しておくことが、本書のテーマの正確な理解のために必要であろうと思われる。

マドレーヌ・シャプサルとのインタビューで、バタイユが、自分はブルトンたちよりはるかに多くダダだったのであり、かれらがダダ的でなくなってからもダダでありつづけた、と語っていることはすでに述べたが、ここでバタイユが「ダダ」と呼んでいるのは、ツァラたちのあの歴史的な運動に限定されるものではなく、むしろかれ自身がいうように、たとえばファン・デ＝ラ＝クルスやアビラのテレジアが体現した「非合理的なもの」、「非・知的なもの」への意志とでも名づけられる志向または状態を指しているのである。したがってそれは、パリ・ダダのような「洗練された」スペクタクルにもいくらかは残されていたかもしれないが、それよりはシャーマニズムなどに見られる「トランス」の体験においてあふれでる「前近代」、「反精神」の諸要素につながってゆくものだ。知的言語に媒介されることのない、直接的な生の体験といってもよいであろうこの「ダダ的なもの」は、おそらく人類の発生とともにあり、人間という存在の内部をたえず流れつづけ、ときとしてある時間や空間、あるいは人格のうちに噴出してきたのだが、西欧世界の歴史的スケールでいえば（フーコーも指摘するように）一八世紀末以降の「生産する人間」の出現によって、まさにバタイユが正しくも名づけたように「呪われた部分」となったということができる。

バタイユにとっての「ダダ」とはこうしたものだったわけで、ツァラたちのやったことには、かれはブルトンとの対比においては親近性を感じながらも、むしろ批判的距離を保っていたように思われる。「スペクタクルとしてのダダ」にも引用したが、バタイユはツァラの詩集 Où boivent les loups（『狼たちが水を飲む場所』）（1932）についてこう書いている――

「ツァラの詩には、議論の余地のないほどの偉大さが刻みこまれている。彼の詩が異質的（étrangers）で、生の外に位置しているように見えるとしても、こうした孤立的な性格は無力であるどころか、おそらく、われわれを盲目にするこの世界のすべてのものの属性なのだ。表現は、こうして、詩という限界のなかでひとつの極点に到達したのである。ツァラとともに、その真の表現の力ゆえに、つぎのことがとくにあきらかになる。シュルレアリスムは、衰弱と空虚さと絶望を極限にまで押し進めること以外の意味をもちえないが、それらのものこそは、現代社会のさまざまな精神的生活にそのもっとも深い意味をあたえているのだ。シュルレアリスムはいかなる場合にも詩と生との結びつきを実現できないので、この生活から脱出するという、みずからにたいしておこなった約束を果たすことができないだろう。」

この文章でバタイユがツァラの作品をシュルレアリスムのものとしているのは、一九二九年に『近似的人間』の断片がブルトンとツァラの和解の結果『シュルレアリスム革命』の最終号に掲載されてから、二人が再び訣別する一九三五年までの間、ツァラはシュルレアリストの一員と見なされていたという事情によるものだろうが、ひとりの詩人の詩的人格の一貫性ということを考えれば、ここまではダダの時期、ここからはシュルレアリスムの時期などという区分はほとんど意味をもたないだろう。それにもかかわらずバタイユの評価が、少なくともこの場合には有効だと認められるのは、『近似的人間』において「極限にまで押し進められた空虚さと絶望」が、ツァラのいわゆる「シュルレアリストの時期」に限られる特性ではなく、かれのおそらくすべての作品の底部に見出せるからだ。この点でツァラのダダは、たとえそれがいかに「発生状態の言語」をめざしたとしても、結局「ダダ的なもの」の再生産＝複製（reproduction）でしかなかった、という皮肉な状況を出現させただけだったとさえいうことができる。

だが、この空虚さは、意味の形成に関与することなく言葉の海を漂流するツァラのシニフィアンに限定されるものではなくて、現代のあらゆる言語過程につきまとっているといえるのではないだろうか。もはやすべてのことが、すでに語られてしまったかに思えるいまとなっては、一切の言語行為は主体なき re-production のゲームとなるほかはないのだから。

レーモン・ルーセルの世界

(1) 本稿の『黒人たちの間で』に関する部分は、『早稲田文学』一九八六年八月号誌上のこの作品の拙訳に付した解説「レーモン・ルーセルの謎」に加筆したものである。

(2) ルーセルの死の状況については、レオナルド・シァシァの調査にもとづいてフランソワ・カラデックが『レーモン・ルーセルの生涯』で詳しく述べている（*Vie de Raymond Roussel* par François Caradec, pp. 367-384 ——なお、この著作をF. C. と略すことにする）。それによれば、ルーセルがパレルモの「グラン・トテル・エ・デ・パルム（Grand Hôtel et des Palmes）」二二四号室で死亡したのは七月一四日午前零時から二時の間で、死因は麻薬類の過剰摂取であった。現場に呼ばれた医師は自殺の可能性を否定しているが、ルーセルがホテルに滞在中何度か自殺を図っていることからも、彼の死が意図的なものであった可能性を完全に否定することはできないだろう。少なくとも、彼は自分の意志で薬物を飲んだのだから（ジャック・ヴァシェの場合と同じだ）。事実関係についての断定はできないが、ここで、ひとまず彼の死を彼自身の意志で選ばれたものと仮定して、ある「客観的事実」についての「謎解き」をしてみたいと思う。ルーセルは一八七七年に生まれ、一九三三年に死んだ。これらの数字から、次のような推測が可能になる。第一は、一八七七年に生まれたルーセルは、彼の生涯の終わる年に「七七」と同じかたちをあたえたかったのではないか、ということだ。そうなると、その年は一九「一一」、「二二」、「三三」、「四四」……年でなければならないが、「一一」年では早すぎるし、「二二」年でも彼にはまだなすべきことがあった（この年に『アフリカの印象』を上演している）。「四四」年では、その年まで生きられるかどうか分からない。となれば、「三三」年しかないのである。第二は、一八七七、一九XXという数から、XXは自動的に決定されるのではないか、ということだ。つまり18＋19＝37となり、7はすでにあたえられているのだから（一八七七年）、X＝3でなくてはならないのである。以上のことから、一八七七年に生まれたルーセルが一九三三年という年に「自殺」したとすれば、それは彼なりの「手法」に従ったのではないだろうか、と考えてみたくなってしまう。

(3) 『代役』、『眺め』、『新アフリカの印象』については、「手法とは絶対に無関係である」とルーセルは書いている（傍点は著者）――*Comment j'ai écrit cêrtains de mes livres*, 10/18, p. 25.（なお、この書物を *Comment.....* と略すことにする）

(4) *Comment.....*, p. 11.

(5) この推定についてはフーコーに従っている（*Raymond Roussel* par Michel Foucault, p. 27 ――なお、この著作を M. F. と略すことにする）。

(6) *Anthologie de l'humour noir*, Pauvert, p. 272.

(7) もちろん M. F. を指す。

(8) 物語の全体については、注(1)の拙訳を参照されたい。

(9) *Comment......*, p. 160.

(10) M. F. p. 27.

(11) 後半で触れる『シックノード』中にも、『黒人たちの間で』と同じフランボーという名の人物が、ほぼ同じ役割（「私」を招待するホスト）を担って登場するが、カラデックは、この名まえが、一九〇〇年三月六日にサラ・ベルナール劇場で上演された戯曲 *L'Aiglon* にも出てくることを指摘している（F. C. p. 69）。

(12) 三つ球のキャロムのルールによれば、このゲームは二つの白球と一つの赤球によっておこなわれるが、白球の一方には、他方と区別するために赤い小さな点がついている。球の動きが、白球A→赤球→白球B

となることはすでに述べたが、白球Aはクッションに一度あるいはそれ以上反射されてから、赤球と白球Bを突かねばならない。

(13) M. F., p. 23.

(14) M. F., p. 37. ルーセル自身も「私が一九〇〇年頃に出版した『シックノード』を除けば、(『代役』以後に書いた)私の作品は、ひとつとして私を満足させなかった」(*Comment*......, p. 29)と書いている。

(15) 『代役』と『シックノード』との、発想の関連性については、doublureという語に関してだけでも当然考えられることだが、ルーセルは「『代役』という書物と『シックノード』というコントとの間に関係を探そうとしてはならない。そこには何の関係もないのだ」(*Comment*......, p. 25. 傍点は筆者)と書いている。この言葉に何かが隠されているのか、いないのか、という問題にはここでは立ち入ることができない。

(16) この点について、フーコーはこう述べている――「この時期のすべてのテクストのうちで、『シックノード』は、そこでは換え字遊びが祖型の文の分解と一致している唯一のものだが、この分解の操作は『アフリカの印象』や『ロクスソルス』で用いられているような一般化された手法の公式となっている」(M. F., p. 39)。

(17) この作品の鮮やかさは他にもある。シックノードに呼びだされた男女の妖精たちのバレエ(そこでは事物の大きさについての概念が覆され、針や糸などの微小な存在が巨大化される)、メフィストの服の裏地から出現する蝶たちの乱舞などだ。『アフリカの印象』と『ロクスソルス』を演劇化したルーセルは、なぜ『シックノード』もそうしなかったのだろうか。そのほうが、たぶん興業的には成功したはずなのだが。

(18) 『ユリイカ』一九七七年八月号六二一―六六頁。この文章での『シックノード』(「つまはじき」となっている）の要約はあまり正確ではない。

(19) 「玉突き男ルッセル」六三―六四頁。

(20) ルーセルが彼の八歳年上の兄ジョルジュとの関係において、自分を兄の「代役」のように感じていたという推測はじゅうぶんに成り立つだろう（たとえば岡谷公二氏の「レーモン・ルーセル」（『ユリイカ』前掲号）。そして、父の仕事を継ぐはずの兄が一九〇一年に腸結核で急死した時（まだ三二歳だった）、彼は自分を、ほんものを失った「分身」のように思ったかもしれないし、一年前に出版した『シックノード』中のパナッシュによるメフィスト殺しが、いわば裏返しの予言として実現したことにうろたえたのかもしれない。だが、それらのことについて、ルーセルは何一つ語っていない（ルーセルの精神病理学的「診断」については、ここでは触れられなかった）。

(21) "Fronton-virage" in *Etudes sur Roussel* par Ferry, p. 10 ――ブルトンとルーセルの「関係」について、少しばかり気になることがあるので、ここで触れておきたい。ブルトンの初期詩集『地の光り』（一九二三年）に収められている「ひまわり（Tournesol）」という有名な詩のことを問題にしたいのだが、もちろんこの詩が有名なのは、彼が『狂気の愛』（一九三七年）第四章で「ひまわりの夜」と題する文章を書いて、そこで一九二三年の詩に予言されたとおりの状況で一九三四年に起こったある女性（ジャクリーヌ・ランバ）との出会いと、この詩との「偶然の一致」について詳しく語っているからである。ところで、「ひまわり」の詩は自動記述の作品ということになっていて、そこではさまざまなイメージの不意の出会いが見出されるのだが、ルーセルとの関係で興味深いのは、次の語句である。

La voyageuse qui traversa les Halles à la tombée de l'été

marchait sur la pointe des pieds
(……)
Et dans le sac à main il y avait mon rêve ce flacon de sels
Que seule a respirés *la marraine de Dieu*

(in *Clair de terre*)

二カ所のイタリックの部分（筆者による強調）に注目しておいて、『シックノード』の次の個所を見よう。

Et elle se dirigeait vers l'alcôve *en marchant sur la pointe des pieds*

(*Chiquenaude* 10/18, p. 40)

ここで「彼女」（=elle）とはシックノードつまり「代母」（=la marraine）であることを想起すれば、ブルトンの詩句中のイタリックの語句は、いずれもルーセルのこの文の中に出現していることがわかる。もちろん、「つま先立って歩く」とか「代母」といった言葉は、けっして特殊なものではないし、ブルトンがそれらをルーセルから持ってきたなどという根拠はどこにもないのだが（『狂気の愛』でもこの点には何一つ触れられていない）、「ひまわり」が、書く主体の意識的操作を消去しようとした自動記述の実験の時期の作品であり（もっとも、ブルトンはあとから詩句に手を入れたことを「告白」しているが）、ブルトンがルーセルの早くからの読者であった、という「事実」は、先に引用した二人のテクストに（意識的なものではないにせよ）ある種の関連性を発見する可能性を完全に排除することをためらわせる、とだけいっておこう。

あとがき

私がここに集めたのは、過去数年間に、いくつかの雑誌に発表した文章である。そこでは、トリスタン・ツァラを中心として、ダダ、シュルレアリスム、そして、それらにつながるいくつかのことがらが取り上げられているが、これらの文章を書いた時、私の関心は、非理性的なものの表出としての言語行為にむけられていた。したがって、本書を『プレイバック・ダダ』と名づけたのは、二〇世紀のはじめのヨーロッパ世界に集中的に出現した、言語をめぐる、さまざまな新しい試みの「再生画像」を描いてみることによって、そうした行為が「理性的」な文明の真っ只中で暴露しようとしたものを、はっきりさせようという意思のあらわれにほかならない。

つまり、ツァラの冒険に特徴的に見られるように、二〇世紀初頭の「アヴァンギャルド」たちは、世界と人間についての認識が、それ以前の時代とは異質の新しい「意味」の段階に入ったことを、おそらくどこかで意識しながら、あえて「意味の外」に出ようとしたのだが、そうすることで、かれらが人びとに思い知らせようとしたのは、言語行為の

「過剰性」が、いまなお存在しうるのだ、という事実だったのではないだろうか。価値＝意味の生産と蓄積によって成り立っているわれわれの社会に、それらの「手段」となることを拒否して、ただ無意味にあふれでる過剰な言語をもちこもうとしたダダの企ては、ジョルジュ・バタイユが「呪われた部分」と呼んだものと、いくつかの点で重なりあうものであったと、私は考えている。

とはいえ、ツァラたちの詩的言語のうちに潜んでいるであろう、そうした領域に、深く立ち入って、何ごとかを語る用意は、まだじゅうぶんではなかったので、本書による、あまりにもささやかな作業は、むしろ、かれらのやったことが、結局、「非理性的なもの」の擬似的再生にすぎなかったという側面を強調することになってしまったようだ。

このことは、たしかに指摘しておかなければならないことではあるが、私の意図は、そこにとどまるものではなくて、アヴァンギャルドとファシズムをふたつの極としてもつ二十世紀の言語過程において、詩的言語の本質そのものでさえある「言葉の生まれ出る瞬間」への回帰の欲望が、どのようなかたちをとってあらわれたか、そして、どのようにして裏切られたか、を具体的な場面においてあきらかにすることなのだ、といっておく必要を感じていることをつけ加えておこう。

この、すこしばかり大げさな方向設定のなかでは、本書は、その準備段階でしかないだろうが、それでも、やはり初めの一歩にはちがいない。あとは、できるだけ遠くまで歩き続けるだけなのだから……

＊

もう十年以上も前のことになるが、パリ第三大学でミシェル・デコーダン教授の授業に出ていた時、アポリネール研究の第一人者であるこの温厚な碩学が、「ある時代の雰囲気を知ろうと思ったら、大作家や大詩人にばかり注目してはならない。かれらは、時代を超えた存在となっているが、かれらよりは、むしろ、いまでは忘れられている群小作家の作品や小雑誌を読む必要がある。そこには、時代が色濃く影を落としているのだから」と述べたことがあった。いま、再びパリに滞在する機会があって、「あとがき」を書くことになったが、ふと思い出したのが、この言葉だ。

ちょうど、数日前にルネ・シャールが死んで（一九八八年二月一九日没）、本書で取り上げた詩人たちの同時代人で、まだ生き残っているのは、フィリップ・スーポーとミシェル・レリスくらいになってしまったが（ふたりとも一九九〇年に死去）、かれら、つまり、ダダ・シュルレアリスム運動をひとつの中心とし、スペイン市民戦争から反ナチの「レジスタンス」に続く流れをもうひとつの中心とする時間を生きた者たちについて、何ごとかを語ろうとする時、かれらの言語行為と「時代」を切り離してしまうことはできないだろう。

ツァラ、ブルトン、エリュアール、アラゴン……また何十年かが過ぎて、かれらの残した言葉が、それらを出現させた時間を少しも共有しない人びとによって読み継がれるとしても、かれらのテクストを読むという行為は、やはり、人びとに、あの時代の集合的記憶をよみがえらせずにはおかないだろう。こうした、特定の時間にあまりにも拘束された、かれらのテクスト性は、かれらを「大詩人」と呼ぶことをためらわせるとはいえ、このことが、すでに、二十世紀の特性なのだ、といえるのではないだろうか。かれらとともに、「大詩人」たちの時代もまた、おそらく終わってしまったのである。

＊

最後に、本書の各文章の初出をあげておくことにする（一冊にまとめるにあたって、多くの箇所で加筆と書き直しをおこなった。とくに、最初と最後のものは、初出と大幅に異なっている）。

「プレイバック・ダダ」／『人文論集』（早稲田大学法学部）二〇号（一九八二年）
「チューリッヒからパリへ」／『ＥＬＦ』一号（一九七九年）
「言語破壊装置としてのダダ」／『人文論集』一七号（一九八〇年）
「スペクタクルとしてのダダ」／『人文論集』一九号（一九八二年）

「拒否と持続の言語」／『現代詩手帖』（一九八一年二月号）
「ツァラを葬った日」／『ＥＬＦ』三号（一九八一年）
「ツァラとシュルレアリスム」／『シュルレアリスム読本』三号（一九八一年）
「アンドレ・ブルトンとエクリチュール・オートマティック」／『人文論集』二二号（一九八四年）
「シュルレアリスムの政治的体験」／『人文論集』（一九八一年）
「シュルレアリスムと全体主義的言語」／『ＥＬＦ』六号
「ジョルジュ・バタイユの眼球」／『人文論集』二三号（一九八五年）
「レーモン・ルーセルの世界」／『人文論集』二五号（一九八七年）
「意味の外へ」／『現代詩手帖』（一九八六年一一月号）

＊

本書の刊行にあたっては、本づくりに情熱を傾けておられる白順社の上原雅雪氏に、深い感謝の意を表しておきたい。

一九八八年二月、パリ、サンティーヴ通りの部屋で

塚原　史

文庫版あとがき

たしかに、ひとつの書物にふたつの「あとがき」は不要かもしれない。だが、この文庫版は一五年前の『プレイバック・ダダ―トリスタン・ツァラの冒険と、その後』に対して、その忠実な複製の位置をはるかに越えた自立性をもっており、その結果、題名まで変更したので、あえて、ふたつ目を追加することになった。本書は、一九八八年の版に数百箇所におよぶ加筆・訂正をおこない、また、旧版にはなかった図版・写真を数十枚挿入したという意味では、全面的な改定版である。（写真のうちで年代の表記が二〇〇〇年以降のものは、すべて著者によって現地で撮影されている。また、引用中の邦訳は注記のある場合以外は著者自身によるが、前者でも一部改変した箇所がある。）

題名を『ダダ・シュルレアリスムの時代』に変更した理由については「文庫版への序文」を参照していただきたい。あえてくりかえすなら、ダダイストやシュルレアリストたち、固有名としてはツァラやブルトンやバタイユやルーセルたちの多様な企てに彩られた時代のうちに、二一世紀型の新しい現代性の予感あるいは前兆を見つけることができるだろうという発想が、新しい題名のきっかけになっているのだが、ここで「新しい現代性」とは、確実性と必然性と主体の側から不確実性と偶然性と客体＝記号の側へのシフトにかかわっているといっておくことにしよう。表紙カヴァーに使用したピカビアの「愛のパラード」（一九一七年）に描かれた愛の営みを誇示する機械たちからは、こうした意識の変換のイメージが読み取れるのではないだろうか。

ところで、旧版では、パリ・ダダをめぐる確執もあり、ツァラとブルトンの関係をかなり対立的に取り上げていたが、このようなシフトの側に立って当時をふりかえるなら、二人の発想はある種の一体性を帯びたものだったといえるだろう。そのことを確認した上でなお、ツァラとブルトンの位相の差異にこだわることが可能だとすれば、それは、世界と人間の認識に関して、ツァラのダダが、こういってよければ、複雑系の諸科学やアフォーダンス理論などによって拓かれた知と感性の地平にさえ接続していたと考えられるからではないだろうか。「システムの不在こそは最良のシステムである」と、このダダイストは書き残していた。また、旧版の「あとがき」でふれたアヴァンギャルドとファシズムのある種の関係性については、その後、小著『人間はなぜ非人間的になれるのか』（ちくま新書）でいくらか展開することができたが、二〇世紀の言語過程の性格をあきらかにするためにも、「新しい現代性」をふたたび偽りの全体性の方へむかわせないためにも、いまなお探求されなくてはならない課題だといわなくてはならない。

――曲がり角ごとの孤独、とツァラはダダの出現から四〇年ちかく後に書いた。

――曲がり角ごとの驚き、とも彼はおなじ詩集に書いた（『内面の顔』一九五三年刊）。

孤独から驚きへとコーナーを曲がるとき、ほんとうの新しさが生まれるだろう。

そして、カーヴを切るのは読者である、あなた自身なのだ。

そんな思いをこめて、この書物を二一世紀の世代に贈りたい。

*

本文庫版の刊行にあたっては、当代きってのシュルレアリスムの研究者にして実践者である巖谷國士先生に貴重な「解説」を寄せていただいた。また、旧版版元の白順社代表江村信晴氏は文庫版の刊行を快諾してくださった。あわせて深い感謝の意を表しておきたい。

そして、筑摩書房編集部の天野裕子氏には、今回も大変お世話になった。天野氏の熱意と努力がなければ、本書はなかっただろう。

二〇〇三年七月、東京、吉祥寺にて

塚原　史

解説　ダダとツァラとツカハラと

巖谷國士

　ダダというのは奇妙な言葉である。一九一六年二月八日、第一次大戦のさなかに、中立国スイスの地方都市チューリヒのとあるカフェで、トリスタン・ツァラがこの言葉を発見した（異説もある）が、この場合「発明」ではなく、「発見」といわれているところが重要だろう。事実、彼が偶然ひらいてみたというプティ・ラルース仏語辞典には、ダダ＝「（幼児語で）お馬」などの語義が記されていたはずだ。ということは、すでに流通している一種の既成物である単語が発見・転用されて、ある新しい「精神状態」をあらわすようになったということである。

　ダダが幼児語で「お馬」を指すのはたぶんフランス語だけだろう。ツァラ自身の『ダダ宣言一九一八』によれば、クルー族のあいだではダダは「聖牛の尻尾」の意であり、イタリアの一地方では「立体、母親」の意である。またこのユダヤ人の出身国ルーマニアでは、ダダはダー・ダー（そうだ、そうだ）という「二重の肯定」に通じる。多くの言語のうちに先在しているのに、これほどちがった意味で使われている単語もめずらしい。結局この言葉は、既成物でありながら同時にすべての言語の外にあるような、どこか身近でありながら同時に「何も意味しない」(同『宣言』) でいられるような、いかにも特異な位相に立ちあらわれたものである。

日本語だとダダはまず「駄々」であり、「子どもなどが甘えてわがままをいうこと」を意味する。一方、ダダ、ダダ、ダダ、といった連続的なあるいは瞬発的な打撃、突進、崩壊などをあらわす擬音にもなる。ツァラ自身が日本語の語義を知っていたとは思えないが、ののちにこの運動が日本に輸入されたとき、ダダは多かれ少なかれそんなニュアンスをともなって受けいれられた。たとえばダダ、ダダ、ダダというふうに跳ねたり暴れたり、何かを壊したりするような「駄々っ子」のイメージが、いまもなおつきまとっているといえなくもないだろう。

しかも、そうしたイメージもまったく的はずれなわけではないというところがおもしろい。おなじ『宣言』のなかでツァラは、大戦という帰結をもたざるをえなかった西欧のいわゆる理性、進歩、科学、近代社会といったものに対して駄々をこねているようにも見えるし、「なにか破壊的で否定的な大仕事をやりとげなければならない」といったり、「破壊的行為のなかに全存在をかける拳の抗議、ダダ」といったりもしている。ありったけの活字体を用いてくりかえされるDADAという単語のつらなりが、私たちにはダダ、ダダ、ダダ……という破壊的な抗議行動、突進、攻撃、あるいは舞踏、お祭さわぎをさえ思いおこさせる。

もっとも、だからこそダダについては語りにくい、と考えておかなければならない。日本語の「駄々」や擬音との偶然の一致が——いや、少なくとも単純な行為の連続あるいは断続をイメージさせる二音節の語の大文字活字自体が、この運動になにか明白で単一的な印象をつきまとわせがちである。だがやはり実情はちがっていた。ダダは未曾有の国際化と多元化を特徴とする現象だったからである。大戦中のチューリヒにおこったこの運動は、おなじく中立的位置にあったバルセロナやニューヨークに飛び火し、終戦直前にはベルリンへ、ついでケルンへ、ハノーファーへ、さらにパリへと拠点をひろげていった。その後に東欧やラテンアメリカや日本へ伝播・移植という事実も忘れられない。しかもそうした各国各都市の各時期の活動を通して、じつにさまざまな傾向と形態をおびるにいたったのである。

そんなわけで、ダダは「何も意味しない」からだけではなく、あまりにも多様な要素をふくんでいたために、筋道だてて語ることのむずかしいテーマである。従来の解説書は多かれ少なかれダダ＝否定、抗議、破壊といった単純な図式をほのめかしたうえで、個々の様相に目を移し、地域別・都市別の詳細な年代記めいたものを提示することを好んでいた。その結果、日本でのダダ理解はどことなく曖昧なままだった。少なくとも、第一次大戦に集約される西欧文明の欺瞞に反抗し、あの手この手の示威運動とお祭さわぎをくりひろげた「駄々っ子」ふうの芸術家‐文学者たちの群れ、というようなイメージが、いまもある程度のこってしまっているように思われる。ところで、そうした理解と解釈の現状に割って入り、ある統一的な視野のもとにダダの本質を浮かびあがらせようとしてきたのが、本書の著者・塚原史その人だといってよいだろう。

ダダ関係の本といえば単純で大まかな概説や、例のごとき地域別の年代記くらいしか日本にはなかった時期に、着々と書きすすめられていた本書所収の諸論文の方法は、正攻法でありながら同時に大胆なものだった。つまり、この運動の創始者のひとりであり『宣言』起草者でもあるトリスタン・ツァラのみに照明をあて、その言動のうちにまずダダの核心を見さだめようということだ。もともと未曾有の国際的・多元的・個人主義的な運動だったダダの参加者は、百人を優にこえるほどだろう。たとえばバルセロナではフランシス・ピカビア、ニューヨークではマルセル・デュシャン、ベルリンではリヒャルト・ヒュルゼンベック、ケルンではマックス・エルンスト、ハノーファーではクルト・シュヴィッタース、パリではアンドレ・ブルトンと未来のシュルレアリストたち——といった有力な芸術家‐文学者たちが活躍し、それぞれ独自の軌道を描いていたというのがこの運動の特徴だが、本書では彼らの仕事がプレイバックされることはほとんどない。むしろ、「最後までダダでありつづけた」トリスタン・ツァラひとりの仕事を追うことによって、他の面々にも共通する何かを、そして彼らのともに生きた時代——こんにちまでつづくモデルニテの時代そのものを、手際よく浮き彫りにしようと試みるのである。

ずばり「トリスタン・ツァラをめぐって」と題されている第I部のうち、まず注目にあたいするのは「言語破壊装置としてのダダ」の章だろう。「ダダ＝反逆＝アナーキーというあまりにもあいまいな図式は単なる同意語反復にすぎず、ダダの真の姿をおおいかくしてしまう。そうしたレッテル貼り的なダダ理解を超えた視点から、ツァラとその仲間たちの仕事を掘り起す必要があるようだ」と考える著者は、ここで一気に核心とみなすべきものを提示する。「ダダの最大の攻撃目標は言語そのものだった」——「ツァラの率いるチューリヒとパリのダダは（……）あくまで言語の意味作用を破壊することをめざした」ということである。

「ダダは何も意味しない」。先にも引いたツァラのこの有名な一句は、したがって、ダダという言葉がすべての言語の外にあり、既知の意味をもたない新語だったことだけをあらわすものではない。ダダが主体としてまさに「何も意味しない」言語になろうとしていたということなのだ。「意味の担い手としての、社会関係の土台としての言語から統辞法と形式論理をとりのぞいてしまえば、言語はコミュニケーションの手段であることをやめるはずだ、そうなればまったく新しい世界への入口が開かれるにちがいない……」。新聞記事の切れ端を袋に入れてかきまぜ、袋から出てくる順に写しとってゆくという作詩法（帽子のなかの言葉）や、既成の文章を自分の文章のなかにでたらめに挿入するというデペイズマン式の方法などが、こうして「新しい言語空間」をめざすものとされる。たしかにそれらにはエルンストのコラージュやシュヴィッタースのフォトモンタージュだけでなく、デュシャンのレディメイドにも通じるところがあるだろう。チューリヒ・ダダの朋友だったフーゴ・バルの音響のみの詩とくらべても、読者や聴き手に苛だちと怒りをよびおこすツァラの方法は、はるかに徹底した「言語に対する反逆」だったと著者は明言する。

他方、すでに一九一八年のパリで、まだツァラと交流していなかったブルトンが、既成の印刷物から切りとった断片を実際に貼りこんで文章をつくるという、エルンスト流に近い言語的コラージュを試みており、それが一九一九年のいわゆる「自動記述」の前段階をなしていたことを忘れるべきではない。そもそも「新しい言語空間」の探求という点では、シュルレアリスムへの道をやがてひらくブルトンの「自動記述」もまた、そしておそらくそのほうがよりいっそう、生産的で創造的な発想をふくんでいたともいえる。それは本来フロイト的な意味での「無意識」だの「深層」だのの表現をめざすものではなかった。むしろ自然発生的な「内なる声」の体験あるいは現象の発見によって開始された、意味内容をもたぬ、だが一種の浮遊する記号として事後の解読にゆだねられるような新しい言語の生成を、ブルトンの初期の試みのうちに見ることも必要だろう。

それではツァラのめざす「新しい言語空間」はどのようにしてひらかれてゆくのか。この点については次の「スペクタクルとしてのダダ」の章が興味ぶかく読める。ダダのマニフェスタシオンあるいはスペクタクル（見世物）に、サーカスと共通する性格があったことを強調したあとで、著者はツァラの詩自体がやがて「言語によるスペクタクル」の傾向をおび、ときには壮大な宇宙的サーカスの様相を呈するものになっていった過程を跡づける。これこそはパリでの運動が破産してからもツァラのうちに生きつづけたダダの本質につながる光景だ。「サルタンバンク」（サーカス芸人の意）や「月と色をめぐる完全な周遊旅行」のような二十年代後半以後の諸作品の引用は有効である。その間、著者自身も昂揚しているらしい。ツァラの詩句のひらめかせる意味内容のほうに引きずられながらも、きらびやかで怪しい動く見世物小屋のような、遠近法のない両性具有の惑星たちの行きかう宇宙のような詩的空間を、しばしば比喩的な言葉で称揚するにいたる。だがとつぜんツァラの詩の主体が「自分の声のほかは何も聞か」なくなり、「もう必要がないので」「眼球を通りに投げ捨て」たり、「舌を引き抜」いたりする場面に立ちあう。そのくだりに「こんな冷たい、むきだしの小宇宙」を見いだしたあとで、塚原史は、なにか決定的な印象のある次のような文章を書き記すことになる。

「ダダのスペクタクル、それは結局、かつて共同体的社会のはめをはずさたせような祭りにはなりえなかった。われわれの社会では、ダダが追求しようとした「直接的原初的なもの」は、パロディとしてしか実現できない以上、ツァラの「見世物」も、巨大なシミュレーションとなるほかはなかったのである。それゆえ、彼のスペクタクル的言語の空間には、ある種の空虚さと、こういってよければ、ある種の絶望感がつきまとっている。彼は、もう何も信じないだろう。人間も、そして歴史も……」。

ここにはもはやひとつの運動の『宣言』起草者どころではない、現代の偉大な詩人のひとりでもあったトリスタン・ツァラへの、切ない共感と愛が表出している。比喩や形容にたよりつつツァラの行程を追体験しようとするこの章の筆致は真率である。ひとりの人間の孤独な営みのうちに、駄々っ子などにはできない重い決意をもって現代社会と向きあい、闘いつづけようとした小柄なダダの巨人の空虚と絶望感を読みとってゆく展開が、めずらしい昂揚とあいまって心をうつ。

第II部ではアンドレ・ブルトンとシュルレアリスム、ジョルジュ・バタイユ、レーモン・ルーセルなどの仕事の断面が紹介される。しかしこの部があくまでも「シュルレアリスムのほうへ」であって、「シュルレアリスムについて」ではないことに注意すべきだろう。多くの論点は暗々裡に、ツァラのダダとの比較を前提にしている。そのためかブルトンは「それほどラディカルだったとはいえない」とされ、むしろバタイユのほうがダダの継承者として位置づけられる。ルーセルはといえば、ダダに先立っていれば、意味の外への使者をつとめたもうひとりの見世物師の役まわりだろう。

ただいずれにしても、これらの論文が一九七〇年代おわりから八〇年代にかけてのものであることを忘れてはならない。もともとトリスタン・ツァラの最良の理解者・共鳴者として、第一次大戦後のアヴァンギャルド運動の意欲的研究者として出発した塚原史は、その後も現代のさまざまな先駆的文学者-芸術家たちの軌跡を追いつづけている。ベンヤミンやボードリヤールに精通している彼の論文に、いつも社会史的・社会学的視野がふくまれていることも貴重である。見方によってノスタルジックにもなりアクテュエルにもなる二十世紀アヴァンギャルドについての多角的研究を、彼はいま、じっくりと熟成させているところなのだろう。

二〇〇三年七月三十日

本書は一九八八年四月三〇日、白順社より刊行されたものの改訂版である。

「ヒューマニズム」について

M・ハイデッガー
渡邊二郎訳

『存在と時間』から二〇年、沈黙を破った哲学者の後期の思想の精髄。「人間」ではなく「存在の真理」の思索を促す、書簡体による存在論入門。

ドストエフスキーの詩学

ミハイル・バフチン
望月哲男／鈴木淳一訳

ドストエフスキーの画期性とは何か？《ポリフォニー論》と《カーニバル論》という、魅力にみちた二視点を提起した先駆的著作。（望月哲男）

表徴の帝国

ロラン・バルト
宗左近訳

「日本」の風物・慣習に感嘆しつつもそれらを〈零度〉に解体し、詩的素材としてエクリチュールとシーニュについての思想を展開させたエッセイ集。

エッフェル塔

ロラン・バルト
宗左近／諸田和治訳
伊藤俊治図版監修

塔によって触発される表徴を次々に展開させることで、その創造力を自在に操る、バルト独自の構造主義的思考の原形。解説・貴重図版多数併載。

エクリチュールの零度

ロラン・バルト
森本和夫／林好雄訳註

哲学・文学・言語学など、現代思想の幅広い分野に怖るべき影響を与え続けているバルトの理論的主著。詳註を付した新訳決定版。（林好雄）

映像の修辞学

ロラン・バルト
蓮實重彦／杉本紀子訳

イメージは意味の極限である。広告写真や報道写真、そして映画におけるメッセージの記号を読み解き、意味を探り、自在に語る魅惑の映像論集。

ロラン・バルト　モード論集

ロラン・バルト
山田登世子編訳

エスプリの弾けるエッセイから、初期の金字塔『モードの体系』に至る記号学的モード研究まで。初期のバルトの才気が光るモード論考集。オリジナル編集・新訳。

呪われた部分

ジョルジュ・バタイユ
酒井健訳

「蕩尽」こそが人間の生の本来的目的である！思想界を震撼させ続けたバタイユの主著、45年ぶりの待望の新訳。沸騰する生と意識の覚醒へ！

エロティシズム

ジョルジュ・バタイユ
酒井健訳

人間存在の根源的な謎を、鋭角で明晰な論理で解き明かす、バタイユ思想の核心。禁忌とは、侵犯とは何か？待望久しかった新訳決定版。

宗教の理論
ジョルジュ・バタイユ
湯浅博雄訳

聖なるものの誕生から衰滅までをつきつめ、宗教の根源的核心に迫る。文学、芸術、哲学、そして人間にとって宗教の〈理論〉とは何なのか。

純然たる幸福
ジョルジュ・バタイユ
酒井健編訳

著者の思想の核心をなす重要論考20篇を収録。文庫化にあたり「クレー」「ヘーゲル弁証法の基底への批判」「シャプサルによるインタビュー」を増補。

エロティシズムの歴史
ジョルジュ・バタイユ
湯浅博雄／中地義和訳

三部作として構想された『呪われた部分』の第二部。荒々しい力〈性〉の禁忌に迫り、エロティシズムの本質を暴く、バタイユの真骨頂たる一冊。（吉本隆明）

エロスの涙
ジョルジュ・バタイユ
森本和夫訳

エロティシズムは禁忌と侵犯の中にこそあり、それは死と切り離すことができない。二百数十点の図版で構成されたバタイユの遺著。（林好雄）

呪われた部分　有用性の限界
ジョルジュ・バタイユ
中山元訳

『呪われた部分』草稿、アフォリズム、ノートなど15年にわたり書き残した断片。バタイユの思想体系の全体像と精髄を浮き彫りにする待望の新訳。

入門経済思想史　世俗の思想家たち
R・L・ハイルブローナー
八木甫ほか訳

何が経済を動かしているのか。スミスからマルクス、ケインズ、シュンペーターまで、経済思想の巨人たちのヴィジョンを追う名著の最新版訳。

分析哲学を知るための　哲学の小さな学校
ジョン・パスモア
大島保彦／高橋久一郎訳

数々の名テキストで哲学ファンを魅了してきた分析哲学界の重鎮が、現代哲学を総ざらい！　思考や議論の技を磨きつつ、哲学史を学べる便利な一冊。

表現と介入
イアン・ハッキング
渡辺博訳

科学にとって「在る」とは何か？　科学は真理を捉えられるのか？　現代哲学の鬼才が20世紀を揺るがした問いの数々に鋭く切り込む！　（戸田山和久）

社会学への招待
ピーター・L・バーガー
水野節夫／村山研一訳

社会学とは、「当たり前」とされてきた物事をあえて疑い、その背後に隠された謎を探求しようとする営みである。長年親しまれてきた大定番の入門書。

聖なる天蓋
ピーター・L・バーガー
薗田稔 訳
全ての社会は自らを究極的に審級する象徴の体系、「聖なる天蓋」をもつ。宗教について理論・歴史の両面から新たな理解をもたらした古典的名著。

人知原理論
ジョージ・バークリー
宮武昭 訳
「物質」なるものなど存在しない——。バークリーの思想的核心が、平明このうえない訳文と懇切丁寧な注釈により明らかとなる。主著、待望の新訳。

ポストモダニティの条件
デヴィッド・ハーヴェイ
吉原直樹監訳
和泉浩／大塚彩美訳
モダンとポストモダンを分かつものは何か。近代世界の諸事象を探査し、その核心を「時間と空間の圧縮」に見いだしたハーヴェイの主著。改訳決定版。

ビギナーズ 倫理学
デイヴ・ロビンソン文
クリス・ギャラット画
鬼澤忍 訳
正義とは何か？ なぜ善良な人間であるべきか？倫理学の重要論点を見事に整理した、道徳的カオスの中を生き抜くためのビジュアル・ブック。

宗教の哲学
ジョン・ヒック
間瀬啓允／稲垣久和訳
古今東西の宗教の多様性と普遍性は、究極的実在に対する様々に異なるアプローチであり応答である。「宗教的多元主義」の立場から行う哲学的考察。

自我論集
ジークムント・フロイト
竹田青嗣編
中山元 訳
フロイト心理学の中心、「自我」理論の展開をたどる新編・新訳のアンソロジー。「快感原則の彼岸」「自我とエス」など八本の主要論文を収録。

明かしえぬ共同体
モーリス・ブランショ
西谷修 訳
G・バタイユが孤独な内的体験のうちに失うという形で見出した〈共同体〉。そして、M・デュラスが描いた奇妙な男女の不可能な愛の〈共同体〉。

フーコー・コレクション
（全6巻＋ガイドブック）
ミシェル・フーコー
小林康夫／石田英敬／
松浦寿輝編
20世紀最大の思想家フーコーの活動を網羅した『ミシェル・フーコー思考集成』。その多岐にわたる思考のエッセンスをテーマ別に集約する。

フーコー・コレクション1
狂気・理性
ミシェル・フーコー
小林康夫／石田英敬／
松浦寿輝編
第1巻は、西欧の理性がいかに狂気を切りわけてきたかという最初期の問題系をテーマとする諸論考。〝心理学者〟としての顔に迫る。（小林康夫）

シュルレアリスムとは何か　巖谷國士

20世紀初頭に現れたシュルレアリスム——美術・文学を縦横にへめぐりつつ「自動筆記」「メルヘン」「ユートピア」をテーマに自在に語る入門書。

マタイ受難曲　礒山雅

罪・死・救済を巡る人間ドラマを圧倒的なスケールで描いたバッハの傑作。テキストと音楽の両面から、秘められたメッセージを読み解く記念碑的名著。

バロック音楽　礒山雅

バロック音楽作品の多様性と作曲家達の試行錯誤。バッハ研究の第一人者が、当時の文化思想的背景も踏まえ、その豊かな意味に光を当てる。（寺西肇）

茶の本　日本の目覚め　東洋の理想　岡倉天心
櫻庭信之／斎藤美洲／富原芳彰／岡倉古志郎訳

茶の哲学を語り（茶の本）、東洋精神文明の発揚を説き（日本の目覚め）、アジアは一つの理想を掲げた（東洋の理想）天心の主著を収録。（佐藤正英）

日本の建築　太田博太郎

日本において建築はどう発展してきたか。伊勢神宮・法隆寺・桂離宮など、この国独自の伝統の形を通覧する日本文化論。（五十嵐太郎）

シーボルト　日本植物誌　大場秀章監修・解説

シーボルトが遺した民俗学的にも貴重な『日本植物誌』よりカラー図版150点を全点収録。オリジナル解説を付した、読みやすく美しい日本の植物図鑑。

点と線から面へ　ヴァシリー・カンディンスキー　宮島久雄訳

抽象絵画の旗手カンディンスキーによる理論的主著。絵画の構成要素を徹底的に分析し、「生きた作品」の構築を試みる。造形芸術の本質を突く一冊。

眼の神殿　北澤憲昭

高橋由一の「螺旋展画閣」構想とは何か——。制度論によって近代日本の「美術」を捉え直し、美術史研究を一変させた衝撃の書。（足立元／佐藤道信）

増補改訂　境界の美術史　北澤憲昭

国家、制度、性、ジャンル、主体……。外在的な近代化から内在的なモダニズムへ。日本における「美術」概念の成立に迫った画期的論集。（中嶋泉）

〈日本美術〉誕生 佐藤道信

「日本美術」は明治期、「絵画」他多くの用語とともに産みだされた概念だ。近代国家として出発した時代の思想と機構に切り込む先鋭的書。（北澤憲昭）

絵画空間の哲学 佐藤康邦

ルネッサンスが生みだした遠近法。東洋や日本の表現とも比較しつつ、絵画技法という枠を超え、その真の世界観的意義を掬いだす。（小田部胤久）

グレン・グールド 孤独のアリア ミシェル・シュネデール 千葉文夫訳

鮮烈な衝撃を残して二〇世紀を駆け抜けた天才ピアニストの生と死と音楽を透明なタッチで描く、最もドラマティックなグールド論。（岡田敦子）

民藝の歴史 志賀直邦

モノだけでなく社会制度や経済活動にも美しさを求めた柳宗悦の民藝運動。「本当の世界」を求める若者達のよりどころとなった思想を、いま振り返る。

シェーンベルク音楽論選 アーノルト・シェーンベルク 上田昭訳

十二音技法を通して無調音楽へ——現代音楽への扉を開いた作曲家・理論家が、自らの技法・信念・つきあげる表現衝動に向きあう。（岡田暁生）

20世紀美術 高階秀爾

混乱した二〇世紀の美術を鳥瞰し、近代以降、現代すなわち同時代の感覚が生み出した芸術が、われわれにとって持つ意味を探る。増補版、図版多数。

世紀末芸術 高階秀爾

伝統芸術から現代芸術へ。19世紀末の芸術運動には既に抽象芸術や幻想世界の探求が萌芽していた。新時代への美の冒険を捉える。（鶴岡真弓）

鏡と皮膚 谷川渥

「神話」という西洋美術のモチーフをめぐり、芸術の認識論的隠喩として二つの表層を論じる新しい身体論・美学。鷲田清一氏との対談収録。

肉体の迷宮 谷川渥

あらゆる芸術表現を横断しながら、捩れ、歪み、時には傷つき、さらけ出される身体と格闘した美術作品を論じる著者渾身の肉体表象論。（安藤礼二）

ロシア・アヴァンギャルド　水野忠夫
旧体制に退場を命じるごとく登場し、社会主義革命と同調、スターリン体制のなかで終焉を迎えた芸術運動。現代史を体現したその全貌を描く。（河村彩）

日本の裸体芸術　宮下規久朗
日本人が描いた、日本人の身体とは？　さまざまなテーマを自在に横断しつつ、裸体への視線と表現の近代化をたどる画期的な美術史。（木下直之）

理想の書物　ウィリアム・モリス　W・S・ピーターソン編　川端康雄訳
近代デザインの祖・モリスは晩年に、私家版印刷所を設立し、徹底した理想の本作りを追究する。書物芸術を論じた情熱溢れるエッセイ講演集。

紋章学入門　森護
紋章の見分け方と歴史がわかれば、ヨーロッパの文化がわかる！　基礎から学べて謎解きのように面白い紋章学入門書。カラー含む図版約三百点を収録。

音楽機械論　吉本隆明　坂本龍一
思想界・音楽界の巨人たちによるスリリングな文化談義。時代の転換点を捉えた記念碑的対談。文庫版特別インタビューを収録。

リヒテルは語る　ユーリー・ボリソフ　宮澤淳一訳
20世紀最大の天才ピアニストの遺した芸術的創造力の横溢。音楽の心象風景、文学や美術、映画への連想がいきいきと語られる。「八月を想う貴人」を増補。

イタリア絵画史　ロベルト・ロンギ　和田忠彦／丹生谷貴志／柱本元彦訳
現代イタリアを代表する美術史家ロンギ。本書は絵画史の流れを大胆に論じ、若き日の文化人達に大きな影響を与えた伝説的講義録である。（岡田温司）

歌舞伎　渡辺保
伝統様式の中に、時代の美を投げ入れて生き続けてきた歌舞伎。その様式のキーワードを的確簡明に解説した、見巧者をめざす人のための入門書。

マニエリスム芸術論　若桑みどり
カトリック的世界像と封建体制の崩壊により、観念の転換を迫られた一六世紀。不穏な時代のイメージの創造と享受の意味をさぐる刺激的芸術論。

ちくま学芸文庫

ダダ・シュルレアリスムの時代《じだい》

二〇〇三年九月 十 日 第一刷発行
二〇二五年一月二十五日 第八刷発行

著　者　塚原　史（つかはら・ふみ）
発行者　増田健史
発行所　株式会社　筑摩書房
東京都台東区蔵前二―五―三　〒一一一―八七五五
電話番号　〇三―五六八七―二六〇一（代表）
装幀者　安野光雅
印刷所　三松堂印刷株式会社
製本所　三松堂印刷株式会社

ISBN978-4-480-08785-0 C0170